Penelope Bloom

Her Cherry

Verbotene Früchte

PENELOPE BLOOM

HER Cherry

Roman

Aus dem Amerikanischen
von Vanessa Lamatsch

PIPER

Mehr über unsere Autoren und Bücher:
www.piper.de

Von Penelope Bloom liegen im Piper Verlag vor:
His Banana
His Cherry

Wenn Ihnen dieser Roman gefallen hat, schreiben Sie uns unter Nennung des Titels »Her Cherry – Verbotene Früchte« an *empfehlungen@piper.de*, und wir empfehlen Ihnen gerne vergleichbare Bücher.

MIX
Papier aus verantwortungsvollen Quellen
FSC® C083411
FSC www.fsc.org

ISBN 978-3-492-06175-9

Titel der amerikanischen Originalausgabe:
»Her Cherry«, Amazon Digital Services LLC, 2018

Redaktion: Martina Schwarz
Satz: Uhl + Massopust, Aalen
Gesetzt aus der Dolly
Druck und Bindung: CPI books GmbH, Leck
Printed in the EU

EINS

Hailey Meine Grandma sagte immer, Backen sei das Heilmittel gegen Traurigkeit. Grammy war bezaubernd, und sie konnte Cookies backen, die einen schlichtweg aus den Latschen hauten, aber in diesem Punkt lag sie vollkommen falsch. Ich holte jetzt seit über zwei Jahren frische Kirschkuchen, Pasteten, Croissants, Bagels und jede andere erdenkliche Art von Gebäck aus dem Ofen meiner Bäckerei, und meiner Einschätzung nach half Backen nur gegen schlanke Taillen und die Entschlossenheit, sich an eine Diät zu halten.

Ich war sowieso nicht wirklich traurig. Ich war gerade fünfundzwanzig geworden und konnte es kaum erwarten, dass das Leben mich endlich holen kam. Man hätte mich naiv nennen können, aber ich war bisher davon überzeugt gewesen, dass, wenn ich den Kopf gesenkt hielt, hart arbeitete und mich benahm wie ein anständiges Mädchen, alles andere sich schon von allein ergeben würde. Stattdessen hatte ich einfach nur eine bequeme Routine entwickelt, während die Zeit immer schneller und schneller verging. Wenn ich nicht aufpasste, würde ich irgendwann als achtzigjährige Jungfrau enden, die Cupcakes backte, die spontane Orgasmen auslösen konnten. Tolle Backkünste, trauriges Leben. Das war nicht gerade mein Traum. Tief im Inneren wusste ich: Wenn ich es weiter vermied, Risiken einzugehen, so, wie ich es vermied, Zahnseide zu benutzen – außer am Tag vor dem Zahnarztbesuch –, würde ich mich zu einer verkrusteten, jungfräulichen Bäckerin entwickeln.

Backen war einfach. Es ergab Sinn. So viel von dieser Zutat, so viel von jener, bei dieser Temperatur backen, den Teig so und so lange ruhen lassen. Es war eine Wissenschaft. Und wenn man sorgfältig arbeitete, wusste man, was man zu erwarten hatte. Das mochte ich am Backen. Es war mein Zufluchtsort. Und wenn meine Schwester und Ryan, mein einziger Angestellter, mir nicht ständig wegen meines fehlenden Soziallebens in den Ohren gelegen hätten, hätte ich mich bereits so tief in die Backkunst vergraben, dass niemand mich jemals wiedergefunden hätte. Meine Pläne für das Wochenende beinhalteten gewöhnlich, auf dem örtlichen Bauernmarkt nach frischen Zutaten von meinen Lieblingshöfen zu suchen, neue Rezepte auszuprobieren und ein paar bereits vorhandene Rezepte zu verbessern. Backen war mein Ein und Alles. Es hätte mich nicht überrascht, wenn durch meine Adern Kirschkonfitüre geflossen wäre. Zumindest trug ich öfter Mehl als Make-up auf der Haut. Es gab das Backen, und es gab mein Leben. Es war nur zu leicht, mir vorzustellen, dass die beiden eines Tages kollidieren würden und dann all meine Träume, den Laden zu erweitern und meine Rezepte zu perfektionieren, mir irgendwie die momentan noch fehlende Aufregung liefern würden. An anderen Tagen fühlte ich mich, als befände ich mich in einem mit Teig überzogenen Gefängnis: durchaus lecker, aber Käfig bleibt Käfig.

Ja, ich liebte, was ich tat ... aber nein, Grammy, es war kein Allheilmittel.

Ich musste mir ja nur das ramponierte College-Lehrbuch unter dem Bein meines Ofens ansehen. Ich hatte den alten

Ofen gebraucht gekauft, und eines der Beine war ungefähr ein Lehrbuch zu kurz. *Meeresbiologie und die Dynamik exzeptioneller Ökosysteme.* Der Titel klang, als hätte jemand ein paar wissenschaftliche Wörter in einen Mixer geworfen, überzeugt davon, dass College-Studenten sich klug fühlten, wenn sie das Buch mit sich herumtrugen. Dann hatten sie als Zugabe noch ein Preisschild von dreihundert Dollar draufgeklebt. Als die College-Bibliothek angeboten hatte, es mir für zehn Dollar wieder abzunehmen, hatte ich ihnen mitgeteilt, dass sie sich ihre zehn Dollar sonst wohin stecken könnten.

Nun, streng genommen hatte ich nur gedacht, dass sie sich das Geld sonst wohin stecken könnten. In Wahrheit hatte ich vielleicht sogar höflich gelächelt, »Nein danke« gesagt und dann auf dem Heimweg Matt Costa gehört, um mich zu beruhigen. Ich hatte mein gesamtes Leben über im Service gearbeitet und wusste, wie unfair es war, die Person hinter dem Schreibtisch für etwas anzuschreien, das gar nicht ihrer Kontrolle unterlag.

Also hatte ich das Buch in den letzten sechs oder sieben Jahren für mich arbeiten lassen. Wenn sie mir meine dreihundert Dollar nicht zurückgeben wollten, dann – so hatte ich beschlossen – würde ich Wege finden, das Buch einzusetzen, die dreihundert Dollar wert waren. Zuerst hatte es in meinem College-Zimmer als Türstopper gedient, während ich meinen Soziologieabschluss machte – mein Diplom lag inzwischen irgendwo in einem Aktenschrank und setzte Staub an. Ich war über das Buch gestolpert, war darauf getreten und hatte es so quasi entwürdigt – einmal hatte ich es sogar als fett bezeichnet, als ich mir den Zeh daran gestoßen hatte, womit ich zugegebenermaßen eine rote Linie überschritten hatte. Aber ich hatte nicht vor, mich bei einem Buch zu entschuldigen. Außerdem hatte es als Nebenjob noch als Spinnenvernichter gearbeitet, wann immer es keine Türen aufhielt.

Ich hatte es auch als Kopfkissen verwendet, nachdem meine Katze sich auf mein eigentliches Kissen übergeben hatte, und sogar Kritzeleien auf den meisten Seitenrändern hinterlassen. Und jetzt? Jetzt diente es als Stütze für das zu kurze Bein meines Ofens. Letztendlich war es sogar eine Stütze für mein Geschäft.

Okay, damit ging ich vielleicht ein wenig zu weit. Aber die Wahrheit und Teig waren sich ähnlicher, als den meisten Menschen bewusst war. Wenn man an der richtigen Stelle zog, an einer anderen etwas abschnitt und vielleicht ein wenig daran herumknetete ... voilà, hatte man eine leicht zu schluckende Pille geschaffen. Oder einen Muffin.

Alles in allem hätte ich geschätzt, dass ich über die Jahre mindestens zwanzig Dollar Wert wettgemacht hatte. Jetzt lagen nur noch zweihundertachtzig vor mir. Es gab natürlich noch einen anderen Grund, warum ich das dämliche Buch behalten hatte, statt es wie alle anderen überteuerten Fachbücher für Cent-Beträge zu verkaufen. Es war dieses Buch gewesen, in das ich zum ersten Mal seinen Namen, umrahmt von kleinen Herzchen, gekritzelt hatte. Dieses Buch hatte ich mir direkt über mein rasendes Herz an die Brust gedrückt, als wir uns nach dem Unterricht das erste Mal unterhalten hatten. Nathan. Der Mann meiner Träume, der sich zum gruseligen Stalker aus der Hölle entwickelt hatte. Er war zumindest teilweise für meine Jungfräulichkeit verantwortlich. Ich war mir nicht sicher, ob es so etwas wie eine posttraumatische Gruselstörung gab, aber falls ja, hatte Nathan mich damit infiziert. Nach ihm hatte ich mich zu einer Meisterin darin entwickelt, jeden Menschen mit einem Penis von mir zu stoßen. Dieses Buch zu behalten, war sozusagen meine Art, ein Warnschild mitten in meinem Leben aufzustellen: »Hüte dich vor dem Penis, denn von ihm droht Gefahr.«

Ich stellte den letzten Kirschkuchen auf den mehlbestäubten Stahltisch neben dem Ofen. Die Kuchen sahen perfekt aus. Und das sollten sie auch. Als ich das Backen für mich entdeckt hatte, war ich entschlossen an die Sache herangegangen. Ich besaß ein ganzes Notizbuch voller Rezepte und Abwandlungen davon, die ich über die Zeit ausprobiert hatte, um ein perfektes Gleichgewicht zwischen Aroma und Konsistenz zu schaffen. Seite um Seite war gefüllt mit den Unterschieden zwischen einer Tasse Zucker, einer leicht gehäuften Tasse und einer nur knapp gefüllten Tasse oder Notizen darüber, was geschah, wenn man erst eine halbe Tasse und dann noch eine halbe Tasse hinzufügte, und ähnlichen Dingen. Wenn Backen eine Wissenschaft war, war ich die verrückte Wissenschaftlerin dazu. Die Cupcake-Zauberin. Wenn Leute in meinen Laden kamen, um sich etwas zu gönnen, dann konnten sie ihren Hintern darauf verwetten, dass sie jeden einzelnen Bissen genießen würden.

Backen vertrieb nicht das leere Gefühl, das sich tief in meinem Herzen eingenistet hatte, aber es gab mir eine Aufgabe. Ich wusste, dass ich gut darin war, und irgendwann wollte ich mein Geschäft erweitern. Der erste Schritt auf diesem Weg bestand darin, herauszufinden, wie ich meine Rechnungen bezahlen sollte ... aber hey, wäre es einfach, die Weltherrschaft zu übernehmen, würde jeder es versuchen.

Wie jeden Tag schaute auch heute meine kleine Schwester Candace vor der Arbeit bei mir im Laden vorbei. Sie war Redakteurin bei *Business Insights*, und sie kam auf dem Weg ins Büro immer zu mir, um sich einen Bagel zu holen. Ihr kurzes blondes Haar wippte, als sie mit federnden Schritten zum Verkaufstresen lief. Sie schob sich ihre Sonnenbrille in die Haare und wackelte mit den Augenbrauen.

Ich klopfte mir das Mehl von den Händen, dann trat ich zur Sicherheit noch einmal gegen das Buch. Ich wünschte mir, ich hätte stattdessen *ihn* treten können, aber das Buch würde reichen müssen. Zu dumm, dass es nicht wie eine Voodoo-Puppe funktionierte.

»Wie geht es meiner liebsten Jungfrau heute Morgen?«, fragte Candace fröhlich.

»Du weißt, dass ich jederzeit auf deinen Bagel spucken könnte, richtig?« Ich wappnete mich innerlich. Candace führte das Jungfrauen-Gespräch ungefähr einmal im Monat mit mir, wahrscheinlich an Tagen, an denen ich besonders angespannt wirkte.

»Oh, die Spucke einer Jungfrau. Ich höre, die besitzt magische Kräfte. Bitte, ich hätte gerne etwas davon zu meinem Frischkäse.«

»Du bist widerlich. Und die einzige Magie in meiner Spucke dürfte darin bestehen, dass sie wie ein Anti-Aphrodisiakum wirkt.«

»Hm. Das geht mir dann doch zu weit.«

»Weißt du, wenn du aufhören würdest, mich ständig lautstark in der Öffentlichkeit als Jungfrau zu bezeichnen, dann müssten es nicht alle Menschen in meinem Leben erfahren.«

»Alle Menschen in deinem Leben. Okay. Also Ryan und Grammy?«

»Blöde Kuh«, murmelte ich. Ich drehte mich um und begann, meine Fäuste in einen Teigfladen zu rammen. Das war nicht gerade die Technik, die sich als der Weg zur perfekten Konsistenz herausgestellt hatte, aber es half wunderbar beim Stressabbau.

»Nun, ich nehme an, da gibt es auch noch …«

»Wir reden nicht über ihn, schon vergessen?«

»Es ist nicht gesund, Dinge in sich hineinzufressen, Hailey. Hast du je *Ich, beide & sie* gesehen? Jim Carrey dachte in diesem Film, das wäre eine gute Idee … und was ist aus ihm geworden?«

Ich zuckte mit den Achseln. »Ist es schlecht ausgegangen?«

»Darauf kannst du einen lassen. Er hat eine gespaltene Persönlichkeit entwickelt, wurde irre. Wenn du nicht aufpasst, wird es damit enden, dass du dir deinen Körper mit einem verrückten Weib namens Hanketta teilst, das anfängt, sich in Restaurants mit Sechsjährigen zu streiten. Ist es das, was du willst?«

»Ist das eine rhetorische Frage?«

Sie lehnte sich auf den Tresen und sah mich an, als wäre ich ein trauriges, verwundetes Tier. »Ich will doch nur, dass du glücklich bist.«

»Nun, und ich will, dass meine Schwester sich weniger Sorgen um mein nicht-existentes Sexleben macht und mehr Sorgen um Dinge, die wirklich wichtig sind.«

»Oh, genau. Sex ist nicht wichtig. Lass mich kurz losziehen und der Menschheit verkünden, was sie bis jetzt falsch gemacht hat. Stoppt die Druckmaschinen! Packt die Penisse weg! Zerstört alle Gussformen für Dildos! Schließt die Beine, wir sind hier fertig! Sex wurde die ganze Zeit überschätzt!«

»Gussformen für Dildos? Ernsthaft?«

Sie zuckte mit den Achseln. »Was glaubst du, wie die hergestellt werden?«

Ich starrte sie böse an. »Ich würde lieber nicht darüber nachdenken. Und ich will damit auch nur sagen, dass ich es nicht eilig habe, den erstbesten Kerl zu poppen, der mir über den Weg läuft.«

»Vielleicht solltest du es aber eilig haben. Denk darüber nach. Du bist verdammt noch mal fünfundzwanzig Jahre alt. Das sind fünfundzwanzig Jahre, in denen du dir deinen ersten Sex als riesiges, weltbewegendes Ereignis ausmalen konntest. Du legst die Messlatte zu hoch, Mädel. Zieh dir einfach den Stock aus dem Arsch und lass mal los.«

»Mir den Stock aus dem Arsch ziehen und loslassen …

Worte der Weisheit von Candace. Vielleicht werde ich sie auf deinen Grabstein meißeln lassen.«

»Wer behauptet, dass ich zuerst sterbe? Ich werde ›Hier liegt der weltälteste, traurigste Jungfrau. Hätte sie einen Mann fünfzehn Zentimeter tief in sich gelassen, hätten wir dieses tiefe Loch vielleicht nicht graben müssen‹ auf deinen schreiben.«

Ich schnappte mir einen Bagel aus der Auslage und schmierte mit heftigen Bewegungen Frischkäse darauf. Es war mehr Käse, als Candace eigentlich mochte, aber das war mir egal. Ich wickelte ihn in Wachspapier und gab ihn ihr. »Wenn du jetzt fertig bist, hier ist dein Bagel. Ryan wird in ein paar Minuten auftauchen, und dank dir ist er fast genauso nervig wie du mit seinen ständigen Versuchen, mich mit jemandem zu verkuppeln. Also, wieso machst du nicht eine Pause und lässt ihn übernehmen?«

Sie nahm den Bagel. »Der einzige Grund, warum ich es ihm erzählt habe, war, dass ich gehofft hatte, er wäre derjenige, der deine staubbedeckte Kirsche pflücken würde – dir dein Blümchen stehlen, dir die Unschuld nehmen, sprich, dich entjungfern. Woher sollte ich wissen, dass er sich kopfüber in eine platonische Freundschaft stürzen und sich zu Mr Superkuppler entwickeln würde?«

Ich verzog das Gesicht. »Deine Begabung für verstörende Bilder ist manchmal wirklich schwer zu ertragen.«

»Du bist so süß. Hey, was ist das?«, fragte sie und griff nach einem Umschlag, den ich gestern geöffnet und auf den Tresen gelegt hatte.

Ich riss ihn ihr aus der Hand. »Das ist nichts. Nur Werbung.«

»Ah ja, der gute alte Werbebrief, auf den sie *Räumungsbefehl* schreiben, um Aufmerksamkeit zu erregen. Auf die falle ich auch immer wieder rein. Okay, Mädel, bleib jungfräulich.« Sie warf mir einen Luftkuss zu und verschwand mit ihrem Bagel in der Hand.

Sobald meine Schwester gegangen war, sah ich auf den Brief hinunter. Es war die Mitteilung, dass ich eine Woche Zeit hatte, die Miete für meine Wohnung zu zahlen, weil es sonst zu einer Räumung kommen würde. Mir war immer noch nicht ganz klar, wie ich das hinkriegen sollte – vor allem, da mir nur zwei Wochen Zeit blieben, um die Miete für die Bäckerei zu berappen, bevor ich die dritte Zahlung in diesem Jahr schuldig bleiben würde. Ich seufzte. Ich fand immer einen Weg, mich irgendwie über Wasser zu halten, und mehr war nicht nötig. Nur noch ein paar Wochen mehr, ein paar Kunden mehr, und irgendwann würde die Bäckerei endlich Gewinn abwerfen.

Ich rüttelte ordentlich am Rührgerät, bis es so funktionierte, wie es sollte. Die meisten Geräte in der Bäckerei hatten schon bessere Tage gesehen, aber sie gehörten mir. Ich empfand tiefe Befriedigung bei dem Gedanken, dass ich für alles hier drin gearbeitet hatte. Der Laden war mein Baby, und die Kirschkuchen waren ... Die Babys meines Babys? Wenn ich das Bild zu weit trieb, wurde es vermutlich etwas seltsam. Wie auch immer, ich liebte die Bäckerei. Selbst, wenn ich das Gefühl hatte, dass der Rest meiner Welt zerbrach, konnte ich mich immer auf den Laden verlassen. Er war mein Zufluchtsort, auch wenn er sich manchmal anfühlte wie ein Käfig.

Ryan erschien auf die Minute pünktlich, wie immer. Er kam frisch aus dem College und war unglaublich attraktiv; vielleicht sah er sogar atemberaubend aus. Doch aus irgendeinem Grund hatte ich in Bezug auf ihn vom ersten Moment an eher wie für einen kleinen Bruder empfunden. Er musste es auch gespürt haben, denn wir waren sofort in eine Dynamik verfallen, als wären wir lange verloren geglaubte Geschwister. Er versuchte ständig, mir dabei zu helfen, mein Leben in Ordnung zu bringen, und ich versuchte zu verhindern, dass er in Schwierigkeiten geriet … wofür er eine echte Begabung besaß.

Er hatte einen rasierten Kopf, ein paar Tätowierungen (wenn auch nichts allzu Verrücktes) und einen muskulösen Körperbau mit den definierten Unterarmen eines Mannes, der schon jede Menge Zeit damit verbracht hatte, Teig zu kneten. Seine Augen zeigten ein warmes Braun. »Heißes Date heute Abend?«, fragte er.

»Weißt du, Candace hat gerade erst versucht, mir gut zuzureden. Vielleicht könnten wir das Jungfrauen-Gespräch heute einfach überspringen.« Ich fing an, vorsichtig die Kuchen von ihren Blechen zu nehmen.

Ryan kam zu mir und lehnte sich an die Arbeitsplatte, boxte mich sanft gegen den Arm und schenkte mir einen Blick, der – wie üblich – so mitfühlend war, dass ich nicht anders konnte, als ihn liebenswert zu finden. Ich mochte ja Ryans ständige Versuche, mich zu Dates zu überreden, leid sein, aber ich wusste, dass er es gut meinte, also konnte ich ihm sein Drängen irgendwie nicht übel nehmen. »Du wirst Folgendes tun: Such dir heute einen Kerl aus. Irgendeinen.« Er lächelte breit, weil ihm anscheinend gerade eine Idee gekommen war. »Den ersten Kerl, der einen Kirschkuchen kauft. Den wählst du aus. Sei einfach mutig. Sei du selbst. Sag etwas Kokettes. Du musst ihn nicht um ein Date bitten oder irgendwas. Mach dem Kerl einfach, na ja, ein Kompliment … und darauf bauen wir dann auf.«

Ich seufzte. »Selbs, wenn ich mich darauf einlassen würde – was ist, wenn der erste Kerl, der einen Kirschkuchen kauft, einen Walrossbart hat und an seinem Ärmel Popel kleben?«

»Okay. Der erste Kerl, der einen Kirschkuchen kauft und nicht deinen Widerling-Alarm auslöst. Wie wäre es damit? Außerdem, wer zum Teufel hat Popel an seinem Ärmel kleben? Mit was für Leuten umgibst du dich?«

»Witzig«, sagte ich. Dann dachte ich intensiv darüber nach, wie ich den Vorschlag abwehren konnte, bevor ich womöglich noch zustimmte. Ryan und Candace schienen beide zu glauben, dass Sex all meine Probleme lösen würde. Ich war mir da nicht so sicher – obwohl es mir nichts ausgemacht hätte, nicht mehr mit der ironischen Situation leben zu müssen, dass ich das Mädchen war, das den ganzen Tag über Kirschkuchen an Leute verkaufte, ohne je jemandem *ihre* Kirsche zu schenken.

»Nicht witzig«, sagte Ryan. »Wir machen eine Wette daraus. Ich meine das ernst, Hailey.«

»Eine Wette?«

»Ja. Du erinnerst dich an all die Urlaubstage, die ich angesammelt habe?«

»Ja …«, sagte ich langsam, weil ich mich davor fürchtete, was gleich kommen würde.

»Du ziehst das durch, oder ich nehme mir während der gesamten Sheffield-Fair-Woche frei.«

Panik stieg in mir auf. Meine Bäckerei lag am Rande der Innenstadt von New York, aber eine der besten Gelegenheiten, um für Publicity zu sorgen, war der Sheffield-Fair-Backwettbewerb. Dort tauchte sogar ein Team von Food Network auf und filmte ein paar der Gewinner. Der Wettbewerb bedeutete eine Menge Arbeit, und Ryan wusste, dass ich niemand anderen hatte, der mir dabei helfen konnte, alles vorzubereiten und zu backen.

»Das würdest du nicht tun«, sagte ich.

Er zuckte mit den Achseln. »Ich schätze, du musst dich einfach fragen, ob du es darauf ankommen lassen willst, Jungfrau? Hm?«

»Arschloch«, stöhnte ich.

Er wirkte viel zu selbstgefällig, aber er hatte mich in eine Ecke getrieben, und das wusste er. »Also, gilt die Wette?«

»Du weißt, dass ich jetzt nicht mehr Nein sagen kann. Aber du wirst die Regeln nicht mehr ändern. Ich muss nur irgendeinen flirtenden Kommentar machen. Einen Satz. Mehr nicht.«

»Das ist alles, was ich will. Für den Moment.«

Und damit war die Sache geritzt. Der Morgen verlief nicht viel anders als die meisten anderen Vormittage, die ich zusammen mit Ryan in der Bäckerei verbrachte – mal abgesehen von der lächerlichen Wette, natürlich. Die hatte den Druck, den mein sonst so sanftmütiger Freund auf mich ausübte, in ganz neue Dimensionen getrieben. Doch schon nach ein paar Minuten hatte ich die Sache vergessen.

Wir bestückten die Vitrine, backten das Brot, das viel schneller an Frische verlor als das süße Gebäck, und bereiteten als Letztes die Bagels zu. Die verkauften sich morgens immer besonders gut, und eine Menge Kunden würden, wenn sie kamen, um sich ihren Bagel zu holen, noch einen Laib Brot für später oder einen Kuchen für nach dem Abendessen mitnehmen.

Wie fast jeden Morgen war Jane unsere erste Kundin. Ich hätte schwören können, dass sie einen Designer-Hosenanzug für jeden Tag des Jahres besaß, denn ich hatte sie meiner Erinnerung nach noch nie zweimal im selben Outfit gesehen. Sie war vielleicht Mitte vierzig und alles, was ich hoffentlich eines Tages sein würde. Sicher. Souverän. Selbstbewusst. Modisch. Vermutlich hatte sie zu Hause auch nirgendwo ein altes College-Fachbuch herumliegen, das sie als Boxsack benutzte, um ihren Frust wegen eines Stalker-Exfreundes daran auszulassen.

Ich sah auf meine mehlbestäubte Schürze und die langweiligen Jeans hinab, die ich darunter trug. Mein Top war einfach nur ein schlichtes pinkfarbenes T-Shirt mit dem Namen meiner Bäckerei darauf: *The Bubbly Baker.* Das Logo zeigte einen untersetzten kleinen Mann mit Bäckermütze, der eine große Kaugummi-Blase machte. Wahrscheinlich wäre es realistischer gewesen, meinen Laden »Die Bäckerin, die Probleme damit hat, Blickkontakt mit Ihnen aufzunehmen« oder vielleicht auch »Haileys intakte Kirsche« zu nennen, aber irgendwie bezweifelte ich, dass ich damit irgendetwas verkauft hätte.

Jane dankte mir und riss denselben Witz, den sie jedes Mal machte. »Ich sollte losrennen, um den Verkehr zu schlagen.« Sie lachte. »Natürlich nicht im wörtlichen Sinn.«

Ich wusste nie, ob sie die Idee witzig fand, tatsächlich zu rennen, oder ob der Witz in der Andeutung lag, dass sie Leute im Verkehr verprügelte. Auf jeden Fall lächelte ich und winkte, als sie die Bäckerei verließ, wie ich es immer tat.

Die nächsten paar Stunden brachten eine gute Mischung aus Stammkunden, neuen Gesichtern und Leuten, die irgendwo dazwischenlagen. Ich kümmerte mich überwiegend darum, die Vitrine ständig wieder aufzufüllen, während Ryan den Verkauf übernahm. Ich mochte Menschen, doch ich hatte die Tendenz, sie aus Versehen zu verschrecken. Vor Nathan war ich die Königin des »zu viel, zu schnell« gewesen, bevor ich mich langsam zu »niemand, nie« entwickelt hatte – womit ich sehr effektiv den Grundstein für meine überwiegend einsame Existenz gelegt hatte.

Die kleine Glocke über der Tür bimmelte. Ich drehte mich in der Absicht um, den neuen Kunden zumindest mit einem schnellen Nicken und einem Lächeln zu begrüßen, nur um innezuhalten, als ich ihn sah. Er war groß und breit, mit dunklem Haar, das er auf eine unordentliche Weise verwuschelt trug, wie es sich nur die bestaussehenden Kerle leisten konnten. Es war ein wenig zu lang und hatte keinen richtigen Schnitt, aber genau das machte es zu einem sexy Statement. Dieses Haar schien zu sagen: »Ich brauche keinen dämlichen

Kamm oder irgendwelche Pflegeprodukte, denn schau dir mal das Gesicht und den Körper an, über denen ich throne.« Und nach dem, was ich von hier aus sehen konnte, wollte ich ihm da nicht widersprechen. Nicht, dass ich vorhatte, mich auf eine Diskussion mit den Haaren von irgendjemandem einzulassen – zumindest nicht laut.

Er trug seinen Anzug auf eine Weise, die ich bisher nur bei Bösewichten in Filmen gesehen hatte. Um wirklich professionell zu wirken, stand an seinem Hemd ein Knopf zu viel offen, und er schien fast stolz die Andeutung von Tätowierungen auf Brust und Unterarmen zu präsentieren. Alles an diesem Mann wirkte so selbstbewusst und trotzig, dass man schon hätte blind sein müssen, um ihn zu übersehen.

Und ich? Ich war nicht blind. Ich stand dümmlich mit offenem Mund da, die Augen weit aufgerissen, meine Arme schlaff an den Seiten, bis mir klar wurde, dass Ryan den Mann absichtlich ignorierte.

Der Fremde sah mich aus den unglaublichsten blauen Augen an, die ich je zu Gesicht bekommen hatte. Dann zog er langsam eine Augenbraue hoch. Die Zeit selbst schien die Luft anzuhalten. Ich konnte nicht sagen, wie lang diese unangenehme Stille bereits andauerte. Drei Sekunden? Vier?

»*The Bubbly Baker*«, meinte er mit einer wunderbar tiefen Stimme, die auf perfekte männliche Art rau war. »Offensichtlich bezieht sich das nicht auf Sie, sonst hieße dieser Laden *Die taubstumme Bäckerin.*«

Jetzt wusste ich, wie Fische sich fühlten, wenn sie aus dem Meer gezerrt wurden. In einem Moment kümmerten sie sich um ihren eigenen Kram, und im nächsten wurde plötzlich ihre gesamte Welt auf den Kopf gestellt. Ein einziger Augenblick sorgte dafür, dass ihr Leben nie wieder das gleiche sein würde. Selbst, wenn es ihnen gelang, wieder vom Boot zu gleiten, würden sie danach immer wissen, dass über der

Oberfläche diese seltsame, erstaunliche Welt wartete. Oder, in meinem Fall, ein megaheißer Kerl, nach dem jeder andere Mann wirken musste wie vom Grabbeltisch.

Er räusperte sich. »Oder starren Sie mich so an, weil der Laden eigentlich geschlossen ist, Sie aber vergessen haben, die Tür zu verriegeln?«

Der Klang seiner Stimme reichte aus, um mich zurück in die Realität zu holen. Ich schloss den Mund, schluckte – obwohl meine Kehle staubtrocken war – und formte Worte, wie das normale menschliche Wesen, als das ich mich erweisen wollte.

»Ich bin weit geöffnet. Wir, ähm, haben geöffnet«, fügte ich eilig hinzu, sobald ich das amüsierte Glitzern in seinen Augen sah. »Der Laden hat geöffnet. Ja.«

»Okay«, sagte er langsam. »Also, kann ich einen Bagel bekommen?«

»Tatsächlich«, sagte Ryan, der in diesem Moment mit einem Ausdruck auf dem Gesicht an den Tresen eilte, der nichts Gutes für mich verhieß, »sind uns die Bagels gerade ausgegangen. Aber Sie werden unseren Kirschkuchen lieben.«

Der Blick des Mannes glitt an uns vorbei zu den Aberdutzenden von Bagels in der Auslage, die nur darauf warteten, aufgeschnitten und bestrichen zu werden. »Und das da sind …«

»Show-Bagels. Absolut nicht essbar«, erklärte Ryan. »Sie würden sich die hübschen Zähne daran ausbeißen, sollten Sie versuchen, einen davon zu essen.«

»Was soll ich um neun Uhr morgens mit einem Kirschkuchen anfangen?«, fragte er.

»Ähm, na ja«, stammelte Ryan. »Sie könnten ihn mit in die Arbeit nehmen. Mit den Kollegen teilen. Sie arbeiten doch irgendwo, oder?«

Jetzt wirkte er genervt. »Ja, das tue ich.«

»Entschuldigen Sie meinen Angestellten«, stieß ich hervor. »Er findet das komisch. Diese Bagels sind absolut essbar. Sehen Sie?« Ich schnappte mir einen gewöhnlichen Bagel aus der Auslage und nahm einen Bissen, der genauso groß wie unnötig war. Jetzt war ich gezwungen, intensiv zu kauen, während Ryan und der Mann mich mit einer Mischung aus Verwirrung und Unbehagen dabei beobachteten.

Ich räusperte mich. »Absolut essbar«, wiederholte ich, etwas leiser.

»Dann bekomme ich bitte einen absolut essbaren Bagel, wenn Sie so freundlich wären. Aber vielleicht einen, von dem Sie noch nicht abgebissen haben.«

Ich versuchte, mit reiner Willenskraft zu verhindern, dass das ganze Blut aus meinem Körper in meine Wangen schoss, die bereits leuchten mussten wie ein Feuerwehrauto. Ich fragte ihn nicht einmal, welche Art von Bagel er wollte, sondern warf einfach nur einen in eine Tüte und legte sie auf den Tresen.

»Und ich nehme auch Ihre Kirsche.«

Ich verschluckte mich am letzten Bissen meines Bagels, sodass ich husten musste und ein würgendes Geräusch von mir gab, das Ryan sofort dazu veranlasste, mir viel zu fest auf den Rücken zu schlagen.

»Meine Kirsche?«, fragte ich. *Woher zur Hölle weiß er, dass ich noch Jungfrau bin, und welche Art von Mann sagt so etwas einfach … einfach … offen heraus? Und selbst wenn …*

»Kirschkuchen«, sagte er, doch die Art, wie er meine Verlegenheit genau beobachtete, ließ mich vermuten, dass seine erste Formulierung kein Versehen gewesen war.

Ich legte einen Kuchen für ihn in eine Schachtel und stellte auch die auf den Tresen. Ryan stieß mich an, als wäre ich mir nicht bereits schmerzhaft darüber im Klaren gewesen, warum er den Mann dazu überredet hatte, einen Kirschkuchen zu kaufen. Ich wusste, dass ich jetzt mit ihm flirten sollte.

Der Mann zahlte und machte Anstalten, den Laden zu verlassen. Ich fühlte mich, als hätte sich eine unsichtbare Hand um meine Kehle geschlossen, was wahrscheinlich göttliche Fügung war, denn wenn ich jetzt irgendetwas gesagt hätte, hätte ich mich mit Sicherheit unendlich blamiert.

»Moment!« Ryan stieß mich an. »Meine Freundin möchte Sie etwas fragen.«

Der Kerl drehte den Kopf, gerade weit genug, um mich aus dem Augenwinkel beobachten zu können. Hätte ich es nicht besser gewusst, hätte ich behauptet, dass er genau wusste, was in meinem Kopf vor sich ging. *Und in meinem Körper.*

»Ich habe Ihren Namen nicht verstanden.«

Ich bemerkte, dass Ryan mich mit einem *Das-nennst-du-flirten?*-Blick anstarrte, versuchte aber, ihn zu ignorieren. Ich war noch in der Aufwärmphase, okay?

»William«, sagte er mit einem Grinsen. »Soll ich Sie einfach Cherry nennen?«

Es war ein Wunder, dass ich nicht in Ohnmacht fiel, als gefühlte zehn Liter Blut in meine Wangen schossen. Er wusste, dass ich Jungfrau war. Irgendwoher wusste er es. Vielleicht gab es eine Geheimgesellschaft von heißen Kerlen, die sich regelmäßig trafen, um die Namen ansässiger Jungfrauen auszutauschen. Oder vielleicht war es einfach offensichtlich, wenn man mich ansah.

Mir war klar, dass Ryan mich nicht vom Haken lassen würde, wenn ich nur nach seinem Namen fragte, also wappnete ich mich und bemühte mich, zu flirten … was sich anfühlte, als versuchte ich, ein altes, rostiges Auto zu starten, das fünfundzwanzig Jahre lang in der Garage gestanden hatte.

»Sie können mich nennen, wie auch immer Sie wollen«, sagte ich. Fast – fast – hätte ich dabei in der Imitation einer sinnlichen Verführerin die Hand in die Hüfte gestemmt, doch selbst ich wusste, dass das zu viel gewesen wäre. Ich konnte förmlich fühlen, wie Ryan sich neben mir wand und sich bemühte, nicht zu lachen. Es war egal, dass ich die Vorstellung hasste, Cherry genannt zu werden, wie eine Liebesdienerin ... allein die peinliche Art, wie ich die Stimme gesenkt hatte, würde mich für den Rest meines Lebens verfolgen.

Jetzt drehte er sich ganz um, schenkte mir seine volle Aufmerksamkeit, komplett mit zusammengekniffenen Augen und schiefem Grinsen. Falls er meine Unbeholfenheit bemerkte, ließ er sich jedenfalls nichts davon anmerken. »Vorsicht. Könnte sein, dass ich Sie beim Wort nehme.«

Ryan riss tatsächlich eine Faust in die Luft, was meiner Konzentration auch nicht weiterhalf. »Würden Sie?«, fragte ich.

Hätte ich bisher in unserem Gespräch irgendwelche Punkte gesammelt, hätte spätestens meine stotternde Antwort dafür gesorgt, dass ich sie wieder verlor – aber entweder es fiel ihm nicht auf, oder es war ihm egal. Er stand einfach nur da, wirkte vollkommen ruhig und kontrolliert und musterte mich von Kopf bis Fuß. Er steckte sich den Bagel in den Mund und hielt ihn mit den Zähnen fest. Dann schob er sich die Kuchenschachtel unter den Arm und schnappte sich eine Vase voller Blumen, die auf dem Tresen stand. Er schenkte mir ein freundliches Nicken und wandte sich ab, um zu gehen.

»Was zur Hölle?«, fragte ich. Mein Hirn war zwar noch mit dem verzweifelten Versuch beschäftigt, die ganze Situation zu verarbeiten, aber ich war mir ziemlich sicher, dass er gerade meine Blumen stahl.

»Tut mir leid«, sagte er, seine Worte gedämpft von dem Bagel zwischen seinen Zähnen. »Ich stehle Dinge. Das ist eine Krankheit.« Oder zumindest glaube ich, dass er das sagte.

Und ohne ein weiteres Lächeln oder auch nur ein Zwinkern verschwand er.

»Wow!«, sagte Ryan und fing langsam an zu klatschen. Ich hatte nicht vor, mich dem Applaus anzuschließen. »Dieser schöne, schöne Mann. Er hat deine Kirsche geklaut und dir gleich auch noch das Blümchen gestohlen. Respekt.«

Ich stemmte erschöpft meine Ellbogen auf den Tresen und stieß die Luft aus, von der ich nicht mal gewusst hatte, dass ich sie angehalten hatte. »Streng genommen«, sagte ich schlecht gelaunt, »hat er für meine Kirsche bezahlt. Er hat nur mein Blümchen gestohlen.«

Ryan schnaubte. »Du unartiges Mädchen.«

Ich schlug ihn auf den Arm, grinste aber trotzdem. »Du bist schrecklich. Das ist alles deine Schuld. Dessen bist du dir doch bewusst, oder?«

Er schlenderte zu der Stelle, von der William die Blumen genommen hatte, und hob etwas auf, was wie eine Visitenkarte aussah. »Was genau hältst du mir vor? Dass ich Thor dazu gebracht habe, dich anzubaggern … oder die Tatsache, dass er dir seine Nummer hinterlassen hat?«

»Lass mich das sehen«, sagte ich und riss ihm die Visitenkarte aus der Hand. »William Chamberson«, las ich langsam. »CEO von Galleon Enterprises. Kennst du die Firma?«

»Galleon?« Ryan zog mir die Karte wieder aus den Fingern, starrte sie an und zuckte schließlich mit den Achseln. »Nie gehört. Aber ich habe schon von CEOs gehört.«

»Muss eine ziemlich kleine Firma sein, wenn der Chef herumläuft und Blumen aus Bäckereien stiehlt.«

»Wen interessiert's? Dieser Kerl könnte der Chef eines Hotdog-Standes sein. Du wirst von keinem Mann ein direkteres Angebot bekommen. Er ist zum Abschuss freigegeben.«

Ich schnaubte. »Wenn ich es nicht besser wüsste, würde ich fast glauben, *du* willst mit ihm ausgehen.«

Ryan lachte. »Ich bin mir sicher, dass es dort draußen Männer gibt, die dieses Angebot nicht ablehnen würden. Aber ich meine ja nur. Du bist wie eine Schwester für mich, und ich habe gesehen, wie du manchmal dreinschaust.«

»Und das wäre?«, fragte ich, obwohl ich eine ziemlich klare Vorstellung davon hatte, wovon er sprach.

»Als wärst du das Mädchen beim Schulball, das den ganzen Abend über von keinem einzigen Jungen auch nur angesprochen wird.«

»Bin ich wirklich so jämmerlich?«

Er schenkte mir sein sanftes Lächeln. »Jämmerlich? Nein. Aber ich hasse es, dich so zu sehen. Gib dem Kerl eine Chance. Was ist das Schlimmste, was passieren könnte?«

»Ich ende in seinem Tiefkühlschrank, in kleine Stücke gehackt? Oder vielleicht hat er eine Sammlung von präparierten Tieren, die er mir zeigen will.«

Ryan sah auf und neigte leicht den Kopf, als müsse er über diese Vorstellung nachdenken. »Okay. Lass mich die Frage anders formulieren. Was ist das Beste, was passieren könnte?«

Ich grinste. »Er entpuppt sich als heimlicher Back-Enthusiast, und wir backen zusammen Kekse, füttern uns gegenseitig mit Zuckerguss, um uns dann mit Schokosirup …«

»Igitt! Sorg dafür, dass er niemals von dieser Fantasie erfährt. Und auch sonst niemand. Sonst müssen wir den Laden in *Die perverse Bäckerin* umbenennen.«

»Spielt sowieso keine Rolle. Ich werde auf keinen Fall um ein Date betteln. Hast du irgendeine Vorstellung, wie erniedrigend das wäre? Er hat schon Glück, wenn ich ihn überhaupt anrufe.«

Ein paar Stunden später, während meiner Mittagspause, saß ich zusammengekauert über der Visitenkarte und tippte die Nummer vorsichtig in mein Handy. Ich hockte in meinem Lieblings-Coffeeshop. New York City quoll förmlich über von

Coffeeshops, und dieser hier war zugegebenermaßen nur deswegen mein Lieblings-Coffeeshop, weil sie jeden Tag einen neuen, bissigen Spruch an die Tafel an der Wand schrieben. Die Nachricht von heute war ein echter Profitipp: *Ein Apfel am Tag hält jeden fern, wenn man ihn nur hart genug wirft.*

Ich drückte mir das Handy ans Ohr und wartete, kaute auf meiner Lippe herum und beobachtete mein Bein dabei, wie es wie im Autopilot-Modus auf und ab wippte. Das war so dämlich und erniedrigend, genau wie ich es mir vorgestellt hatte. Aber ich versuchte, mich nicht auf die Peinlichkeit zu konzentrieren, sondern dachte stattdessen daran, wie oft ich davon geträumt hatte, dass etwas Vergleichbares in meinem Leben passierte – allerdings ohne den Teil, wo er meine Blumen gestohlen hatte. Deswegen schuldete ich es mir selbst, es wenigstens zu versuchen.

»Galleon Enterprises«, meldete sich eine Frau, die klang, als müsse sie jeden Moment gähnen. Ich hatte das Gefühl, tatsächlich hören zu können, wie sie auf mich herabsah. Es war fast schon beeindruckend.

»Kann ich bitte mit William sprechen?«, fragte ich. Ich bemühte mich, selbstbewusst zu klingen, versagte aber kläglich.

»William … da müssen Sie sich schon etwas genauer ausdrücken. Nachname?«

»Der CEO«, sagte ich. »William Chamberson.«

Stille.

»Sie wollen, dass ich Sie mit William Chamberson verbinde?«

»Ja«, sagte ich, diesmal schon etwas überzeugter. »Er hat mir seine Visitenkarte gegeben.«

»Mmm«, sagte sie. »Hat er das? Sie müssen etwas ganz Besonderes sein.«

Ich konnte die Frechheit dieser Frau kaum glauben. Offensichtlich war Galleon kein kleiner Hotdog-Stand, wie wir es uns im Spaß ausgemalt hatten – sonst hätte es keine Sekretärin gegeben –, aber trotzdem, diese Frau musste dringend von ihrem hohen Ross heruntersteigen. »Woher wollen Sie wissen, dass ich keine wichtige Geschäftsfrau bin? Was, wenn ich anrufe, um einen Millionen-Dollar-Deal abzuschließen?« Mein Herz raste, und meine Wangen brannten vor Empörung. Die Dreistigkeit dieser Frau sorgte dafür, dass ich auf etwas einschlagen wollte. Wo war dieses dämliche alte College-Fachbuch, wenn man es brauchte?

Wieder Stille.

»Sind Sie das?«

»Nein, aber darum geht es nicht ...«

»Nein, sind Sie nicht. Weil das die Nummer ist, die William Frauen gibt, die er beeindrucken will. Ich werde Sie in die Warteschleife legen, ihm sagen, dass Sie angerufen haben, und dann wird er mich anweisen, einfach aufzulegen. Er mag es, wenn ihr armen Mädchen euch wirklich anstrengt«, seufzte sie. »Bleiben Sie dran.«

Es klickte in der Leitung, dann erklang irgendeine nervige Fahrstuhlmusik. Ich trommelte mit dem Fuß auf den Boden, starrte böse ins Nichts und wartete. Ich war in Versuchung, Ryan zu bitten, die Stellung zu halten, während ich zu Galleon Enterprises stiefelte – wo auch immer das sein mochte –, um diese Frau aufzuspüren. Vielleicht benutzte sie noch so ein altes Telefon mit Kabel, und ich konnte sie damit erwürgen. Danach würde ich William und seinen Spielchen mit einem Briefbeschwerer ein Ende bereiten. Ich seufzte. Natürlich würde ich die Sekretärin nicht wirklich erwürgen und auch William nicht erschlagen. Aber eines war verdammt noch mal sicher: Wenn er meinen Anruf nicht annahm, würde ich ihn nicht weiter jagen. Meine Würde erlaubte mir nicht mehr als diesen einen Anruf, vielen Dank auch.

Die Musik brach ab, und erneut erklang ein Klicken.

»Cherry?« Die Stimme war tief. *Seine Stimme.*

»Ja«, hauchte ich. Ich war nicht gerade stolz darauf, wie mein Herz raste, aber gleichzeitig erfüllte mich Stolz. Er würde also einfach auflegen, hm? Ich verzog das Gesicht und schüttelte den Kopf. »Nein, ich meine, ja, ich bin diejenige, die Ihnen ... dir ... den Kirschkuchen gegeben hat. Aber mein Name ist Hailey.«

»Nun, Hailey. Ich habe heute unglaublich viel zu tun. Meetings, die ich verschlafen muss. Anrufe, die ich ignorieren muss. Du weißt schon, CEO-Zeug eben. Wenn du so dringend reden willst, kannst du zu dem Maskenball kommen, den wir heute Abend schmeißen, um einen anlaufenden Film zu hypen. Sag den Typen an der Tür, dass du Cherry heißt, und sie werden dich reinlassen. Oh, und ich behalte deine Blumen als Geisel. Wenn du sie also wiederhaben willst, solltest du besser auftauchen.«

Ich stammelte ein paar bedeutungslose Silben, doch er hatte schon aufgelegt, bevor ich wirklich etwas erwidern konnte. Ich starrte mein Handy an, als wären dem Gerät gerade Hörner gewachsen. Der Mann war unausstehlich, und das wusste er. Er wusste aber auch, dass er so unerträglich gut aussah, dass er damit durchkommen konnte. Gerade so.

Je weiter der Tag voranschritt, desto tiefer nistete sich die Idee in meinem Kopf ein, wirklich zu der Party zu gehen. Gegenüber Ryan erwähnte ich nichts, weil ich genau wusste, wie er reagieren würde: Er würde mich anflehen, hinzugehen. Ich hatte mich doch ständig beklagt, dass das Leben an mir vorbeirauschte, oder etwa nicht? Außerdem, wer behauptete denn, dass ich William auf der Party überhaupt begegnen musste? Vielleicht konnte ich einfach eine dämliche Maske aufsetzen, ein lustiges Kleid anziehen und mir einen schönen Abend machen. Ausnahmsweise war ich mal in der

Stimmung, etwas Spontanes und vielleicht sogar ein wenig Gefährliches zu tun. Ich war wirklich in Versuchung, die Einladung anzunehmen.

ZWEI

William Es gab einen Ort in meinem Büro, von dem niemand wusste – nicht mal mein Zwillingsbruder, der ebenso wie ich den Titel CEO trug und sich gerne einbildete, er wüsste alles. Sorry, Brucie, aber das hier gehörte nur mir. Ich ging zu dem Bücherregal neben meinem Schreibtisch, das teuer aussah – was es verdammt noch mal auch besser sollte. Ich hatte irgendeiner Französin ein kleines Vermögen dafür gezahlt, mein Büro einzurichten. Ich erinnerte mich kaum an Details, aber meine Anweisung hatte ungefähr gelautet: »Wenn die Leute sich nicht sofort vor Respekt in die Hose machen, sobald sie den Raum betreten, haben Sie etwas falsch gemacht.« Glücklicherweise hatte die Frau offensichtlich etwas von ihrem Geschäft verstanden.

Hätten die Wände meines Büros sprechen können … hätten sie kein Wort gesagt, weil sie sich zu fein dazu gewesen wären, mit gewöhnlichen Menschen zu sprechen. So perfekt und edel wirkte der Raum.

Ich hatte kein einziges der Bücher gelesen, die in dem Regal vor mir standen, das sogar mit einer dieser Leitern ausgestattet war, die sich auf Rollen verschieben ließen, damit man überall an die höchsten Regalfächer kam. Das war ein Sonderwunsch von mir gewesen. Und wenn die Jalousien geschlossen waren, probierte ich manchmal aus, wie weit die Leiter rollte, wenn ich mit Anlauf daraufsprang.

Ich nahm einen kugelförmigen Briefbeschwerer aus Glas vom Schreibtisch und stellte ihn ins Regal. In seinem Fuß war ein Magnet, der einen geheimen Mechanismus aktivierte. Ich wartete, bis eine Abfolge von schweren, metallischen Klicklauten erklungen war, dann schwang eine versteckte Tür auf.

Ja, ich hatte meinen persönlichen, geheimen Superschurken-Unterschlupf, direkt in meinem Büro. Das erfüllte mich mit genau der Befriedigung, die ich mir davon erhofft hatte.

Der Raum diente sozusagen als mein Trophäenzimmer. Er war nicht groß – ein unglücklicher Nebeneffekt davon, dass ich das Ganze direkt vor der Nase meines Bruders hatte verwirklichen müssen. Hätte ich zu viele Quadratmeter von meinem Büro abgezwackt, hätte Bruce das bemerkt. Bruce durfte diesen Raum aber niemals finden, weil ich einen ganzen Bereich davon nur Dingen gewidmet hatte, die ich diesem zwangsneurotischen Pedanten geklaut hatte, der mein Bruder war. Ich hatte das Zimmer wie eine Kunstgalerie eingerichtet, komplett mit Standsockeln aus Marmor und gläsernen Vitrinen. Mein persönliches Lieblingsstück war eine perfekte gelbe Banane in der Mitte des Raums. Ich hatte sogar einen Chemiker dafür bezahlt, sich eine Art durchsichtigen Lack einfallen zu lassen, der dabei helfen würde, die Banane zu konservieren. Man konnte immer noch den Namen meines Bruders in großen schwarzen Edding-Buchstaben darauf lesen. »Bruce«.

Ich ließ meine Hand zärtlich über die Vitrine gleiten und grinste. Ja. Ich hatte zu viel Zeit und Geld. Nein, ich fühlte mich deswegen nicht schlecht. Ja, ich hatte ein kleines Problem – ich ließ gerne Dinge mitgehen. Nein, ich hatte nicht vor, mich zu ändern. Die offizielle Diagnose hätte wahrscheinlich Kleptomanie gelautet, falls man unbedingt eine stellen wollte. Ich mochte es, mir Dinge einfach zu nehmen. Es hatte in unserer Kindheit angefangen. Bruce und ich waren in Armut aufgewachsen, sodass unsere Situation ein paar kleinere Diebstähle gerechtfertigt hatte. Irgendwann war mir klar geworden, dass ich nur deswegen stahl, weil es mir gefiel, nicht, weil ich das Geld brauchte. Ich musste immer Orte finden, an denen ich meine seltsamen kleinen Schätze verstecken konnte – und mein Trophäenzimmer stellte den Höhepunkt meines Werks dar. Hier drin bewahrte ich das beste Zeug auf. Bruce' Banane war das Kronjuwel meiner Sammlung, doch ich hatte auch ein Handtuch, das er in sein Auto gelegt hatte, um sich nach einem Squash-Spiel den Schweiß abzuwischen. Ich musste heute noch grinsen, wenn ich daran dachte, wie sauer er gewesen war, als er es nicht hatte finden können. Ich hatte eine Sonnenbrille von ihm und eine gerahmte Kollektion einzelner Socken, die ich aus seiner Kommode gestohlen hatte. Ich stellte immer sicher, dass ich nicht aus Versehen ein Paar erwischte. Dieser Punkt nagte tatsächlich ein wenig an meinem Gewissen. Bruce bekam wahrscheinlich einen Orgasmus, wenn sein Tag genau nach Zeitplan verlief, und ich vermutete, dass allein der Gedanke an fehlende Socken ausreichte, um im Hirn dieses armen Kerls gefährliche Kurzschlüsse zu verursachen.

Nun ja. Letztendlich war es nur gut für ihn. Ich war eine Minute und sieben Sekunden vor ihm geboren worden, womit auf meinen Schultern die Last der Verantwortung lag, der ältere Bruder zu sein. Und daher verspürte ich die Verpflichtung, ihn aufzuziehen. Andere Brüder hätten das vielleicht als Arbeit betrachtet – aber wenn man seinen Job liebte, war es keine Arbeit, richtig?

Meine Sammlung bestand außerdem aus Tackern, die ich

irgendwo im Büro gestohlen hatte, überwiegend von Leuten, die mich wütend gemacht hatten, und aus Stiften, die ich unhöflichen Kellnerinnen entwendet hatte. Ich hatte sogar einen »Ich recycle«-Button, den irgendein Trottel an seinem Rucksack getragen hatte – jetzt mal ehrlich, wer bitte gab mit so etwas an? *Ich recycle?* Für einen Moment war ich in Versuchung gewesen, den Button in den Müll zu werfen, einfach, um die Ironie der Situation auszukosten, doch letztendlich hatte mein Sammeltrieb die Oberhand behalten. Aber nicht alles schaffte es in meine Ausstellung. Manchmal nahm ich mir irgendetwas aus einer bloßen Laune heraus, um es dann wieder wegzuwerfen. Wenn ich mich gerade abenteuerlustig fühlte, versuchte ich, einen umgedrehten Diebstahl durchzuziehen – was im Grunde bedeutete, jemandem einen Gegenstand unterzujubeln, ohne dass er etwas davon bemerkte. Ich sah mir meine neueste Trophäe an. Die Vase voller Blumen aus der Bäckerei, die ich mir heute Morgen geschnappt hatte. Ich hatte sie auf einen der Marmorsockel an der hinteren Wand gestellt.

Ich konnte nicht anders, als die Augen zusammenzukneifen und den Strauß nachdenklich anzustarren. Alle anderen Gegenstände befanden sich in diesem Raum, weil ihr Besitzer mich auf irgendeine, wenn auch noch so kleine Art geärgert hatte. Vielleicht war das mein sinnloser Versuch, das Universum ein wenig gerechter zu machen; vielleicht genoss ich es auch einfach, Leuten eins auszuwischen, die es verdient hatten. Doch die Vase war etwas anderes.

Cherry hatte mich nicht wütend gemacht. Im Gegenteil: Ich mochte sie. Sie hatte eine prüde, sittsame, linkische Bibliothekarinnen-Ausstrahlung, die mich irgendwie ansprach. Und zusätzlich sah sie toll aus, was natürlich auch half. Nicht die langweilige Art von gutem Aussehen. Auf Frauen dieser Sorte übte ich eine Anziehungskraft aus wie Starbucks auf

Mädchen in Yogahosen. Sie waren wie eine Armee von Barbies mit perfekt trainierten, runden Hintern und Gesichtern, die niemals auch nur einem Sonnenstrahl ausgesetzt wurden, ohne vorher großflächig mit Lichtschutzfaktor 200 behandelt worden zu sein. Die meisten von ihnen hatten nur ein Hobby: sich selbst. Sie kümmerten sich um sich und ihre Körper, als wäre das ein Vollzeitjob. Aus der Ferne betrachtet, mochte das alles ganz nett sein, aber ich hatte mein Maß an Dates mit solchen Frauen bereits gehabt. Sie waren alle gleich.

Langweilig. Vorhersehbar. Oberflächlich.

Dieses Bäckermädchen allerdings ... sie hatte meine Neugier geweckt. Ich hatte ihren inneren Kampf deutlich von ihrer Miene ablesen können. Ihr hatte gefallen, was sie gesehen hatte, aber sie war auch klug genug gewesen, um zu erkennen, dass ich ein Arschloch war. Anders ausgedrückt: Cherry stellte eine Herausforderung dar. Und das war genau nach meinem Geschmack.

Meine Visitenkarte zu hinterlassen, war mir fast als eine etwas verzweifelte Maßnahme erschienen. Normalerweise wartete ich, bis die Frauen selbst zu mir kamen. Doch irgendetwas an ihr hatte mich dazu gebracht, diesen zusätzlichen Schritt zu gehen – weil ich mir einfach nicht sicher war, ob sie mich wirklich suchen würde, wenn ich ihr nicht einen kleinen Stups in die richtige Richtung gab. Das mochte ich an ihr. Ich war bei ihrem Anruf sogar von meiner üblichen *Zuerst-die-Sekretärin-und-dann-die-kalte-Schulter-zeigen*-Routine abgewichen.

Und selbst jetzt war ich mir noch nicht sicher, ob sie heute Abend bei der Party auftauchen würde. Aber das war ihre Entscheidung. Am Ende des Tages wusste ich, wo ich sie finden konnte. Und wenn mein Bauchgefühl mich nicht täuschte, waren die Blumen nicht das Letzte, was ich ihr stehlen würde. Da gab es noch etwas anderes, das darauf wartete, von mir geraubt zu werden – und dieses spezielle Blümchen würde sich nicht so einfach in meinem Trophäenzimmer ausstellen lassen.

DREI

Hailey Wenn »noch mal darüber nachdenken« bedeutete, dass man innehielt und sich zweimal fragte, ob etwas wirklich eine gute Idee war, dann hatte ich zu dem Zeitpunkt, als mein Taxi vor dem Gebäude hielt, in dem Williams Party stattfinden sollte, inzwischen zum tausendsten Mal darüber nachgedacht. »Tausendmal darüber nachdenken« klang irgendwie nicht so gut, aber für meine Zweifel reichte ein schlichtes »noch mal darüber nachdenken« einfach nicht aus.

Ich wollte auf diese Party gehen. Das zumindest wusste ich. Natürlich, ein stolzer, sturer Teil von mir wollte es diesem Kerl nicht zu leicht machen und ihm beweisen, dass ich nicht zu den Frauen gehörte, die sich für gut aussehende Männer zum Affen machten.

Aber hey, zu so einer Party wurde man vielleicht einmal im Leben eingeladen. Ich hatte immer, *immer* davon geträumt, zu einem Maskenball zu gehen. Das hatte wahrscheinlich mit der schicken Kleidung und der mysteriösen Atmosphäre zu tun. Alle würden Masken und Smokings und atemberaubende Abendkleider tragen. Es gäbe ein Meer aus funkelnden Pailletten und Schmuck, wo auch immer mein Blick hinfiel. Die

Nacht wäre voller Glitzer und Glamour, als wäre ich direkt in einem Hollywoodfilm gelandet. Das wäre eine Nacht, an die ich mich für immer erinnern würde – ein hell leuchtender Stern an einem sonst langweiligen Nachthimmel.

Für eine Nacht könnte ich vorgeben, mein Leben wäre wie diejenigen, die ich bisher immer nur aus der Ferne beobachtet hatte – Leben, in denen Verheißung die Luft erfüllte und jede Entscheidung etwas Unglaubliches nach sich ziehen konnte. Letztendlich hatte dieser Gedankengang über meine Zweifel gesiegt. Ich würde mir diesen Märchenabend gönnen, vielen Dank auch. William war zweitrangig. Das war die Geschichte, die ich mir zurechtgelegt hatte, und an ihr würde ich festhalten.

Ich hatte mir nach der Arbeit ein möglichst kostengünstiges Outfit besorgt, inklusive Maske, die ich nicht wie das Kleid und die Schuhe in einem Secondhandladen gefunden hatte. Stattdessen hatte ich mich in einen dieser Partyläden wagen müssen, denen es unverständlicherweise gelang, das ganze Jahr über geöffnet zu bleiben, obwohl ich mir ziemlich sicher war, dass die Leute sie eigentlich nur betraten, um sich Halloween-Kostüme zu kaufen.

Das Mädchen hinter dem Tresen hatte mir einen vielsagenden Blick zugeworfen, als ich die Maske vor sie gelegt hatte – als hätte sie den Film *Eyes Wide Shut* gesehen und wäre davon überzeugt, dass es nur einen einzigen Grund geben konnte, eine solche Maske zu kaufen. Zum Teufel mit ihr. Ich ging zu einer schicken Party, auf der Filmstars und Millionäre herumschlendern würden, als wäre das keine große Sache. Und soweit ich wusste, gab es dort keinen Kult von nackten, Orgien veranstaltenden Leuten im Keller. Und schon stellte ich meine Entscheidung wieder infrage. Sobald ich irgendwelche Hinweise auf einen Orgienkult entdeckte, würde ich meine Pumps wie Knüppel einsetzen und mir einen Weg nach draußen freikämpfen. So lautete der vorläufige Plan, zumindest, solange ich keine besseren Waffen fand.

Ich rechnete damit, einen breit gebauten Bodyguard vor der Tür stehen zu sehen, doch die Adresse, die William mir genannt hatte, führte mich zu einem relativ gewöhnlichen Gebäude mitten in der Innenstadt. Ich stieg aus dem Taxi und sah mich um. Es war bereits nach neun Uhr abends. In New York City waren die Straßen immer voller Menschen, egal, zu welcher Tageszeit. Wenn überhaupt, erwachte die Stadt nachts erst richtig zum Leben.

Ich fing schon an zu glauben, dass ich hier falsch war, als ich sah, wie eine Limousine vorfuhr und eine kleine Gruppe von Männern und Frauen in Anzügen, eleganten Kleidern und mit Masken vor dem Gesicht ausstieg. Die Männer hatten sich für einfache Halbmasken entschieden, die nur ihre obere Gesichtshälfte bedeckten und ein wenig an das *Phantom der Oper* erinnerten. Die Frauen trugen alles Mögliche, von federbesetzten, prunkvollen Gebilden bis zu winzigen, zerbrechlichen Spitzenmasken, die ihre Züge kaum verbargen.

Ich rückte meine einfache Zwei-Dollar-Maske zurecht, die mit Gummibändern an meinem Kopf befestigt war. Nun ja. Reiche Leute gaben eine Menge Geld dafür aus, um arm zu wirken, richtig? Es war nicht meine Schuld, dass ich den besten Weg gefunden hatte, um wirklich arm auszusehen: Man musste nur sein gesamtes Geld in eine Bäckerei stecken, die kaum genügend abwarf, um die Rechnungen zu bezahlen. Manchmal gab ich sogar Geld für so dumme Dinge wie Essen oder Wasser aus.

Ich straffte die Schultern, wappnete mich und rauschte zur Eingangstür, als gehörte ich hierher. Ich hatte genug Filme gesehen, um zu wissen, dass der Trick darin bestand, so zu tun, als wüsste man genau, was man tat. Ich erreichte den Eingang vor der Gruppe aus der Limousine, doch als ich versuchte, die Tür aufzuziehen, rührte sich nichts. Ich warf einen schnellen Blick über die Schulter zurück und lächelte ein *So was passiert mir ständig, weil ich ständig hier bin*-Lächeln. Dann zerrte ich wieder am Griff. Nichts geschah.

Ich trat zurück und hob die Hände, bevor ich nervös lachte. »Ich nehme an, wir sind zu früh dran«, bot ich als Erklärung an.

Einer der Männer trat vor und *drückte*. Sofort schwang die Tür auf, und ich stand dumm daneben, als die gesamte Gruppe selbstgefällig an mir vorüberschritt.

Ich ließ sie vorbei, atmete einmal tief durch und betätigte im Kopf den Reset-Knopf. »Keine große Sache, Hailey. Du trägst eine Maske, richtig? Du kannst dich den ganzen Abend so dämlich benehmen, wie du willst!«

Und dann entdeckte ich ein anderes Paar neben mir, das wahrscheinlich genau mitbekommen hatte, wie ich mir selbst gut zuredete. Ich tippte mir ans Ohr, wo sich definitiv keine Freisprecheinrichtung befand, und lächelte sie an. »Bluetooth«, erklärte ich fest. »Wenn man ohne ein Gerät in der Hand telefoniert, sieht man immer aus, als würde man mit sich selbst sprechen.«

Das Pärchen ging einfach an mir vorbei, als hätte ich nichts gesagt.

Ich hatte das Gebäude noch nicht mal betreten, und mein innerlicher Reset-Knopf war bereits im Dauereinsatz. Ich drückte die Tür auf und ging hinein. »Idioten«, murmelte ich, aber erst, nachdem ich sichergestellt hatte, dass mich diesmal niemand hören konnte. Die Lobby war ruhig und hatte einen schicken Steinboden, auf dem meine Absätze so laut hallten wie Schüsse. Ich versuchte, meine Schritte zu dämpfen, versagte aber kläglich. Vor einer riesigen, massiven Flügeltür stand eine Frau an einem schmalen, hohen Pult.

»Ich bin eingeladen«, sagte ich, sobald sie die Namen der Leute vor mir auf der Liste abgehakt hatte.

»Okay«, sagte die Frau. Sie trug keine Maske, was bedeutete, dass ich nicht mal raten musste, ob sie mich wirklich ansah, als wäre ich bescheuert.

»Ich sollte als … Cherry … auf der Liste stehen.« Ich flüsterte den Namen fast. Gleichzeitig fühlte ich Hitze in meine Wangen steigen. Irgendwo lachte William sich gerade ins Fäustchen, da war ich mir sicher.

Sie zog die Augenbrauen hoch. »Cherry?«

»Könnten Sie bitte einfach …« Ich reckte den Hals, um einen Blick auf ihre Liste zu erhaschen. Sie zog das Klemmbrett schützend an die Brust und musterte mich aus kalten Augen.

Dann ließ sie sich eine Menge Zeit damit, ihren eisigen Blick von mir abzuwenden und ihn wirklich auf die Liste zu richten. Nach ein paar Sekunden brummte sie fast enttäuscht. »Dann mal rein, *Cherry*.«

»Danke«, sagte ich ein wenig atemlos. »Ich werde auf der Party übrigens viel Spaß haben, während Sie an Ihrem albernen kleinen Pult hier draußen stehen.«

»Mann, bin ich neidisch«, antwortete sie trocken.

Ich konnte nicht glauben, dass ich mich gerade zu einer solchen Bemerkung herabgelassen hatte – aber diese Frau war fast so schrecklich wie die, mit der ich es am Telefon zu tun bekommen hatte, als ich die Nummer auf Williams Visitenkarte gewählt hatte. Tatsächlich … war ich mir fast sicher, dass sie die Frau vom Telefon war. Vielleicht gehörte zu ihren Sekretärinnenpflichten ja auch, bei Firmenpartys die Tür zu hüten.

Ich ging an ihr vorbei und zog vorsichtig an einem Flügel der Tür, um sicherzustellen, dass ich nicht auch hier drücken musste. Glücklicherweise schwang sie sofort auf.

Die Party dahinter war noch eindrucksvoller, als ich sie mir ausgemalt hatte. Der Raum strahlte eine Art industriellen

Charme aus, mit unverputzten Ziegelwänden, Stützpfeilern und ultramoderner Einrichtung, inklusive einer schmiedeeisernen Wendeltreppe, die in ein weitläufiges Obergeschoss führte, wo Dutzende Leute standen, sich unterhielten oder tanzten. Besonders eindrucksvoll war die der Tür gegenüberliegende Wand, die vollkommen aus Glas bestand und so den Blick über den Central Park und auf die glitzernde Skyline freigab.

Und dann waren da die Partygäste. Selbst mit den Masken konnte ich erkennen, dass sie zur Crème de la Crème gehörten. Es war wie die Erwachsenenvariante einer Highschool-Party, auf die nur die beliebten Kids eingeladen wurden – die Art von Party, in deren Nähe ich niemals gekommen war.

Ich ließ den Blick über die gut gekleideten, maskierten Männer und Frauen gleiten und fragte mich, ob ich William überhaupt erkennen würde, nachdem ich ihn heute Morgen eigentlich gar nicht so lange gesehen hatte. Ich fing nicht an, mich mit all den schönen Frauen mit den großen Brüsten und den perfekten Körpern zu vergleichen, so schwer mir das auch fiel. Der Mann hatte mich eingeladen. Offensichtlich hatte ihm irgendwas an dem gefallen, was er gesehen hatte. Zumindest redete ich mir das ein.

Die Musik war gerade fröhlich genug, um dazu zu tanzen, aber nicht so wild, dass sie nicht perfekt zu der reichen Elite hier gepasst hätte. Die Partygäste tranken Wein und Champagner aus Gläsern mit langen, zerbrechlichen Stielen. Einige tanzten, manche lungerten mit Drinks auf Sofas herum, und andere wanderten lachend von Gruppe zu Gruppe. Überall, wo ich hinsah, funkelten Schmuck, Pailletten und Glitzer – genau wie ich es mir vorgestellt hatte. Ich dachte, ein Drink könnte vielleicht meine Nerven beruhigen, also machte ich mich auf, um herauszufinden, wo die anderen Leute ihre Getränke herhatten.

Irgendwann entdeckte ich einen Tisch, auf dem Champagnergläser einfach so herumstanden. Ich nahm mir eines davon, wartete einen Moment und sah mich um, bevor ich vorsichtig einen Schluck trank. Als niemand kam, um mich anzuschreien und Geld zu verlangen, beschloss ich, dass der Drink offensichtlich kostenlos war. *Bingo!*

Mit dem Glas in der Hand schlenderte ich Richtung Treppe. Ich hatte immer noch nicht entschieden, ob ich wirklich versuchen wollte, William zu finden, aber ich wollte zumindest sehen, ob ich ihn erkennen konnte. Als ich mich irgendwann umdrehte, ragte plötzlich ein Mann über mir auf. Schmetterlinge flatterten in meinem Bauch, weil ich damit rechnete, William vor mir zu haben.

Doch dann musterte ich das Kinn, die Lippen, den Körperbau, die Haltung, und Unruhe stieg in mir auf. Ich trat einen halben Schritt zurück. Das war nicht William.

»Nathan?«, fragte ich zögerlich.

Er grinste. Der Anblick dieses grausamen Lächelns war die einzige Antwort, die ich brauchte. Nathan Peters. Der Ex aus der Hölle. Der Grund, warum es mir solch unendliche Freude bereitete, hin und wieder fest gegen mein altes College-Fachbuch zu treten. Der Kerl, der sich, als ich mit ihm Schluss machte, von ein wenig langweilig und enttäuschend zur Personifikation eines Stalkers entwickelt hatte.

»Du solltest eigentlich in Vermont sein.«

»Ich habe hier einen Job angeboten bekommen. Und wie hätte ich da Nein sagen können, wo er mich doch in deine Ecke der Welt geführt hat?«

»Ziemlich mühelos, wenn du nicht wie ein Stalker wirken willst«, sagte ich. Ich bemühte mich, ruhig zu klingen, obwohl mir eigentlich nach Schreien zumute war.

»Ich habe dich vermisst, Hailey. Wir haben so wunderbar zusammengepasst.«

Ich schüttelte den Kopf. Das war einfach zu viel. Ich hatte nicht die geringste Lust, dieses Gespräch mit ihm zu führen. Nicht noch mal. Ich versuchte, um ihn herum zur Treppe zu gelangen, doch er packte meinen Arm.

»Hailey. Jetzt komm schon. Ich bin weit gefahren, um mit dir zu reden, also ist das Mindeste, was du tun kannst, mir zuzuhören.«

»Nein, das ist *nicht* das Mindeste. Ich werde dich nicht mal fragen, woher zur Hölle du wusstest, dass ich hier sein würde, oder wie du reingekommen bist oder sonst irgendwas. Denn dich das zu fragen, hieße, dass du mich auf irgendeine Art interessierst. Also werde ich das tun, was *wirklich* das Mindeste ist, und einfach gehen, ohne noch einen Gedanken an dich zu verschwenden.«

»Es war nicht schwer. Ich weiß, wo du zu Mittag isst, bin zufällig vorbeigekommen und habe dich mit gesenktem Kopf dasitzen sehen. Du hattest irgendetwas in der Hand, das dich offenbar sehr interessiert hat, also habe ich etwas genauer hingeschaut. Es war ausgerechnet eine Karte vom CEO von Galleon Enterprises. Ich habe bezweifelt, dass du es dir leisten kannst, eine so etablierte Firma zu beauftragen, also habe ich eins und eins zusammengezählt.«

»Was? Und dann bist du mir den ganzen Tag über gefolgt? Hast mich gestalkt, während ich für heute Abend einkaufen war, und bist dann losgerannt, um dich selbst auszustatten? Wie bist du überhaupt durch die Vordertür gekommen?«

»Bin ich nicht. Ich habe den Hintereingang genommen«, sagte er und lächelte dabei, als rechnete er damit, dass ich ihn für seinen Einfallsreichtum loben würde.

Mein Magen verkrampfte sich. Sein gruseliges Verhalten wirkte auf mich wie Gift, das sich langsam in meinem Körper ausbreitete, und für einen Moment glaubte ich, mich übergeben zu müssen.

»Ich habe versucht, es nett auszudrücken. Das mit uns hat nicht funktioniert. Du musst es gut sein lassen. Bitte.« So viel zu meinem magischen, glitzernden Abend.

Ich versuchte, meinen Arm aus Nathans Umklammerung zu lösen, doch er packte nur fester zu und zog mich näher an sich. Ich stemmte mich mit meinem gesamten Gewicht dagegen und spürte das erste Aufwallen von echter Panik.

Da trat ein Mann aus einer Gruppe maskierter Partygäste zu uns und griff nach Nathans Handgelenk. Er musste ziemlich fest zudrücken, denn Nathans Finger an meinem Arm lockerten sich und lösten sich schließlich ganz.

»Wenn eine Frau«, sagte der Mann, und ich erkannte seine Stimme sofort, »versucht, sich von dir loszumachen, bedeutet das gewöhnlich, dass sie will, dass du loslässt.« Das perfekte Kinn, die vollen Lippen und das verwuschelte Haar hätten William verraten, selbst wenn seine Stimme es nicht getan hätte. Mein maskierter Retter war unverwechselbar.

»Gewöhnlich ist es eine gute Idee, sich um seine eigenen verdammten Angelegenheiten zu kümmern«, antwortete Nathan. Er drehte sich zu William um, der gute fünf Zentimeter höher aufragte als er, obwohl mir Nathan immer recht groß erschienen war.

»Was für ein Kerl trägt Pfefferminzbonbons mit sich herum?« William vollführte eine überraschend kunstvoll wirkende Geste mit der Hand, und zwei Pfefferminzbonbons erschienen zwischen seinen Fingern.

Ich war verwirrt, bis ich sah, wie Nathan anfing, an seinen Taschen herumzuklopfen. Er warf William einen bösen Blick zu und versuchte, sich die Bonbons zurückzuholen, doch William schloss die Finger darum.

»Hör zu, Arschloch«, sagte Nathan. »Wie wäre es, wenn du mich und mein Mädchen einfach reden lässt und verschwindest? Die Bonbons kannst du behalten.«

»Dein Mädchen?«, fragte William und drehte zum ersten Mal den Kopf, um mich anzusehen. Seine Lippen verzogen sich zu einem kaum merklichen Grinsen, als wollte er mich einladen, mit ihm zu lachen. »Vielleicht sollte ich es dir besser sagen: Ich habe sie heute Morgen defloriert. Genau genommen, habe ich sogar für ihre Kirsche bezahlt. Sie war übrigens köstlich«, sagte er mit einem kleinen Nicken in meine Richtung.

Trotz der Furcht, die ich empfand, musste ich ein Lachen unterdrücken.

Nathans Arme schossen nach vorne, und er vergrub seine Fäuste in den Aufschlägen von Williams Smoking. William zuckte nicht einmal zusammen. Er stand einfach nur da und musterte Nathan mit diesem ruhigen, amüsierten Lächeln.

»Tatsächlich ...« William fischte die Bonbons wieder aus seiner Tasche und schob sie zurück in Nathans. »...verstehe ich jetzt, warum du die Bonbons mit dir herumträgst.«

»Was?«, fragte Nathan.

»Dein Atem.«

Nathan presste die Lippen aufeinander und starrte William weiter böse an. Ich war mir nicht sicher, ob er wirklich vorhatte, ihn zu schlagen, oder ob er sich nur das Hirn darüber zermarterte, wie er aus dieser Situation herauskommen konnte, ohne noch dämlicher dazustehen, als er es sowieso schon tat.

»Zum Teufel damit«, sagte er schließlich und gab Williams Anzug frei. »Hör mal, Hailey. Ich weiß, dass hier aufzutauchen mich vielleicht wie einen Stalker wirken lässt.«

»Ich kenne die Geschichte dazu nicht«, unterbrach ihn William, »aber wenn du wirklich sagen musst ›das lässt mich vielleicht wie einen Stalker wirken‹, dann tut es das mit ziemlicher Wahrscheinlichkeit tatsächlich.«

»Dich hat niemand gefragt, Arschloch«, blaffte Nathan,

bevor er seine Aufmerksamkeit wieder auf mich richtete. »Die Wahrheit ist, ich vermisse dich. Ich hasse es, wie sich die Sache zwischen uns entwickelt hat, und ich hoffe wirklich, dass du mir noch mal eine Chance gibst.«

»Wie soll ich es nur ausdrücken, damit du es endlich verstehst?«, fragte ich. Ich fühlte mich vollkommen erschöpft.

»Verschwinde jetzt, Stalker!« William begann, Nathan an der Schulter nach hinten zu schieben. »Du durftest deine kleine Rede halten. Sie will offensichtlich nicht mit dir sprechen. Ich bin mir sicher, sie hat deine Telefonnummer, also kann sie dich anrufen, falls sie ihre Meinung ändern sollte.«

Nathan leistete schwache Gegenwehr, als William ihn von mir wegdrängte und einen Kerl vom Eingang heranwinkte, der ihn nach draußen führte.

Ich stand einfach nur da und beobachtete alles. Ich konnte nicht glauben, dass Nathan einen so weiten Weg auf sich genommen hatte, nur um mich um eine zweite Chance anzuflehen. Andererseits konnte ich auch nicht glauben, dass William aufgetaucht war und mich wie ein strahlender Held gerettet hatte.

Ein paar Sekunden später kehrte William zurück und verbeugte sich leicht vor mir. Ein seltsames, energiegeladenes Kribbeln durchfuhr mich – als wäre gerade mein abenteuerlustiges, fröhliches Selbst erwacht, das die ganze Zeit nur auf eine Chance zum Ausbruch gewartet hatte. Anscheinend verbarg meine Maske mein Gesicht nicht besonders gut – weder William noch Nathan hatten Probleme gehabt, mich zu erkennen –, aber trotzdem fühlte ich mich damit irgendwie anders. Vielleicht lag es am Alkohol, doch meine bisherige Nervosität war nur noch eine ferne Erinnerung. Ich wollte den Ärger mit Nathan einfach vergessen. Ich wollte immer noch einen märchenhaften Abend erleben, und das würde ich mir von ihm nicht nehmen lassen.

Ich würde Spaß haben.

»Du brauchst gar nicht so selbstgefällig zu schauen«, sagte ich, überrascht, wie selbstsicher meine Stimme klang. »Wenn du das nächste Mal den tapferen Ritter spielen willst, solltest du dabei vielleicht nicht so sehr auf dicke Hose machen.«

Seine Mundwinkel zuckten. »Hing mein Schwanz raus?«

Unwillkürlich wanderten meine Augen nach unten, doch dann hob ich den Blick wieder zu der weißen Maske vor seinem Gesicht. »Bildlich gesprochen, ja«, meinte ich. »Und jetzt hast du auch noch bewiesen, dass du kein Gespräch führen kannst, ohne einen anzüglichen Witz zu machen. Das gibt Punktabzug wegen mangelnder charakterlicher Reife.«

Er schnappte sich ein Glas vom Tablett eines Kellners, der gerade vorbeiging, und bot es mir an. »Charakterliche Reife wird überbewertet.«

»Und wie wäre es damit, nicht ständig Leute zu bestehlen? Wird dieses Verhalten auch überbewertet?«

»Aber absolut.«

Ich konnte ein kleines Grinsen nicht unterdrücken. William war so unverfroren. Normalerweise hätte die leichte Arschloch-Ausstrahlung, die ihn umgab, mich abschrecken müssen. Genauso wie seine Unverblümtheit. Doch sein unglaubliches Selbstbewusstsein sorgte dafür, dass diese Eigenschaften bei ihm seltsam attraktiv wirkten. Außerdem mochte ich die Art, wie er einem die Worte im Mund umdrehte und immer alles ins Scherzhafte zog. Das wirkte charmant. Sexy.

Mir wurde erst klar, dass ich mein Champagnerglas irgendwo abgestellt hatte, als ich auf den Drink herabsah, den William mir in die Hand gedrückt hatte. Es war ein Glas Rotwein. Normalerweise trank ich keinen Rotwein, weil ich davon Kopfweh bekam; aber sicher konnte ich heute mal eine Ausnahme machen. Denn wenn schon der leichte Rausch des Champagners dafür sorgte, dass ich mich so mutig fühlte, welche Wunder würden dann erst geschehen, wenn ich mehr trank?

Ich nahm einen Schluck, dann zog ich angenehm überrascht die Augenbrauen hoch.

»Gut?«, fragte er.

»Besser als die Gesellschaft.«

Er presste sich eine Hand an die Brust. »Das verletzt mich tief.«

»Aus irgendeinem Grund bezweifle ich, dass das überhaupt möglich ist.«

William zuckte mit den Achseln, immer noch mit diesem leicht amüsierten Lächeln im Gesicht, das zu sagen schien, dass unser Gespräch ein Spiel war, genauso wie die Party – und überhaupt das ganze Leben. Ein Blick auf ihn – ob nun mit oder ohne Maske –, und man wusste, dass hier ein Mann vor einem stand, der sich nicht aus dem Gleichgewicht bringen ließ. Nicht von Sorgen oder Problemen. Das beneidete ich fast so sehr, wie es mich faszinierte. Das war eine Einstellung, die ich nur zu gerne von ihm gelernt hätte.

»Ich frage mich, ob deine Zunge wohl auch so scharf schmeckt, wie sie klingt«, sagte er. »Oder vielleicht so süß wie dein Kirschkuchen …«

»Er hat dir geschmeckt?«, fragte ich. Ich ignorierte seinen offensichtlichen Flirtversuch vollkommen, weil er meinen Kuchen erwähnt hatte. Vor allem anderen war ich Bäckerin, und seine Meinung über meinen Kuchen war mir wichtiger als die gefährlichen Gewässer, in die ich mich mit diesem Gespräch vielleicht begab.

»Er war süß, aber irgendetwas fehlte.«

Mein Herz setzte für einen Moment aus. Ich hatte jahrelang an diesem Rezept gefeilt. Ich hatte so viele verschiedene Backtechniken und Kombinationen von Zutaten ausprobiert. Die Vorstellung, dass ihm der Kuchen nicht geschmeckt hatte, traf mich tiefer, als es jede Beleidigung gekonnt hätte. »Was stimmte nicht damit?«, fragte ich und zerstörte damit den Eindruck von unerschütterlichem Selbstbewusstsein, das ich bis dahin so gut vorgespielt hatte.

»Na ja«, meinte er. »Er hätte mehr Back...soda?... gebraucht?« Es gelang ihm ungefähr eine Zehntelsekunde lang, ernst zu bleiben, bevor seine Lippen sich erneut zu diesem vertrauten Grinsen verzogen.

Ich stemmte lächelnd die Hände in die Hüften. »Backsoda?«

»Genau. Für den Backteil. Das Soda hilft beim Backen.«

Ich zog eine Augenbraue hoch. »Dann alarmiere ich mal besser die Bäckerinnung. Wir haben uns die ganze Zeit über geirrt. Wir dachten, es ginge um das Treibmittel.«

»Treibmittel?«

»Um den Teig lockerer zu machen. Das ist für die kleinen Bläschen darin verantwortlich.«

»Du und deine Bläschen. Bubbly Baker. Bläschen im Teig. Hintern wie zwei runde Bläschen«, murmelte er.

»*Was?*«

»Ach, nichts«, seufzte er, bevor ich seine Worte wirklich verarbeiten konnte. Dann tippte er sich ans Kinn und beobachtete mich, als mache er sich im Kopf Notizen.

»Was?«, fragte ich wieder. »Was soll dieser Blick bedeuten?«

»Er bedeutet, dass ich dich langsam durchschaue. Stück für Stück, Cherry.«

»Ich heiße Hailey. Und viel Glück mit dem Durchschauen. Wirst du mich wissen lassen, wenn du damit fertig bist? Ich könnte auch ein paar Einsichten gebrauchen.«

»Bisher, Cherry, habe ich Folgendes herausgefunden...« Er schnappte sich mit einer schnellen Bewegung das Glas aus meiner Hand, nippte daran und gab es mir zurück. »Tut mir leid«, sagte er, als er meine entrüstete Miene sah. »Dinge, die man nicht haben soll, schmecken immer besser, nicht wahr?« Er hielt inne und ließ seinen Blick auf eine Weise über mein Gesicht gleiten, die seinen Worten mehr Gewicht und eine gewisse Anzüglichkeit verlieh.

»Absolut«, antwortete ich. Langsam wurde ich wieder nervös. Eine Unterhaltung mit William war wie ein verbales Duell. Und je länger sie dauerte, desto deutlicher wurde mir bewusst, dass er sie völlig kontrollierte. Ich füllte die Stille mit Worten, weil ich der Meinung war, dass ein Mann wie William mit Schweigen gefährliche Dinge anstellen konnte – unterstützt von diesem glühenden Blick und seinen ausdrucksstarken Lippen. »In der Grundschule haben wir immer Tauschhandel mit dem Essen in unseren Lunchboxen getrieben«, sagte ich, mehr um das Schweigen zu brechen. Ich ging nicht wirklich davon aus, dass er eine Antwort erwartete. »Airhead-Fruchtgummis waren wie Gold. Einen Airhead konnte man gegen so gut wie alles eintauschen. Man bekam dafür sogar ein ganzes Tablett Chicken Nuggets mit Pommes. Besonders, wenn er diese mysteriöse Geschmacksrichtung hatte. Das waren die weißen. Sie schmeckten so viel besser, wenn man sie getauscht hatte, als wenn man sie einfach von seiner Mutter eingepackt bekam.«

»Die weißen schmeckten nach Zuckerwatte. Geheimnis gelüftet.«

Ich versuchte, mich daran zu erinnern, wie die Fruchtgummis geschmeckt hatten, und war mir nicht sicher, ob ich William widersprechen konnte. »Du meintest, du hättest mich durchschaut?«, hakte ich nach. Zugegeben, ich wollte dringend hören, was er von mir hielt, auch wenn ich gleichzeitig Angst davor hatte, dass mir seine Einschätzung nicht gefallen könnte.

»Habe ich. Und dann hast du mich dazu gebracht, ›unterbricht gerne Leute, die dramatische Pausen in Gesprächen machen‹, zu der Liste der Dinge hinzuzufügen, die ich bereits über dich weiß.«

Ich errötete. »Mir war nicht klar, dass das eine dramatische Pause sein sollte.«

»Hin und wieder mangelt es ihr an grundsätzlicher Beobachtungsgabe«, sagte er sachlich, als diktierte er seiner Sekretärin einen Brief.

»Hey!«, meinte ich lachend und boxte ihn leicht gegen den Arm. Dann riss ich die Hand ein wenig zu schnell zurück, und mein Lachen verklang, als mir bewusst wurde, was ich da gerade getan hatte. Er schien meine Reaktion nicht zu bemerken, sondern musterte mich weiter hinter seiner Maske heraus mit diesem abschätzenden Blick, die blauen Augen nachdenklich zusammengekniffen.

»Neigt zu körperlicher Gewalt ...«

»Du solltest besser anfangen, meine guten Seiten aufzuzählen, oder ich finde heraus, ob du den Rest dieses Weins auch aus der Luft trinken kannst.«

»Okay. Die guten Seiten. Na ja, dummerweise ist dieser Teil der Liste vertraulich. Zumindest, bis die Liste komplett ist. Und natürlich, bis ich die Chance hatte, deine Intimbereiche zu erkunden.«

Ich starrte ihn böse an.

»Du solltest dein Gesicht sehen. Jetzt weiß ich, wieso man dich Cherry nennt. Genau diese Farbe nimmst du an, wenn du wütend bist.«

»Man nennt mich nicht Cherry. Das machst nur du. Obwohl ich dir gesagt habe, dass ich Hailey heiße.«

»Vielleicht solltest du dich bemühen, nicht so bezaubernd auszusehen, wenn du wütend bist. Dann würde es nicht so viel Spaß machen, dich zu provozieren.«

Meine Wangen begannen, noch heißer zu glühen. Ich

wollte gerade etwas erwidern, als ein Mann und eine Frau neben William traten. Ungläubig starrte ich zwischen William und dem Mann hin und her, auch wenn ihre Gesichter hinter Masken verborgen waren. Sie waren genau gleich groß, hatten exakt denselben Körperbau. Dieselben Augen, denselben Mund, dasselbe Kinn. Sogar ihre Ohren waren identisch. Der einzige Unterschied war, dass der Neuankömmling sein Haar ordentlich geschnitten und gekämmt trug, während Williams Haare immer noch um seinen Kopf abstanden wie wahrscheinlich schon heute Morgen nach dem Aufstehen. Außerdem hatte der andere eines dieser weißen Seidentaschentücher in seiner Jacketttasche stecken – ich konnte mich nie erinnern, wie man sie nannte.

»Folterst du mal wieder eine arme Frau?« Der zweite Mann klang sogar genau wie William, wenn auch mit einem kühleren Unterton in der Stimme. Er klang ernsthafter.

»Cherry, das ist mein Bruder Bruce«, sagte William. »Wir sind eineiige Zwillinge, aber ich bin ein paar Sekunden älter, was bedeutet, dass ich ein wenig stärker und besser bin als er.«

»Statistisch betrachtet, bedeutet es nur, dass du früher sterben wirst«, meinte Bruce ausdruckslos.

»Ich bin Natasha.« Die Frau lächelte freundlich und schüttelte mir die Hand. Sie trug ein atemberaubendes weißes Kleid, das gleichzeitig elegant und lässig wirkte. Ich wünschte mir, ich wäre der Typ für diesen Look gewesen. Trotz des fantastischen Kleides, eines Gesichts, das irgendwo zwischen bezaubernd und schön schwankte, und der Tatsache, dass Williams Zwilling seinen Arm um ihre Schultern gelegt hatte, schaffte sie es trotzdem, bescheiden und freundlich zu wirken. Ich mochte sie sofort.

»Ich bin Hailey«, sagte ich.

Als sie meinen Namen hörte, warf sie mir einen fragenden Blick zu.

»William findet es lustig, mich Cherry zu nennen«, erklärte ich.

»Oh, vertrau mir, ich kann dein Leid nachempfinden«, sagte Natasha. »Ich musste schon oft unter seinen humoristischen Versuchen leiden. Tut mir leid, dass er jetzt dich als seinen Humor-Müllcontainer verwendet.«

»Hey!« Trotz seines verletzten Tonfalls lächelte William. »Humor-Müllcontainer? Himmel, Natasha. Bruce' Kaltherzigkeit färbt auf dich ab. Das hat mich tatsächlich ein wenig verletzt.«

»Oh«, sagte sie, und ihr Lächeln verblasste leicht. »Ich wollte dich nicht wirklich ...«

»Mach keinen Rückzieher, Natasha«, fiel Bruce ihr ins Wort. »Williams Ego braucht alle Schläge, die wir ihm verpassen können. Unglücklicherweise bin ich mir ziemlich sicher, dass es überleben wird.«

»Ich bekomme langsam das Gefühl, dass sich hier drei auf einen stürzen. Und eins möchte ich anmerken ... wenn sich schon drei Leute auf mich stürzen, wäre es mir lieber, wenn es einen Schwanz weniger in der Gleichung gäbe. Zumindest, wenn besagter Schwanz meinem Bruder gehört.«

»Ein Schwanz in der Gleichung ist in Ordnung, solange es nicht meiner ist. Ist vermerkt«, sagte Bruce und klang dabei leicht amüsiert.

Ich musste ein Lachen unterdrücken.

William ließ irgendetwas fallen, was er in der Hand gehalten hatte. Ich konnte nicht erkennen, was es war, ich sah nur, wie er plötzlich vor Bruce in die Knie ging, um dann wieder aufzustehen und etwas in seine Hosentasche zu schieben. Fast hätte ich es nicht kapiert, doch als ich erneut zu Bruce blickte, bemerkte ich, dass das weiße Taschentuch verschwunden war.

»Nun.« William streckte sich und gab vor, gähnen zu müssen. »Wo wir gerade von Schwänzen sprechen: Solltest du dich nicht mit Mister Geldsack treffen?«

Bruce seufzte. »Dir ist schon klar, dass wir ihn sofort als Kunden verlieren werden, wenn er hört, dass du ihn so nennst?«

»Das ist mir bewusst, und trotzdem werde ich nicht aufhören, ihn so zu nennen.«

»Natürlich. Komm, Natasha. Ich sollte tatsächlich Mr Packard aufspüren und mich mit ihm unterhalten. Es war nett, dich kennenzulernen, Hailey«, sagte er höflich, bevor er mit Natasha an seiner Seite verschwand.

»Aha. Also bist du der böse Zwilling, und er ist ...«

»Der mit den Zwangsstörungen. Ich glaube, wenn man sich ein wenig anstrengen würde, könnte man ihn dazu bringen, Eiswürfel aus dem After auszuwerfen. Oder vielmehr Crushed Ice.«

Ich stieß ein überraschtes Lachen aus. »Das ist ein verstörendes Bild.«

»Willkommen in meiner Welt.« William zog ein weißes Seidentaschentuch aus seiner Tasche und schnäuzte sich, obwohl das mit ziemlicher Sicherheit gar nicht nötig war. Dann musterte er das Taschentuch mit einem leichten Lächeln und ließ es auf den Boden fallen.

»Wo liegt der Sinn darin, es zu stehlen, wenn du es dann wegwirfst?«, fragte ich.

Er wirkte ein wenig überrascht – als hätte er nicht damit gerechnet, dass ich den Diebstahl des Taschentuchs überhaupt bemerken würde. »Nun, nicht alles kann in die Sammlung aufgenommen werden.«

»Will ich überhaupt wissen, was *die Sammlung* ist?«

Er dachte einen Moment darüber nach. »Das ist meine Ruhmeshalle, könnte man sagen. Wenn du deine Karten richtig ausspielst, zeige ich sie dir vielleicht eines Tages.«

»Eines Tages«, wiederholte ich langsam. »Klingt, als hättest du große Pläne für uns beide. Muss ich anfangen, Zeit in meinem Kalender freizuräumen?«

»Nur die Nächte.«

Ich kaute auf der Unterlippe. »Machst du das immer?«

»Hübsche Frauen mit nicht allzu subtilen Hinweisen auf Sex anbaggern? Gewöhnlich nicht, nein.«

Meine Grammy sagte immer, wenn man ein Kompliment bekam, sollte man niemals widersprechen, es sei denn, man wollte, dass es das letzte war. Also lächelte ich einfach, obwohl ich wirklich Probleme damit hatte zu glauben, dass er mich für hübsch hielt; besonders angesichts der Frauen, die sich sonst hier herumtrieben. »Ich verstehe ... Und diese hübschen Frauen, denen du *gewöhnlich* keinen Sex anträgst ... was machen die meisten von ihnen, wenn du deine nicht so subtilen Hinweise fallen lässt?«

»Weißt du«, sagte er und trat bewusst einen Schritt näher an mich heran, was jedes bisschen Selbstvertrauen und Sicherheit meinerseits zerstörte. Das Gefühl seiner Nähe war unglaublich. *Überwältigend.* »Ich habe Probleme, über andere Frauen nachzudenken ... oder überhaupt über irgendetwas, was vor diesem Moment geschehen ist. Es gibt da eine Sache, die alles andere überstrahlt.«

»Und die wäre?«, hauchte ich.

»Diese Frau«, sagte er. Er hielt inne, ließ seinen Blick über mich gleiten, den Mund leicht geöffnet. Seine sexuelle Ausstrahlung hüllte mich ein und sorgte dafür, dass mein gesamter Körper kribbelte. »Diese Frau, die ich getroffen habe. Sie ist irgendwie verklemmt. Ein bisschen sarkastisch. Sie widerspricht gerne.«

»Sie klingt schrecklich.« Meine Worte waren nur ein Flüstern, weil meine Kehle so eng und mein Mund so trocken waren.

»Das ist es ja. Ich habe mich noch nie für eine Frau wie sie interessiert, aber diese ... ich glaube, ich mag sie.«

»Ich bin mir sicher, sie fühlt sich geschmeichelt.«

»Tust du das?«

»Tue ich was?«

Er grinste. »Muss ich es wirklich ausbuchstabieren? Okay, ich werde dir den Gefallen tun.« Er hob den Zeigefinger, bis er ein kleines Stück unter meinem Schlüsselbein schwebte, wo der tiefe Ausschnitt meines Kleides ihm Zugang zu meiner Haut gewährte – auf die er den Finger nun sinken ließ. Sofort bildete sich Gänsehaut auf meinen Armen, und ein Zittern überlief meinen Körper.

William fing an, mit seinem Finger irgendwelche Formen zu zeichnen. Keine Ahnung, was er da tat. Meine Welt bestand nur noch aus seinen langen Wimpern, seinen nachdenklichen blauen Augen, diesen vollen, sündhaften Lippen und der Hitze seines Körpers. In diesem Moment hörte ich weder die Musik, noch bemerkte ich die Menschen um uns herum.

Nach ein paar Sekunden zog er den Finger zurück und sah mich erwartungsvoll an. »So, jetzt habe ich es ausbuchstabiert. Hast du es verstanden?«

»Was?«, fragte ich. Ich hatte absolut nicht darauf geachtet, was er da auf meine Haut gezeichnet hatte.

Er zuckte mit den Achseln. »Frauen. Man kann es buchstäblich auf ihre Haut schreiben, und sie kapieren es trotzdem nicht. Nun, dein Pech.«

»Hey«, sagte ich mit einem leichten Lächeln. »Mach es noch mal.«

»Nö. Du hattest deine Chance und hast sie versemmelt.«

Ich stemmte die Hände in die Hüften – eine Geste, die normalerweise ziemlich ungewöhnlich für mich war, aber William kitzelte sie aus mir heraus. »Du bist lächerlich.«

»Lächerlich durstig. Ich werde gleich mit etwas Starkem, Gestohlenem zurück sein.«

»Die Getränke sind kostenlos. Du kannst sie nicht stehlen.«

»Immer noch so unschuldig«, meinte er wehmütig. »Beim Diebstahl kommt es auf den Kontext an, Cherry. Aber mach dir mal keine Sorgen, das werde ich dir schon noch beibringen.«

Und mit diesen Worten verschwand er und ließ mich zurück, um darüber nachzudenken, was zum Teufel er wohl damit gemeint hatte.

Kaum eine Sekunde später tippte mir eine Frau auf die Schulter. Ich drehte mich um und sah sie an.

Ob nun mit Maske oder ohne, sie war atemberaubend schön. Herzförmiges Gesicht, Schmollmund, große grüne Augen mit langen Wimpern. Ihr Körper war der feuchte Traum eines jeden Mannes. Sie warf mit einer geübten Bewegung ihr rabenschwarzes Haar über die Schulter nach hinten – eine Geste, die irgendwie sagte: »Ich bin in jeder Hinsicht besser als du, und du kannst deinen Hintern drauf verwetten, dass ich mir dessen bewusst bin.«

»Hi?«, fragte ich.

»Entschuldige, dass ich dich störe«, schnurrte sie förmlich. Sie schenkte mir ein Lächeln, das gleichzeitig einnehmend und sexy wirkte. Ein Teil von mir wollte sie mögen, doch eine leise Stimme tief in mir ermahnte mich, bei dieser Frau Vorsicht walten zu lassen. »Ich bin Zoey Parker. Man könnte sagen, ich bin die Präsidentin des William-Chamberson-Exfreundinnen-Clubs.«

»Oh«, sagte ich, weil ich nicht wusste, was ich sonst sagen sollte.

»Keine Sorge. Hier geht es nicht um Eifersucht. Und ich will dir auch nicht drohen. Ich trete als Freundin an dich heran. Als jemand, der genau da war, wo du jetzt bist. William ist sehr gut darin, Versprechungen zu machen. Er wird dich überzeugen, dass er ein guter Kerl ist, wenn auch mit gewissen Ecken und Kanten. Er wird dir alles versprechen, was nötig ist. Er wird dich verführen. Er wird bekommen, was er will, und dann wird er weiterziehen. Das hat er mit uns allen gemacht, und er wird es auch mit dir machen.«

»Nun«, antwortete ich ein wenig steif. »Ich weiß die Warnung zu schätzen, aber ich bin schon groß. Ich glaube, ich kann selbst entscheiden, ob ich mich auf jemanden einlassen will oder nicht.«

Sie lächelte angespannt. »Natürlich kannst du das.« Dann drückte sie meine Schulter, ein wenig zu fest. »Aber hör zu. Nimm das nicht persönlich, doch nach ein paar Eroberungen kommt William jedes Mal zu mir zurückgekrochen. Manchmal weiß ich gar nicht, wie ich das immer wieder schaffe, aber hey, das ist kein Job für jeden.«

Ich lächelte, allerdings ohne jede Wärme. Ich war gewöhnlich nicht der zickige Typ, aber diese Frau strahlte eine solche Stutenbissigkeit aus, dass meine innere Kriegerin zum Leben erwachte. »Tut mir leid, ich glaube, ich habe dich nicht genau verstanden. Hast du gesagt, du wärst die Präsidentin seines Exfreundinnen-Clubs oder seines Fanclubs?«

Ihre Lippen wurden schmal, doch trotzdem kleisterte sie sich ein süßliches, falsches Lächeln ins Gesicht. »Viel Glück, Schätzchen! William frisst Mädchen wie dich zum Frühstück und spuckt sie dann wieder aus.« Sie wedelte mit ihren manikürten Nägeln vor meinem Gesicht herum, bevor sie sich mit schnellen Schritten entfernte und in der Menge verschwand.

Ich versuchte noch immer, meine Begegnung mit der Eiskönigin zu verarbeiten, als William mit zwei Gläsern Champagner in den Händen zurückkehrte. Er bot mir eines davon an, doch ich lehnte ab, als ich den Lippenstiftabdruck am Rand des Glases entdeckte.

»Findest du nicht, du treibst es mit dieser ganzen Diebstahlsache etwas zu weit?«, fragte ich. Ich war mir nicht sicher, ob ich Zoeys Auftritt ansprechen sollte. Einerseits verzehrte ich mich danach, seine Seite der Geschichte zu hören. Andererseits schuldete William mir eigentlich keine Erklärung. Wahrscheinlich hatte er eine Chance verdient, mir zu zeigen, wie er wirklich war, statt sich gegen die Anschuldigungen einer irren Exfreundin verteidigen zu müssen.

»Diebstahl ist so ein hartes Wort. Ich habe eine leichte Tendenz zur Kleptomanie. Das ist eine Krankheit. Und du würdest dich doch nicht über einen kranken Mann lustig machen, oder? Außerdem kannst du die Blumen jederzeit zurückhaben. Du musst einfach in meinem Büro vorbeischauen. Also habe ich sie nur geliehen, nicht gestohlen. Deine Kirsche andererseits ... ich hatte nicht vor, sie zurückzugeben.«

»So funktioniert das also?«, fragte ich, wobei ich seinen Kirschenkommentar einfach ignorierte. »Meine Blumen mitzunehmen, war nur der alte *Ich habe etwas in deiner Wohnung vergessen*-Trick mit einer kleptomanischen Note?«

»Genau.«

»Hm. Nun, du kannst sie behalten.«

Er tippte sich ans Kinn. »Verstehe. Offensichtlich habe ich nicht den richtigen Gegenstand gestohlen. Ich nehme an, ich muss noch mal in deinem Laden vorbeischauen.«

»Ich kann dich kaum davon abhalten.«

»Würdest du das denn wollen?« Mit einem Mal klang er überhaupt nicht mehr spielerisch, sondern vollkommen ernst. Und da war es wieder. Immer, wenn ich anfing zu glauben, dass dieser Mann absolut gar nichts ernst nehmen konnte, blitzte plötzlich diese Intensität in ihm auf.

»Vielleicht«, sagte ich. Das war eine ehrliche Antwort. Denn wenn er nicht mehr in meiner Bäckerei auftauchen würde, müsste ich keine Angst vor der Zukunft haben, vor dem Unbekannten und der Möglichkeit, dass das, was auch immer sich da gerade zwischen uns entwickelte, direkt in die Katastrophe führte. Andererseits wollte ich ihn auch nicht wirklich davon abhalten, denn ich ging nicht davon aus, dass man Männern wie William jeden Tag begegnen konnte. Schloss ich von meiner Vergangenheit auf die Zukunft, würde es ungefähr dreißig Jahre dauern, bis ich das nächste Mal einen von ihnen treffen würde – und ich war mir nicht sicher, ob ich bis fast zu meinem sechzigsten Lebensjahr auf diese Chance warten wollte.

»Dann ist es ja gut, dass du gar keine Wahl hast.« Sein Blick huschte zu der Galerie hinter mir. Dann sah er mich wieder an und schenkte mir ein abgelenktes Lächeln, bevor er den Blick erneut hob. Ich drehte mich um, um herauszufinden, wen er anstarrte, und da war sie: Zoey, die Eiskönigin, oberstes Miststück des William-Chamberson-Exfreundinnen-Clubs. Schwarzes Kleid, schwarzes Haar, einen Choker aus dunkler Spitze um den Hals und eine Maske mit subtil angedeuteten Katzenohren. Ein Stich der Eifersucht durchfuhr mich, und mein Herz wurde schwer. Vielleicht hatte sie doch nicht gelogen.

»Nun«, sagte William. »Ich hatte eigentlich vor, mit dir zu tanzen. Dir ein Ständchen zu singen. Dich irgendwann an einen privateren Ort zu entführen und die ganze Sache mit der Defloration aus dem Reich der Metaphorik zu holen, aber… unglücklicherweise muss ich mich erst um etwas anderes kümmern. Also ist dieser Plan aufgeschoben bis zum nächsten Mal.«

Er wartete meine Antwort nicht ab. Stattdessen ließ er mich einfach mit dummem Gesicht stehen und ging direkt Richtung Galerie. Und da wurde mir bewusst, dass ich die Wahrheit über ihn und diese Frau gar nicht erfahren wollte. Ich wollte einfach nur von hier verschwinden und mich an die kleinen Reste der Magie klammern, die von dem knisternden Gespräch mit ihm übrig geblieben waren. Wenn ich jetzt floh, konnte ich mir im Rückblick immer noch einreden, ich hätte mich, was Zoey anging, geirrt. Doch sollte ich erfahren, dass sie mit ihrer Behauptung recht gehabt hatte, würde ich mich nur noch mehr zur Einsiedlerin entwickeln. Das wäre eine Erfahrung mehr, die mich für alle Ewigkeit von jedem Penisträger der Welt fernhalten würde.

Ich fühlte mich dämlich, weil ich überhaupt gekommen war. William war charmant und sah atemberaubend aus, doch wahrscheinlich war es dumm von mir gewesen, auch nur für einen Moment zu glauben, dass ich in seinem Leben mehr sein konnte als ein kleiner Abstecher. Hatte ich so lange gewartet, um dann als Abstecher zu enden?

Ich war einfach nur die Frau, die William heute Morgen in der Bäckerei getroffen hatte. All die Aufmerksamkeit, die er mir geschenkt hatte, mochte für mich etwas Besonderes sein, aber vielleicht war das für ihn nur Teil eines ganz normalen Tages. Es gelang mir nicht mal, mich aufzuregen … also gab ich mich damit zufrieden, mich dumm und naiv zu fühlen. Ja. Dumm und naiv. Wäre mein Leben eines meiner Rezeptbücher gewesen, hätte es darin eine lange Liste mit allen Kombinationen dieser beiden Zutaten gegeben, die ich in den letzten fünfundzwanzig Jahren ausprobiert hatte. Spoiler-Alarm: Egal, wie man sie auch kombinierte, man erhielt immer eine ordentliche Portion Enttäuschung mit einer Prise Verlegenheit.

Das Rezept meines Lebens. Lecker.

VIER

William Eigentlich hatte ich vorgehabt, das Bäckermädchen schon am Morgen nach der Party wieder zu belästigen, aber irgendwie war mir die Zeit davongelaufen. Mein überkorrekter Bruder hatte mich tatsächlich gezwungen, im Büro zu arbeiten, während wir versuchten, einen weiteren großen Marketing-Deal mit einem weiteren großen, mächtigen Klienten abzuschließen. Bruce bekam einen Kick von dem ganzen organisatorischen Kram in unserer Firma. Recherchieren, netzwerken, koordinieren, planen, ausführen. Der Kerl hatte wahrscheinlich feuchte Träume, die davon handelten, dass alles reibungslos ablief. Mir ging es mehr ums Risiko.

Ich mochte es, Dinge auszuprobieren, die niemand im Vollbesitz seiner geistigen Kräfte je gewagt hätte. Noch besser war es, wenn wir dabei riskierten, Millionen zu verlieren oder den Ruf unserer Firma zu ruinieren, falls es schiefging. Ich war allerdings ziemlich gut in dem, was ich tat, also versagten wir nie.

Okay, manchmal floppten meine Ideen auch. Ich hatte hier und da ein paar Millionen verloren und auch einige große Firmen gegen uns aufgebracht.

Aber das war nicht das Ausschlaggebende. Ich war ein Ideen-Mensch. Um ein kreatives Genie zu sein, musste man hier mal ein Risiko eingehen, dort mal ein paar Leute verärgern und ein oder zweimal das eigene Büro in Brand setzen. Letzteres war wahrscheinlich nicht so wichtig wie die ersten beiden Punkte, aber wenn der kreative Schaffensprozess eben ab und zu etwas Illegales erforderte, dann konnte es schon mal passieren, dass man eilig einen Joint in den Papierkorb warf, wenn der eigene Bruder ins Büro stürmte. Anscheinend hatte sich genug Papier in besagtem Mülleimer befunden, um ... na ja, schon klar, oder?

Trotzdem gab sogar Bruce zu, dass ich gut in meinem Job war. Das musste er. Wann immer der Mistkerl zu hochnäsig wurde, drohte ich ihm mit Kündigung, damit er mir ein wenig in den Hintern kroch. Vermutlich hatte ich ihn allein damit inzwischen schon ein paar Jahre seines Lebens gekostet. Der Kerl behauptete immer, er würde länger leben als ich. Das würden wir noch sehen.

Aber die Arbeit und mein Bruder konnten warten. Ich hatte ihnen zwei Tage geopfert, vielleicht sogar drei. Das Bäckermädchen dachte wahrscheinlich mittlerweile, ich hätte das Interesse verloren ... und das musste ich in Ordnung bringen, bevor irgendein anderer Mistkerl des Weges kam und versuchte, Hand an ihren Kirschkuchen zu legen.

Wie aufs Stichwort trug Bruce in diesem Moment sein hässliches Gesicht in mein Büro. Und ja, wir mochten eineiige Zwillinge sein, aber sein Gesicht war trotzdem hässlich.

»Was?«, fragte ich. »Ich hatte eigentlich vor, mir ein wenig Leben zu gönnen, oder planst du, mir das zu versauen?«

Bruce warf mir einen angewiderten Blick zu. »Eigentlich bin ich hier, um mich nach der Frau von der Party zu erkundigen. Die von vor ein paar Tagen.«

Ich musterte ihn skeptisch, die Art, wie er im Türrahmen

stand, statt zu meinem Schreibtisch zu stürmen, wie er es normalerweise tat. Und er hatte die Hände in den Hosentaschen. Sehr untypisch für Bruce. Irgendwas war hier im Busch.

»Natasha hat dich auf mich angesetzt?«

»Ja.« Jetzt wirkte er wirklich verlegen.

»Sie hat dich aber angewiesen, mir das nicht zu verraten?«

»Ja«, seufzte er.

Ich ging zu ihm und klopfte ihm auf die Schulter. »Schieb es einfach auf diese Zwillings-Telepathie-Sache. Das glaubt wirklich jeder. Du musst ihr nicht erzählen, dass du ein schrecklich schlechter Lügner bist, der beim Poker selbst gegen Kleinkinder ein Vermögen verlieren würde.«

»Beim Poker geht es nur um Glück. Da kann jeder ein Vermögen verlieren.«

»Und deswegen bist du so schlecht in diesem Spiel. Aber das ist okay. Du kannst dafür andere Dinge gut. Wie ... die Kühlschränke anderer Leute organisieren. Das liebst du doch, oder?«, fragte ich und bemühte mich wirklich, dabei aufmunternd zu klingen.

»Ja. Ich liebe es genauso sehr, wie du es liebst, alten Damen die Handtaschen zu stehlen.«

»Das habe ich noch nie getan«, sagte ich. »Das erkläre ich dir jetzt schon zum tausendsten Mal. Es war eine Einkaufstüte, und sie hat mir vorher den Parkplatz geklaut.«

»Also?«, fragte er und betrat endlich mein Büro, um sich auf dem Sessel vor meinem Schreibtisch niederzulassen. »Das Mädchen?«

»Muss sich noch herausstellen. Ich wollte sie gerade belästigen gehen, als du hässlicher Kerl hier aufgetaucht bist.«

»Nun, was ist passiert, nachdem wir euch auf der Party allein gelassen hatten? Hast du sie vertrieben?«

»Wieso interessiert sich Natasha so für sie? Sie hat dich

noch nie losgeschickt, um mich über eine der Frauen auszuhorchen, mit denen ich meine Zeit verschwende.«

»Natasha fand, dass du dich ihr gegenüber anders verhalten hast als gegenüber den anderen.«

»Seit wann ist sie da Expertin? Soweit ich weiß, kennt sich Natasha nur gut mit Unfällen aus.«

»Vorsichtig«, knurrte er. »Du redest gerade von meiner Ehefrau.«

Ich riss die Hände in die Luft und schenkte ihm ein kleines, entschuldigendes Lächeln. »Ich sag ja nur. Bei ihr treffen für gewöhnlich ausgerechnet Pech und schlechtes Timing aufeinander – eine gefährliche Mischung. Es wundert mich, dass du sie ohne Helm aus dem Haus lässt.«

Bruce warf mir einen bösen Blick zu, doch er wusste genau, dass das die beste Entschuldigung war, die er von mir bekommen würde, also machte er einfach weiter. »Sie hat nie behauptet, eine Expertin zu sein, besonders nicht in Bezug auf dich. Niemand, der dich kennt, wäre dämlich genug zu glauben, dass er dich versteht. Selbst ich verstehe dich nicht.«

»Danke für das Kompliment!«

»Sie war einfach neugierig. Also hat sie mich losgeschickt, um mehr herauszufinden.«

»Das war ihr erster Fehler. Sie hätte besser eine abgerichtete Ratte losgeschickt. Viel unauffälliger.«

Bei meiner Erwähnung der Ratte zuckte Bruce leicht zusammen – womit ich auch gerechnet hatte. Er hätte es nie zugegeben, aber er hatte panische Angst vor den kleinen Nagern. Wahrscheinlich ergab das sogar Sinn. Wäre Bruce ein Superheld gewesen, hätte er sich bestimmt Mr Clean genannt … und Ratten standen symbolisch für die Unordnung und den Dreck, den er so sehr verabscheute.

»Also?«, drängte er. »Wie lief es auf der Party mit ihr? Was ist passiert? Du musst mir irgendetwas liefern, oder Natasha schickt mich einfach wieder und wieder los. Erspar uns beiden dieses Leid. Bitte.«

Ich verschränkte die Arme und ließ mich mit dem Rücken gegen die Wand sinken. »Nun, Zoey ist passiert.«

»Verdammt«, zischte Bruce. »Zoey Parker?«

»Genau die.«

»Glaubst du, Mom und Dad haben sie auf dich angesetzt?«

»Könnte sein«, sagte ich. »Ich gebe ihnen Almosen, wenn sie welche verlangen, aber vielleicht sind sie das ganze Theater langsam leid. Ich verstehe allerdings nicht, wieso sie glauben, dass Zoey ihnen einen Anteil abgeben würde, wenn es ihr gelänge, mich vor den Altar zu schleifen.«

»Weil sie Idioten sind.«

»Bruce, jetzt komm schon. Das sind unsere Eltern, von denen du da sprichst.«

»Dessen bin ich mir bewusst.«

Ich grinste. »Sie mögen eine lange, haarsträubende Historie des Versagens vorzuweisen haben, aber sie sind … Na ja, sie sind Draufgänger. Das musst du ihnen lassen. Zumindest versuchen sie, den amerikanischen Traum zu leben.«

»Genau. Und seitdem wir beruflich erfolgreich sind, verwenden sie ihre gesamte Energie darauf, an unser Geld zu kommen.«

»Der Teufel steckt im Detail, das weißt du, oder?«

»Dann bist du dem Teufel also noch nie begegnet?«, fragte Bruce.

»Während du mir wahrscheinlich sagen kannst, wie viele Finger er sich gerne in den Hintern steckt.«

Bruce wand sich in seinem Stuhl. »Manchmal vergesse ich, wie unreif du bist.«

»Wenn Reife bedeutet, Bananen anzubeten, strenge Zeitpläne zu befolgen und farbcodierte Ordnungssysteme zu entwerfen, dann verzichte ich gerne darauf.«

»Wenn du dann fertig bist… Was willst du in Bezug auf Zoey unternehmen?«

»Dasselbe, was ich immer tue.«

»Sie ein paarmal flachlegen, dir zehntausend Dollar aus der Tasche ziehen lassen und dann viel zu lange brauchen, um zu merken, dass du ein Idiot bist?«

»Ähm, nein«, sagte ich. »Das ist nur zwei- oder dreimal passiert. Ich rede über die anderen Male, als ich ihr gesagt habe, dass sie verschwinden soll.«

Bruce musterte mich unverwandt, als hätte er gerade etwas gehört, was er einfach nicht glauben könne, und wartete nun auf Klärung. »Du hast dich in Bezug auf diese Frau schon ziemlich oft wie ein Trottel benommen. Aber erklär mich ruhig für verrückt, wenn ich denke, dass es wieder passieren könnte.«

Ich blickte an die Decke und versuchte, ein Schlupfloch in seiner Argumentation zu finden, versagte dabei allerdings kläglich. »Hör mal. Ich habe Bindungsprobleme. Okay? Außerdem war das vor vielen, vielen Monaten. Und ich habe sie nicht mal auf den Mund geküsst. Und jetzt habe ich das Bäckermädchen im Visier.«

Ein breites Grinsen erschien auf Bruce' Gesicht, dann schüttelte er den Kopf. »So läuft das also bei dir? Es zählt nicht, wenn du sie nicht auf den Mund küsst?«

»Damit bin ich nicht allein«, sagte ich. »Das ist eine anerkannte Tatsache. Oder vielleicht gilt das nur für Nutten? Egal. Jedenfalls habe ich auf der Party nicht *deswegen* mit ihr geredet. Ich stehe jetzt auf die Frau mit den Kirschkuchen. Ja, ich hätte nicht mit Zoey schlafen dürfen. Niemals. Aber das liegt in der Vergangenheit. Der fernen Vergangenheit. Und hey, diesmal habe ich Zoey deutlich gesagt, dass sie sich verpissen soll. Das heißt also, dass ich dazulerne.«

»Weiß das Kirschkuchenmädchen das? Weiß sie, dass du

auf sie stehst oder dass du Zoey gesagt hast, sie soll abschwirren?«

»Wer bist du, mein Therapeut?«

»Ich bin der Kerl, der von seiner Frau in die Mangel genommen wird, sobald er zurück in seinem Büro ist und sie anruft, um ihr zu berichten, wie dieses Gespräch hier gelaufen ist.«

Ich musterte ihn aus dem Augenwinkel. »Wenn das Bäckermädchen bis jetzt noch nicht weiß, dass ich auf sie stehe, dann sollte ihr wahrscheinlich auch langsam jemand schonend beibringen, dass es den Weihnachtsmann nicht gibt.«

»Was?«

»Vergiss es! Der Punkt ist: Ja, sie dürfte es wissen.«

»Und weiß sie, warum du mit Zoey gesprochen hast?«

»Was, brauche ich eine verdammte schriftliche Erlaubnis, um mit einer anderen Frau zu sprechen?«

»Nein. Aber du solltest nicht so ahnungslos sein, um nicht zu merken, wie das wahrscheinlich gewirkt hat. Was hast du getan? Hast du sie einfach stehen lassen und bist gegangen, um Zoey zu konfrontieren?«

»So in der Art«, meinte ich langsam. »Aber wenn ich gezögert und Zoey herausgefunden hätte, dass ich mich für Hailey interessiere, hätte sie einen Weg gefunden, um es mir zu vermasseln. Ich hatte keine andere Wahl. Diese Frau ist skrupellos.«

Mit einem Seufzen stand Bruce auf. »Schon kapiert. Also berichte ich Natasha, dass mein Bruder die Sache mit dem Mädchen, das sie mochte, in den Sand gesetzt hat.«

»Immer langsam. Du hast dein Vorgehen und ich meines.«

»Und dein Vorgehen sieht wie genau aus?«

»Hohes Risiko, hohe Belohnung«, antwortete ich. »Ich meine, denk mal darüber nach. Wenn sie sich schon von einer solchen Kleinigkeit abschrecken lässt, dann spare ich mir auf lange Sicht eine Menge Ärger. Man muss eine Frau erst mal auf die Probe stellen, um herauszufinden, ob sie es wert ist.«

Bruce zog die Augenbrauen hoch. »Seit wann interessiert es dich, ob eine Frau es wert ist?«

Ich gab ein abschätziges Geräusch von mir, obwohl mich seine Frage beunruhigte. Er hatte recht. Mich interessierte nicht, ob eine Frau es auf lange Sicht wert war. Hatte es noch nie. Ich war auf der Suche nach Ablenkung. Und zwar nach zeitlich begrenzter Ablenkung. »Okay, Mr Spion. Das reicht jetzt. Wenn Natashas Reporterinstinkt immer noch nicht befriedigt ist, kann sie sich direkt bei mir beschweren. Bei uns alles okay?«

»Gewöhnlich nicht«, sagte Bruce. »Aber ich habe tatsächlich zu arbeiten.«

Ich hob die Hände und wackelte mit den Fingern, obwohl nicht mal ich selbst wusste, was diese Geste bedeuten sollte. Ich glaube, ich wollte etwas sagen wie »Uh, der große Geschäftsmann schuftet sich für seine Firma zu Tode«. Auf jeden Fall sorgte es dafür, dass Bruce mein Büro mit einem genervten Stöhnen verließ.

Normalerweise ließ ich mich von einem Fahrer durch die Gegend kutschieren. Das ging am schnellsten, und ich zahlte dem Kerl ein fürstliches Gehalt, damit er sich jederzeit zu meiner Verfügung hielt, also sollte ich wahrscheinlich versuchen, möglichst viel für mein Geld zu bekommen. Trotzdem entschied ich mich heute dafür, die U-Bahn zu nehmen ... was für mich ziemlich ungewöhnlich war.

Vielleicht brauchte ich einfach ein wenig Zeit, um meine Gedanken zu ordnen. Bruce' Kommentar zu meiner Bemerkung hatte mich aus der Bahn geworfen. Ich grübelte, wieso ich das wohl gesagt hatte. *Man muss eine Frau erst mal auf die Probe stellen, um herauszufinden, ob sie es wert ist.*

Ich fand einen Sitzplatz in der Bahn, die nicht allzu voll

war. Es war zu früh für den Andrang zur Mittagszeit und zu spät für die Pendler.

Ich fragte mich, ob meine Äußerung wohl einfach ein Versprecher gewesen war. Eines meiner liebsten Hobbys war es, meinen Bruder zu irritieren, also sprach ich gewöhnlich alles aus, was mir so in den Sinn kam – ob nun wahr oder nicht –, wenn auch nur die geringste Chance bestand, dass es ihn irgendwie aus dem Konzept brachte. Doch dieser Satz war mir so leicht über die Lippen gegangen. Er hatte sich nicht angefühlt wie eine geschickte Lüge oder eine Stichelei. Sondern …

Ich ließ meinen Kopf gegen das Fenster sinken und starrte die Haltegriffe an der Decke an, die sanft vibrierten, während wir durch die Tunnel zuckelten.

Kurze Zeit später stieg ich aus und bahnte mir meinen Weg durch die übel riechende Station zur Oberfläche. Als ich endlich oben ankam, erschienen mir die Straßen von New York sauber und frisch, was ich nie für möglich gehalten hätte. Während ich Richtung Bäckerei ging, hörte ich ein Rascheln in einer Gasse zwischen zwei Gebäuden. Anscheinend versuchte ich immer noch, Zeit zu schinden, was mir absolut nicht ähnlich sah, denn ich scherte aus dem Fußgängerstrom aus und trat in die Gasse.

Als ich ein paar Schritte gegangen war, sah ich einen Stapel feuchter Kartons, der sich bewegte. Überrascht zuckte ich zurück, dann näherte ich mich ihm mit zusammengekniffenen Augen. Einer der Kartons öffnete sich, und ein kleiner, dreckiger Welpe sprang heraus. Er hielt einen Hühnerknochen im Maul, den er bereits ordentlich abgenagt hatte. Der Anblick erinnerte mich an den Hund, den wir als Kinder gehabt hatten – was an ein Wunder grenzte, nachdem unsere Eltern so arm gewesen waren, dass sie es kaum geschafft hatten, Bruce und mich durchzufüttern, geschweige denn ein Haustier. Mein Dad hatte ihm eines Abends nach dem Essen einen Hühnerknochen gegeben – ohne sich bewusst zu sein, dass diese Knochen für Tiere gefährlich waren. Der Knochen war gesplittert und hatte dem Tier irgendeine Verletzung zugefügt, sodass es nichts mehr hatte fressen können. Wir hatten ihn einschläfern lassen müssen.

Ich machte einen vorsichtigen Schritt auf den Hund zu, in der Hoffnung, ihm den Knochen abnehmen zu können.

Er knurrte mich an. Dieser kleine Mistkerl besaß tatsächlich die Frechheit, mich anzuknurren? Er sah aus wie eine Promenadenmischung. Keine Rasse, sondern einfach nur ein gewöhnlicher brauner Hund mit schwarzen Ohren und einem beigefarbenen Fleck unter einem Auge. Er konnte kaum älter sein als ein paar Monate.

»Hör mal, du kleines Mistvieh«, sagte ich leise, weil ich nicht wollte, dass irgendein Passant mitbekam, wie ich mit einem Hund diskutierte. »Entweder du gibst mir den Knochen freiwillig, oder ich hole ihn mir.«

Er machte einen Schritt zurück. Sein Nackenfell stellte sich auf, und sein Knurren wurde tiefer – das heißt, es wich minimal von der Tonlage von Vogelgezwitscher ab.

»Wir können das auf die einfache oder auf die harte Tour durchziehen. Deine Entscheidung.«

Er ignorierte mich. Stattdessen wich er weiter zurück, seine Trophäe immer noch zwischen den Zähnen.

»Gib mir das!«, schrie ich, während ich mich nach vorne warf und die Hände nach ihm ausstreckte. Ich war schnell, aber er war schneller. Er riss den Kopf zurück und wirbelte herum. Dann rannte er die Gasse entlang, so schnell ihn seine kurzen Beine trugen.

Ich hatte nicht vor, mich von einem streunenden Welpen schlagen zu lassen, also lief ich hinter ihm her.

Ich holte auf. Er dachte, er könne mich überlisten, aber er war ein Trottel. Ich sprang über Müll, alte Kartons und Pfützen und wich auf meiner wilden Jagd einem Müllcontainer aus. Er machte Anstalten, am Ende der Gasse auf die Straße zu rennen, doch dann musste er abrupt stehen bleiben. Der Strom der Leute formte eine lebendige Wand. Jetzt hatte ich ihn.

Ich griff über seinen Kopf hinweg, packte den Knochen und riss ihn ihm aus dem Maul. Dann hielt ich ihn hoch über meinen Kopf und musterte den Hund herablassend. »Dein erster Fehler war es, mich auf die Probe zu stellen, du kleiner Mistkerl.«

Er kauerte sich zusammen und wimmerte erbarmungswürdig.

»Vergiss es! Ich falle nicht auf die *Armes Hündchen*-Masche rein. Du stinkst und hast wahrscheinlich jede Menge Krankheiten, aber trotzdem werde ich nicht zulassen, dass du dich mit einem verdammten Hühnerknochen umbringst.«

Er wimmerte wieder, den Blick auf den Knochen gerichtet.

Ich seufzte. Ich hatte aus Prinzip keine Haustiere. Wenn ich ehrlich war, lag das zum Teil auch daran, dass ich mir Sorgen machte, ich könnte vergessen, sie zu füttern oder rauszulassen. Also zuckte ich nur mit den Schultern und trat dann auf die belebte Straße. Es gab genug Essensreste in New York City, dass er davon leben konnte. Zur Hölle, nach einem richtig regnerischen Tag könnte es ihm vielleicht sogar gelingen, als süß durchzugehen und jemanden dazu zu bringen, ihn mit nach Hause zu nehmen. Ich allerdings würde diese Person nicht sein. Ich hatte meine gute Tat für heute bereits getan, indem ich ihm seinen müffelnden Hintern gerettet hatte.

Meine wilde Jagd durch die Gasse hatte mich tatsächlich näher zur Bäckerei geführt, was bedeutete, dass ich jetzt nur noch die Straße überqueren musste.

Sobald ich vor dem Laden stand, spürte ich ein nervöses Kribbeln in der Magengrube. Ich konnte nicht mal zählen, wie oft ich schon Frauen nachgestellt hatte, aber niemals zuvor war ich nervös gewesen. Andererseits war mein Verhalten gerade auch nicht ganz normal. Manchmal platzte ich einfach in das Leben einer Frau und ließ sie wissen, dass ich interessiert war. *Interessiert*. Doch bei ihr aufzutauchen, nachdem sie keinerlei Anstrengungen unternommen hatte, Kontakt mit mir aufzunehmen? Das überschritt die Interesse-Grenze deutlich. Das stank schon eher nach Verzweiflung … und so etwas war für mich Neuland.

Dieser Gedanke erinnerte mich unangenehm an mein Gespräch mit Bruce. Wann hatte ich beschlossen, mich nicht mehr jede Woche mit einer neuen Frau zu amüsieren? Nur Stunden, bevor ich das Bäckermädchen zum ersten Mal getroffen hatte, hatte ich geplant, eine Frau anzurufen, die ich ein paar Tage hingehalten hatte. Jetzt, da ich darüber nachdachte … hatte ich es nie getan. Ich hatte nicht mal mit einer anderen Frau *geflirtet*, seitdem ich das Bäckermädchen defloriert hatte. Bisher hatte ich noch kein einziges richtiges Date mit ihr gehabt und war ihr bereits treu?

Ich fuhr mir mit der Hand durchs Haar und stieß ein verwirrtes Seufzen aus – das genauso klang wie ein normales Seufzen, dabei aber von einem zusätzlichen Stirnrunzeln begleitet wurde. Es war die Art von Seufzen, die man ausstieß, wenn man mitten in der Nacht splitterfasernackt aufwachte und feststellte, dass man vor einem fremden Kühlschrank stand. Schon wieder. Es war die Art von Seufzen, die immer kam, bevor man sich selbst die Frage stellte: »Was zum Teufel mache ich hier?«

Ich verdrängte diese Gedanken, als ich die Tür zum Laden öffnete. Ob nun verwirrt oder nicht, ich konnte frisch gebackenes Brot riechen, und ich hatte Hunger. Es wurde Zeit, mit der Selbstanalyse aufzuhören und einfach wieder das zu tun, was ich normalerweise tat: mich blind in eine Sache hineinstürzen.

Der Duft von Kuchen und Gebäck hüllte mich ein. Es war ein angenehmer Geruch. Auf dem Maskenball hatte ich einen Hauch davon an Hailey bemerkt, obwohl es Stunden her gewesen sein musste, dass sie die Arbeit verlassen hatte. Der Duft löste bereits etwas in mir aus. Er erinnerte mich daran, wie groß ihre Augen geworden waren, als ich an sie herangetreten war. Wie ihr Herzschlag sich unter meinen Fingerspitzen angefühlt hatte.

Meine kleine, unberührte Cherry. Das Mädchen mit den großen, unschuldigen Augen, das nach Mehl und frisch gebackenem Brot duftete. Irgendwie erschien mir das passend. Sie roch köstlich, und in meiner Vorstellung schmeckte sie auch so.

Ich entdeckte denselben Kerl hinter dem Tresen wie beim letzten Mal. Nur zur Sicherheit warf ich ihm einen bösen Blick zu. Hätte ich es nicht besser gewusst, hätte ich behauptet, dass ich bei dem Gedanken, dass sie hier jeden Tag mit diesem Kerl allein war, einen kleinen Stich Eifersucht verspürte. Doch Eifersucht hatte in meinem Leben eigentlich nie eine Rolle gespielt. Ich war immer der Meinung gewesen, dass dieses Gefühl etwas für Männer war, denen es an Selbstbewusstsein mangelte. Wieso sollte man eifersüchtig sein, wenn man Gottes Geschenk an die Frauenwelt war und dein Mädchen das auch wusste? Trotzdem konnte ein böser Blick nicht schaden. Nur als Vorsichtsmaßnahme.

Hailey stand ebenfalls hinter dem Tresen, mit Mehlstaub auf ihrer schwarzen Schürze und einem Fleck davon über der Augenbraue. Irgendwie bezaubernd. Ihr Haar war zu einem unordentlichen Pferdeschwanz gebunden, und ihre Fingernägel waren kurz – was mich vermuten ließ, dass sie wie ich an den Nägeln kaute.

»Dir ist klar, dass dir ein Welpe folgt, oder?«, fragte sie.

»Was?« Ich drehte mich um und sah auf den Boden. »Mist!

Ich habe dir gesagt, du sollst verschwinden«, sagte ich zu dem Hund.

Der Welpe bellte mich schwanzwedelnd an.

»Du bekommst ihn nicht«, stellte ich klar und hielt den Hühnerknochen ein wenig höher. »Könntest du das bitte für mich wegwerfen?« Damit hielt ich Hailey den Knochen hin.

Sie sah mich an, als wollte ich ihr gerade eine Leiche überreichen, was ich natürlich streng genommen auch tat. »Will ich es überhaupt wissen?«

»Dieser kleine Scheißer denkt, er könnte den Knochen haben, aber das kann er nicht. Ende der Geschichte.«

Der Kerl hinter dem Tresen musterte mich so eingehend, dass ich anfing, mir Gedanken über seine sexuelle Orientierung zu machen. Unzählige Frauen hatten mich bereits so angesehen. Gewöhnlich, kurz bevor sie irgendetwas unternahmen, was mich dazu bringen sollte, sie anzubaggern. Schön für ihn, aber diese ganze Gekreuzte-Schwerter-Sache war nicht mein Ding, also würde er damit kein Glück haben.

Hailey nahm mir den Knochen ab und ließ ihn in den Mülleimer fallen. »Okay … Auftrag ausgeführt.«

»Danke! Siehst du?«, sagte ich zu dem Hund. »Deine Beute ist verschwunden. Also verschwinde jetzt auch du.«

»Sei nicht so gemein zu ihm«, protestierte Hailey. Sie kam um den Tresen herum und ging in die Knie, um dem Hund den Kopf zu kraulen. Sie hielt einen Moment inne und zog eine Grimasse, dann streichelte sie ihn weiter. »Er mag ja riechen wie ein Müllcontainer, aber er ist trotzdem süß.«

»Ich glaube, er ist eine Sie«, sagte der Kerl, auf den ich definitiv nicht eifersüchtig war.

Hailey und ich legten gleichzeitig die Köpfe schräg und spähten nach unten.

»Nun, sie ist trotzdem ein Arschloch«, hielt ich fest.

»Ich glaube, sie mag dich«, sagte Hailey, ohne ihre Streicheleinheiten zu unterbrechen. »Armes Mädchen. Sie hat einen schlechten Männergeschmack *und* riecht schrecklich.«

»Ich dachte, wir könnten etwas miteinander unternehmen«, meinte ich. »Wir könnten es Date nennen. Das volle Programm.«

Hailey stand auf und wischte sich die Hände an ihrer Schürze ab. Ein ernster Ausdruck verdrängte plötzlich alle anderen Gefühle aus ihrer Miene. »Ich fühle mich geschmeichelt und weiß das wirklich zu schätzen, aber … nein. Ich denke nicht, dass wir das tun sollten.«

»Wir könnten zu … – Moment, was?«, fragte ich.

»Tut mir leid. Ich hatte ein wenig Zeit, um darüber nachzudenken. Ich glaube nicht, dass das eine gute Idee wäre. Für keinen von uns.«

Ich musste tatsächlich ein paar Sekunden nachdenken, bevor mir eine Antwort einfiel. Ich war schon früher zurückgewiesen worden, sicher, aber da hatte ich es immer kommen sehen. Diese Zurückweisung traf mich vollkommen unvorbereitet. Hailey sah aus wie der Inbegriff der Unschuld. Eine Jungfrau mit unterdrückter Sexualität und einem Feuer tief in sich, das nur darauf wartete, entfacht zu werden. Ich hatte gedacht, ich hätte sie durchschaut, und dass ihre Lust alles andere verdrängen würde. Ich meine, kommt schon, wie kann man denn zwanzig Jahre und ein paar Zerquetschte als Jungfrau leben und nicht alles anspringen wollen, was nicht bei drei auf den Bäumen ist?

»Ich bin da anderer Meinung«, erklärte ich schließlich.

Sie schenkte mir ein trauriges Lächeln. »Nun, manchmal haben wir auch richtige Kunden, also werde ich, wenn du nicht noch etwas anderes zu besprechen hast, weiter Cannoli backen. Die Rechnungen zahlen sich nicht von allein, weißt du?«

Sie machte Anstalten, hinter den Tresen zurückzukehren. Ich verspürte eine seltsame Dringlichkeit, diese Sache noch irgendwie zu retten, also sagte ich das Erste, was mir in den Sinn kam. »Werde meine persönliche Küchenchefin.«

Sie hielt abrupt inne. »Was?«

»Meine persönliche Küchenchefin. Das kannst du abends machen, nachdem du hier fertig bist, also wird dein Laden nicht darunter leiden. Und von dem zusätzlichen Geld kannst du dir neue … ähm, keine Ahnung was kaufen. Was auch immer Bäcker mit einer Menge Geld anstellen. Teigfetzer? Kuchendehner? Wickelmaschinen für Cupcakes?«

Ein langsames Lächeln breitete sich auf ihrem Gesicht aus. »Es gibt Teig*mixer.* Ich habe keine Ahnung, wieso man Kuchen dehnen sollte, und man muss die Cupcakes nicht einwickeln, nachdem man sie gebacken hat. Man bäckt sie *in* ihren Hüllen.«

Ich riss die Hände in die Luft. »Wie auch immer. Der Punkt ist, du kannst das Geld gerade gut gebrauchen, richtig? Nenn mir deinen Preis.«

»Auf keinen Fall. Selbst, wenn du das ernst meinst, könnte ich nicht …«

»Ich werde deine Bäckerei über Galleon promoten. Wie wäre es damit? Das ist kein Almosen. Kein Geld. Es wird kein Scheck ausgestellt. Nur Marketing. Du wirst so viele Kunden haben, dass du nicht mehr weißt, wo dir der Kopf steht.«

Ihr Freund, der die ganze Zeit hinter dem Tresen gestanden und unseren Austausch wie ein Tennismatch verfolgt hatte, brach plötzlich zusammen. Das Geräusch, wie sein Körper auf dem Boden aufschlug, hallte in der Stille von Haileys gebanntem Schweigen ziemlich laut wider.

Ich sah zu der Stelle, wo der Kerl gerade noch gestanden hatte. »Ist er okay?«

Hailey zuckte leicht zusammen, als hätte meine Stimme sie

aus einer Art Trance gerissen, dann sah sie zu ihrem Freund. »Er wird sich erholen. Ryan macht das manchmal.«

»Er fällt in Ohnmacht?«

Ryan tauchte wieder auf, sein Kopf rot und ein Lächeln auf seinem Gesicht. »Es geht mir gut! Macht weiter. Bitte.« Er griff sich einen Cookie aus der Auslage und schob ihn sich in den Mund, ohne den Blick von uns abzuwenden. »Niedriger Blutzuckerspiegel«, sagte er leise, als wäre das eine vollkommen vernünftige Erklärung dafür, wie ein nasser Sack auf den Boden zu knallen.

»Wieso solltest du mir ein solches Angebot machen?«, fragte Hailey misstrauisch.

»Das ist der Moment, wo die meisten anderen Männer etwas erfinden würden. Ich werde uns diese Farce ersparen. Ich mache dir dieses Angebot, weil ich noch nicht damit fertig war, mich in dein Leben zu drängen, und du entschlossen scheinst, mich zu vertreiben. Ich habe die beste Marketingfirma der Welt zur Hand. Ich muss nur ein Wort sagen, und ein Team von zwanzig Experten wird sich daranmachen, einen Promo-Plan für *The Glittery Baker* zu entwerfen. Das ist eine tolle Idee. Gib es zu.«

»*The Bubbly Baker.* Und sicher, das Angebot klingt perfekt … abgesehen davon, dass ich aus gutem Grund versuche, dich zu vertreiben. Und du gehst davon aus, dass du mich einfach kaufen kannst? Was sagt das darüber aus, wie du über mich denkst?«

»Es sagt nur, dass ich dich für eine logisch denkende, vernünftige Frau halte. Niemand, der groß rauskommen will, schafft das alleine. Jeder hat irgendwann einfach mal Glück. Und alles, was du tun musst, ist, mir Abendessen zu kochen. Direkt danach kannst du gehen. Du kannst mich ignorieren, wenn du willst. Außerdem, wenn du Nein sagst, musst du damit rechnen, dass ich jeden Tag hier auftauche und dich bedränge, bis du doch zustimmst. Da kannst du genauso gut den besten Marketing-Coup der Welt mitnehmen, oder?«

Hailey blickte mich einen Moment lang einfach nur an. Ich konnte beobachten, wie ihre Gedanken rasten. Ryan mampfte bereits seinen vierten oder fünften Cookie, die Augen weit aufgerissen, als sähe er sich die letzte Folge einer Seifenoper an.

»Ich werde es machen«, sagte Hailey. »Aber nur unter einer Bedingung. Du musst diesen armen Welpen mit zu dir nach Hause nehmen, damit ich ihn besuchen kann, wenn ich komme, um zu kochen. Und du wirst die Kleine baden müssen.«

Ich blickte auf den Welpen hinunter, der mich breit grinsend ansah. »Du bist dir darüber im Klaren, dass du ihn damit der Vernachlässigung überantwortest, richtig?«

»Wenn du willst, dass wir das wirklich machen, wirst du diesen kleinen Hund nach Strich und Faden verwöhnen. Das ist nicht verhandelbar. Wenn ich ihn das nächste Mal sehe, sollte er besser lächeln und nach Rosen duften.«

Ich atmete einmal tief durch. Wie hatte es so weit kommen können? Ein verdammter Kirschkuchen, und plötzlich waren es nicht mehr die Frauen, die mich anbettelten, sondern ich, der auf den Knien lag. Aber zum Teufel damit. Ich steckte bereits zu tief drin. Es gab kein Zurück mehr.

»Schön.«

»Und du musst dem Hund einen Namen geben«, fügte sie hinzu.

Ich warf ihr einen leiderfüllten Blick zu. »Gremlin?«, schlug ich vor.

»Das ist ein schrecklicher Name.«

»Mir gefällt er irgendwie«, warf Ryan ein.

»Zu spät«, sagte ich, den Blick auf den Welpen gerichtet – der mit dem Schwanz wedelte. »Gremlin hat bereits beschlossen, dass ihr der Name gefällt. Wir sehen dich dann heute Abend. Punkt sechs Uhr, oder du bist gefeuert.« Ich ging Richtung Tür. Dabei fiel mir auf, dass ihre Angebotskarte aus einem schwarzen Korkbrett mit Steckbuchstaben bestand, die man immer wieder neu anordnen konnte. Ich schnappte mir ein U wie Unschuld, weil ich optimistischerweise davon ausging, dass ich, wenn ich sie ihr nur oft genug im metaphorischen Sinn raubte, auch im echten Leben irgendwann das große Los ziehen würde.

Ehrlich, Hailey hätte mir eigentlich danken müssen für das, was ich hier versuchte. Doch, ach, die echten weißen Ritter dieser Welt wurden nie richtig wertgeschätzt. Ich würde Angriffe und Missverständnisse erdulden müssen, während ich auf mein nobles Ziel hinarbeitete. Schließlich hatte nie jemand behauptet, dass es einfach war, ein Held zu sein.

FÜNF

Hailey Ich hatte zwei Vermieter. Einen von meiner Wohnung und einen von meiner Bäckerei. Beide hatten den ganzen Tag über versucht, mich anzurufen. Ich hatte zwei Möglichkeiten: ihre Nachrichten abhören und riskieren, mir die Laune für den Tag versauen zu lassen, *oder* mich verantwortungslos verhalten und die Anrufe einfach ignorieren. Und hey, die Wahl fiel auf ignorieren, denn es war ja nicht so, als hätte ich das Geld gehabt. Mir die Nachrichten anzuhören, hätte nur dafür gesorgt, dass ich mich hoffnungslos gefühlt hätte. Stattdessen würde ich weiter backen und weiter in meinem Bett schlafen, bis meine Vermieter mich rauswarfen. Und dann würde ich mir etwas anderes einfallen lassen.

Es fiel mir erstaunlich leicht, meine finanziellen Sorgen zu verdrängen. Außerdem hatte William mir das weltbeste Marketing versprochen … und ich hatte allen Grund, zu glauben, dass seine Hilfe genau das war, was ich brauchte, um meinen Laden endlich profitabel zu machen.

Als ich ein Klopfen an der Tür hörte, vermutete ich als Erstes William – obwohl er nicht wissen konnte, wo ich wohnte. Trotzdem fing mein dummes, irrationales Herz an zu rasen, als ich loszog, um die Tür zu öffnen.

Es war Nathan. Er hatte einen Blumenstrauß in der Hand und versuchte offenbar, mich mit Sportjackett und Krawatte zu beeindrucken.

Ich schüttelte den Kopf. »Nathan. Du kannst so nicht weitermachen. Wirklich.«

»Was? Hat das etwa mit diesem Arschloch von der Party zu tun?«

»Nein, es hat damit zu tun, dass ich dir bereits gesagt habe, dass ich nichts mehr mit dir zu tun haben will. Also lass es bitte gut sein. Wir sind hier nicht in einem Film, wo das Mädchen den Mann irgendwann nimmt, weil er einfach nicht aufgibt. Im wahren Leben ist das nur gruselig. Tut mir leid, aber so ist es.«

Er biss die Zähne zusammen, dann streckte er mir die Blumen entgegen. »Nimm wenigstens die hier.«

Ich seufzte. »Nathan, es tut mir leid.«

Ich schloss die Tür direkt vor seiner Nase und atmete einmal tief durch. Ich fand es schrecklich, dass Nathan mich zwang, so unhöflich zu sein, aber ich wusste, hätte ich die Blumen genommen, hätte er sich nur eingeredet, dass ich ihm damit insgeheim sagen wollte, dass er es weiter versuchen soll. Doch ich wollte, dass er aufhörte, mir nachzustellen – besonders, weil ich mir ziemlich sicher war, dass er sich nur deswegen so intensiv für mich interessierte, weil er die kranke Idee hegte, dass er es verdient hatte, derjenige zu sein, der mir die Jungfräulichkeit nahm, weil er mein erster richtiger Freund gewesen war. Und das bildete ich mir nicht nur ein. Als wir uns getrennt hatten, hatte er es mehr oder minder genau so gesagt.

Ich wartete ein paar Minuten ab, weil ich halb damit rechnete, dass er an die Tür trommeln und verlangen würde, reingelassen zu werden, doch nach einer Weile hörte ich, wie seine Schritte sich entfernten.

Glücklicherweise gab es den Termin bei William, der mich

davon abhielt, den ganzen Abend über Nathans Besuch nachzudenken. Sonst hätte ich mich wahrscheinlich in Paranoia hineingesteigert, die Tür verrammelt und die Vorhänge vorgezogen. Stattdessen würde ich losgehen und meinen Teil der verrückten Abmachung erfüllen, die ich mit William getroffen hatte.

So verlockend der Gedanke auch war, ich erlaubte mir nicht, eine Stunde auf mein Make-up, mein Haar und das perfekte Outfit für den Abend zu verschwenden. Ich war durchaus in Versuchung … aber ich wollte mir selbst beweisen, dass ich nicht einfach ein weiteres Schaf in Williams Herde sein würde – vorausgesetzt, Zoey hatte mir die Wahrheit gesagt, was natürlich fragwürdig war.

Das hier war kein Date. Ich würde lediglich für William kochen. Es war ein Job. Und für die Arbeit putzte man sich nicht heraus, außer man versuchte, jemanden zu beeindrucken. Wenn überhaupt, wollte ich so unscheinbar wie möglich aussehen – weil ich das Gefühl hatte, dass William keinerlei weitere Anreize brauchte, um über mich herfallen zu wollen. Bei dem Gedanken wurde mir heiß, doch ich blieb standhaft. Ich ließ meine mehlbestäubten Klamotten an, trug aus rein hygienischen Gründen ein wenig Deo auf und putzte mir die Zähne. Ich band nicht mal meinen unordentlichen Pferdeschwanz neu. *Gut für mich.*

Ich wusste inzwischen, dass William irrsinnig reich war, trotzdem konnte ich immer noch nicht glauben, dass er sein Angebot wirklich ernst meinte. Ich wollte mir nichts vormachen: Ich konnte mehr Kunden gebrauchen. Kostenloses Marketing war nicht ganz dasselbe, wie Almosen anzunehmen. Schließlich würde es nur dafür sorgen, dass meine Verkäufe anstiegen und ich härter arbeiten musste, um mir das zusätzliche Geld zu verdienen. Manche Leute hätten es vielleicht trotzdem so genannt … aber diese Leute konnten mal meine

Muffins mampfen. Selbst, wenn ich das Angebot aus der Gleichung herausließ, war ich insgeheim begeistert, weil William nicht einfach so aufgegeben hatte.

Anscheinend wirkte dieser Mann in meinem Hirn wie ein Virus, das dafür sorgte, dass ich nicht einmal mehr wusste, wie ich empfinden sollte. Ein Virus, das wahrscheinlich einen Waschbrettbauch und einen unglaublichen Knackarsch hatte. Er besaß sogar die Frechheit, charmant zu sein – als wäre sein Äußeres noch nicht genug. Und weil es offenbar auch noch nicht reichte, auszusehen wie ein Filmstar und genug Charme zu besitzen, um eine Nonne aus ihrem Habit zu flirten, hatte er zusätzlich beschlossen, eine Menge Geld anzuhäufen. Und das Schlimmste? Irgendwie gefiel es mir sogar, dass William eine kriminelle Ader hatte. Das verhinderte, dass er zu perfekt und langweilig wurde.

Ich hatte keine Ahnung, ob er fähig wäre, mir treu zu sein – oder ob er überhaupt mehr plante, als mich zu verführen –, aber zumindest hatte er bereits bewiesen, dass er hartnäckig sein konnte. Er wollte mich nicht kampflos aufgeben, und das war doch auch etwas wert.

William hatte diese ganze Sache in eine Art aufwendiges Spiel verwandelt. Das war mir klar. Vielleicht war das bisher mein Fehler im Umgang mit Männern gewesen. Ich nahm alles zu ernst. Ich trat nicht zurück, um mir das Spielbrett oder die Figuren anzusehen, also hatte ich nie eine Chance gehabt, zu gewinnen. Vielleicht lag darin das Geheimnis. Die Liebe war ein Spiel – und bevor man anfing, musste man sich entscheiden, wie man spielen wollte.

Wenn das zwischen mir und William ein Schachspiel war, musste ich mich nicht nur gegen seine Annäherungsversuche zur Wehr setzen – ich musste mir auch darüber klar werden, welche Ziele er verfolgte. Ich würde zulassen, dass er seine Züge machte. Ich würde geduldig abwarten, um herauszufinden, ob er nur die »Kirsche« wollte, über die er so gerne Witze riss, oder vielleicht mehr. Bis ich endlich wusste, warum er sich für mich interessierte, konnte ich nicht ahnen, was er wirklich wollte. Also lautete der Plan für den Moment: meine Verteidigung aufrechterhalten und schauen, was William als Nächstes tat.

Bevor ich zu William aufbrach, rief ich meine Grammy an. Ich hatte meine Eltern früh verloren, sodass mich mit ihnen eigentlich nur vage Erinnerungen und ein Fotoalbum verbanden. Sie hatten einen festen Platz in meinem Herzen, doch faktisch war meine Grammy zu meiner Mom geworden. Meine wahren Eltern waren für mich Fremde, so traurig das auch klingen mochte. Grammy war inzwischen fünfundachtzig und lebte ein paar Stunden von New York entfernt in einer hübschen kleinen Stadt am Fluss in einem Pflegeheim. Ihr gefiel es dort, weil ihr liebstes Hobby das Glücksspiel war. Im Pflegeheim hatte sie mühelosen Zugang zu einer Menge ahnungsloser und manchmal sogar seniler Spielpartner, die sie ausräubern konnte.

Wie gewöhnlich nahm Grammy quasi sofort ab. »Hey, Krümel«, sagte sie. Hätte man nur die Energie in ihrer Stimme gehört, hätte man nie vermutet, dass sie schon über achtzig war. Wenn man mit ihr sprach, konnte man sich leicht vorstellen, dass sie die älteste Frau der Welt werden würde – und ich hoffte darauf. Grammy war meine emotionale Stütze, und ich war mir nicht sicher, was ich ohne die fast täglichen Updates zu dem Unfug, den sie so anstellte, getan hätte.

»Hey, bist du auch brav?«, fragte ich.

»Im Leben geht es darum, *nicht* brav zu sein. Eines Tages wirst du das auch noch verstehen. Ich habe immer noch den Körper einer sechzigjährigen Granate und einen Geist so scharf wie eine Tellermine. Ich werde keine ruhige Kugel schieben.«

Ich lachte. »Wenn dein Geist eine Tellermine ist, dann eine, die im Regen liegen geblieben und zugerostet ist.«

Sie stieß ein keckerndes Lachen aus. »Du hast es nur deiner alten Grams zu verdanken, dass du so schlagfertig bist. Das weißt du, oder?«

»Ja, ja. Wie ein runzliger Apfel direkt von deinem Stamm. Aber ich rufe eigentlich an, um dich um Rat zu fragen. In einer Männersache.«

Stille.

»Na also! Ich wusste, dieser Tag würde kommen. Du bist endlich bereit, die Spinnweben zwischen deinen Beinen wegzufegen, ja?«

»O mein Gott, Grammy! Könntest du bitte nie wieder über das reden, was zwischen meinen Beinen liegt?«

»Auf diese Art hast du als fünfundzwanzigjährige Jungfrau geendet, Liebes. Du hast Gottes Geschenk an die Welt ignoriert. Du musst deine Vagina schätzen, statt sie zu vernachlässigen. Sie ist eine Waffe, die Frauen schon seit Anbeginn der Zeit einsetzen, um selbst die mächtigsten Männer in die Knie zu zwingen.«

Ich presste mir die Hand vors Gesicht und bemühte mich, die letzten zehn Sekunden unseres Gesprächs in den tiefsten Tiefen meines Gedächtnisses zu vergraben. »Wie wäre es, wenn wir uns auf den Mann konzentrieren und weniger auf mich? Okay?« *Und bitte, lieber Gott, ich will nie wieder hören, wie meine Großmutter das Wort »Vagina« benutzt.*

»Der Mann«, sagte sie ruhig, doch ich konnte die Verschmitztheit in ihrer Stimme hören. »Nun, es gibt nur zwei Gründe, warum Männer um eine schöne Frau wie dich herumscharwenzeln – und in diesem Punkt kannst du mir wirklich vertrauen, weil ich zu meiner Zeit sexy war wie die Sünde selbst. Ich weiß immer noch, wie man Köpfe verdreht – das Problem ist nur, dass Männer in meinem Alter nicht mehr beweglich genug sind, um die Köpfe zu drehen. Aber man kann deutlich sehen, dass sie wünschten, sie könnten es, wenn ich vorbeigehe. Darauf kannst du deinen Arsch verwetten. Auf jeden Fall wollen Männer dich entweder benutzen wie ein Spielzeug, oder sie wollen eine Partnerin. Und es gibt durchaus eine Zeit dafür, ein Spielzeug zu sein, lass dir das gesagt sein. Es gab da mal einen Mann in Venedig ...«

»Grammy«, warf ich eilig ein. Ich kannte sie gut genug, um zu wissen, dass sie mir nicht die jugendfreie Version der Geschichte erzählen würde, wenn ich zuließ, dass sie weitersprach. »Woran kann ich erkennen, um welche Art von Mann es sich handelt?«

»Nun, du schläfst mit ihm. Wenn du für ihn nur ein Spielzeug bist, wird er danach die ganze Süßholzraspelei zurückfahren, weil er bekommen hat, was er will. Wenn es ihm gefallen hat, kauft er dir vielleicht noch ein paar Geschenke, oder was auch immer seiner Meinung nach nötig ist, um dich noch mal in die Kiste zu kriegen. Aber auf jeden Fall bemerkst du den Unterschied, nachdem du das erste Mal mit ihm geschlafen hast. Da fangen sie an, in ihrer Wachsamkeit nachzulassen und nicht mehr so auf ihr Verhalten zu achten.«

»Und wenn wir mal für eine Sekunde annehmen, dass ich meinen Körper nicht als Messlatte einsetzen will?«

»Dann können wir uns erst einmal die Frage stellen, wie es meiner Tochter gelungen ist, so wenige meiner Gene an dich weiterzugeben. Und dann, na ja, *ich nehme an,* du könntest auch schauen, wie er darauf reagiert, wenn du ihn auf Abstand hältst. Männer warten gewöhnlich nur eine gewisse Zeit auf ein Spielzeug, das sie interessiert. Wenn er nach einer Partnerin sucht, dürfte er geduldiger sein.«

Ich dankte meiner Grandma für den Rat und ließ dann noch eine detailreiche Geschichte über mich ergehen, wie sie Earl beim Pokerspiel die gesamte Tomatenernte von den

Pflanzen vor seinem Fenster abgenommen hatte. Die Kurzversion lautete, dass Earl einfach nicht damit gerechnet hatte, dass meine süße, liebe Grammy beim Poker betrog. Laut ihr war das allein sein Problem. Besondere Freude bereitete ihr die Tatsache, dass sie Tomaten hasste und deswegen vorhatte, ihm die Früchte mit Profit zurückzuverkaufen.

Letztendlich hatte ich nach dem Telefonat nicht das Gefühl, viel gelernt zu haben. Mit Grammy zu reden, half mir manchmal, weil ihre Ratschläge gewöhnlich so verrückt und unpraktisch waren, dass meine Gedanken mir im Vergleich dazu unendlich rational und logisch erschienen. So gesehen hatte das Gespräch mit ihr wahrscheinlich tatsächlich geholfen.

William hatte auf meinem Arbeitshandy angerufen und eine kurze, knappe Nachricht hinterlassen, in der er mir seine Adresse nannte und mich daran erinnerte, pünktlich zu sein. Mehr nicht. Ich war mir nicht sicher, ob er sich so kühl gab, um mich nervös zu machen, oder ob er tatsächlich vorhatte, sich professionell zu verhalten. Was auch immer seine Absicht sein mochte, in meinem Bauch tanzten die gesamte Fahrt über Schmetterlinge.

William lebte im East Village, was mich nicht weiter überraschte. Schließlich war dieses Viertel für sein ausschweifendes Nachtleben bekannt. Er wohnte in einer großen Wohnanlage, und natürlich gehörte ihm die Penthouse-Suite. Das Gebäude war offenbar nobel genug, um einen Portier und eine Frau am Empfangstresen zu rechtfertigen. Beide waren gekleidet, als arbeiteten sie in einem Fünfsternehotel, weshalb ich sofort bereute, mich nicht schicker angezogen zu haben. Mit meinem superlässigen Auftreten wollte ich William die Nachricht senden: *Ich habe nicht vor, dich zu beeindrucken, ich ergreife nur die lächerliche Chance, die du mir bietest, sonst nichts.* Zumindest war das der Plan gewesen. Doch jetzt fühlte ich mich, als könnte ich jeden Moment für eine Obdachlose gehalten und zur Rede gestellt werden, bevor ich es überhaupt bis zum Aufzug schaffte.

»William Chamberson?«, fragte ich die Frau hinter dem Empfangstresen.

Sie nickte und machte eine Geste in Richtung der Aufzüge, die mich an die Buchstabendreherin aus *Glücksrad* erinnerte.

»Danke«, sagte ich, während ich mich fragte, wie viel Geld man ihr wohl dafür bezahlte, dass sie Leuten den Weg von der Eingangstür zu den Aufzügen wies, die sich direkt gegenüber befanden. Wahrscheinlich mehr, als ich verdiente, mutmaßte ich schlecht gelaunt.

Im Lift erwartete mich ein kleiner Mann mit einem dämlichen Hut. Er erhob sich von seinem Hocker und nahm eine Haltung an, die deutlich sagte: »Ich bin besser als du, obwohl mein Job darin besteht, Knöpfe in einem Aufzug zu drücken.«

»Stockwerk?«, fragte er mit förmlicher, nasaler Stimme.

»Penthouse, bitte.« Vielleicht lag ein gewisses Maß an Genugtuung in diesen zwei Worten. *Genau, das ist richtig, du winziger Liftkerl. Ich fahre ins Penthouse.*

Er wirkte nicht, als würde es ihn interessieren, als er den P-Knopf drückte und mit halb geschlossenen Augen wartete. Dann drehte er sich ganz plötzlich zu mir um und tippte sich wissend ans Ohr: »Es ist besser, den Mund zu halten. Sie hören mit, sobald der Lift stillsteht.«

Ich zog eine Augenbraue hoch. »Ihre Chefs?«

Er stieß den Atem aus. »Die Regierung.«

Als wir ganz oben hielten, wurde seine Miene wieder ausdruckslos, dann machte er eine Reißverschluss-Geste über seinen Lippen, bevor er mir zuzwinkerte.

Die polierten Metalltüren glitten zur Seite, und ich sah, dass sich der Lift direkt auf ein riesiges Wohnareal öffnete, das nur durch eine schmiedeeiserne Gittertür vom Liftschacht getrennt wurde. Der Aufzug-Mann steckte einen Schlüssel in das Gitter und zog es nach oben. Irgendwie erinnerte mich das an die Gitter, die bei Ladenschluss vor Geschäften heruntergelassen wurden.

Ohne ein weiteres Wort schloss er die Absperrung hinter mir und fuhr wieder nach unten, womit nichts zurückblieb als ein offener Aufzugsschacht mit einem Bündel vibrierender Kabel darin, an denen der Lift offensichtlich hing.

Ich hatte damit gerechnet, dass William mich erwarten würde, doch die Wohnung wirkte fast leer, abgesehen vom Geräusch fließenden Wassers. Er hatte mir gesagt, ich solle um sechs Uhr hier sein, und als ich auf mein Handy sah, stellte ich fest, dass ich auf die Minute pünktlich war. Vielleicht erwartete er, dass sein Essen auf dem Tisch stand, wenn er aus der Dusche kam?

Ich hörte das unverwechselbare Kratzen von winzigen Pfoten auf Holzboden. Der Welpe – Gremlin – rannte schlitternd um die Ecke. Der Kleine war ein sauberer, flauschiger Ball aus braunem Welpenfell, das derart voluminös um seinen Körper abstand, dass es fast schon lächerlich aussah. Auf keinen Fall hatte William das ohne professionelle Hilfe so hinbekommen. Aber wahrscheinlich konnte ich ihm keinen Vorwurf daraus machen, dass er einen Hundefriseur gezahlt hatte, um Gremlin ordentlich zu waschen. Die kleine Hündin rutschte gegen eine Wand, richtete sich wieder auf und stürzte sich dann auf mich. Ich ging in die Knie, um sie zu streicheln, wobei ich mir auch ein paar Hundeküsse gefallen lassen musste.

»Okay. Okay. Ich habe verstanden. Du bist jetzt sauber. Und du bist supersüß. Ist er nett zu dir?«

Ihre Antwort bestand aus Hecheln und Schwanzwedeln. Ich richtete mich wieder auf und sah mich um. Ich kam mir ein bisschen wie ein Eindringling vor, obwohl ich wusste, dass William mich erwartete. Doch vielleicht dachte er, ich würde draußen warten oder so ... aber es war ja nicht so, als gäbe es einen Flur oder auch nur eine Tür, an die man klopfen konnte.

»William?«, rief ich. »William!« Beim zweiten Mal schon etwas lauter. Als niemand reagierte, sagte ich mir, dass er offensichtlich wollte, dass ich mir den Weg in die Küche selbst suchte. Ich durchquerte einen großen Wohnbereich, über dem sich ein moderner, industriell anmutender Laufsteg erstreckte, der an den nackten Ziegelwänden befestigt war. Diese Suite schrie quasi laut heraus, dass sie einem stinkreichen Junggesellen gehörte. Aber ich musste zugeben, dass sie in die eindrucksvolle Kategorie von Junggesellenwohnungen fiel und nicht zu der traurigen, unheimlichen Variante gehörte.

Ich war in Versuchung, nach Fotos Ausschau zu halten – hauptsächlich, weil ich neugierig war, wie ein junger William wohl ausgesehen hatte, oder einen Blick auf seine Eltern erhaschen wollte –, doch letztendlich entschied ich mich dafür, mich professionell zu verhalten.

Die Aussicht aus den großen Fenstern war unglaublich, die Böden bestanden aus dunklem, antik wirkendem Holzparkett, und an den Wänden hing eine schöne Sammlung von ausdrucksstarken Bildern, ergänzt von der lebensgroßen Statue eines Mannes, der aussah, als würde er in winzige Metallteilchen zerspringen. Ich blieb eine Minute vor der Skulptur stehen, ließ meine Finger über die kleinen Metallquadrate gleiten und bewunderte, wie sie sich nach außen zu bewegen schienen, obwohl das Ganze nur eine optische Täuschung war. Wenn man die Statue von der Seite betrachtete, konnte man erkennen, dass jedes kleine Viereck mit dem dahinter und letztendlich mit dem Sockel der Statue verbunden war.

Ich beschloss, William einen Bonuspunkt für guten Geschmack zu geben. In Filmen waren die Villen der Superreichen immer mit provokativen Kunstwerken wie eineinhalb Meter großen Vaginen, Bildern von nackten Frauen oder phallischen Objekten eingerichtet. Ich nahm an, dass solche Kunstwerke mit genug Geld nicht mehr wie Schund wirkten, sondern eher visionär. Ich hätte sie trotzdem einfach nur seltsam genannt. Wer wollte schon auf dem Weg ins Bett in eine Vagina laufen und metaphorisch jeden Tag wiedergeboren werden? Oder wer wollte sich den Kopf an einer drei Meter langen Erektion anstoßen, wenn er nachts heimlich zum Kühlschrank schlich?

Williams Küche war ebenfalls wunderschön. Große Fenster ließen eine Menge natürliches Licht einfallen, und der Raum war zum zweiten Stock des Penthouses hin offen, was ihm einen weiträumigen, luftigen Charakter verlieh, den ich aus New York City nicht gewöhnt war. Ich öffnete die Vorratskammer und fand darin so ziemlich alles, was ich mir wünschen konnte, also fing ich an, ein Essen zu planen.

Und das war der Moment, als ich hörte, wie Sprühsahne aus einer Flasche zischte. Ich drehte mich um und entdeckte William im Türrahmen, nur bekleidet mit einem weißen Handtuch, das er um die Hüften geschlungen hatte. Als mein Blick auf ihn fiel, trug er gerade das letzte bisschen Sahne auf seine Brustwarzen auf.

»O hey«, sagte er mit gespielt verführerischer Stimme. »Ich bin nur noch kurz in etwas Bequemeres geschlüpft.«

Ich schlug mir die Hand vor die Augen, obwohl es mir zugegebenermaßen ziemlich schwerfiel, nicht zu gaffen. Ich hatte nur einen kurzen Blick auf seinen nackten Oberkörper erhascht ... aber das hatte gereicht, um mir zu verraten, dass er gebaut war wie der Mann meiner Träume. Jeder Muskel an seinem Körper war perfekt definiert. Sein Oberkörper war schlank, ohne ein Gramm Fett, und er war weder zu massiv noch zu schlaksig, sondern hatte genau die richtige Statur. William hätte mühelos als professioneller Athlet durchgehen können. Nur dummerweise gehörte zum Gesamtpaket auch jede Menge Dreistigkeit und Unausstehlichkeit.

»Du machst Witze«, sagte ich. »Hast du jemals von sexueller Belästigung am Arbeitsplatz gehört?«

»Arbeitsplatz? Das ist mein Zuhause«, sagte er und klang dabei fast beleidigt.

»Ein Zuhause, in dem ich arbeiten soll.«

Er seufzte. »Schön. Wenn du eine Spaßbremse sein willst, werde ich mir kurz ... Mist! Gremlin!«

Sein Aufschrei ließ mich die Finger gerade rechtzeitig senken, um zu sehen, wie die kleine Hündin ihm das Handtuch vom Körper riss, indem sie sich mit ihrem gesamten Gewicht daran hängte. Sofort schlug ich die Hände wieder über die Augen. Meine Wangen brannten. »Das ist gerade nicht passiert.«

»Warte!« Erneut hörte ich das Geräusch der Sprühsahne. Zweimal Zischen. Dann noch einmal. »Okay. Alles okay. Bist du dir sicher, dass du dich nicht nach etwas Süßem verzehrst? Ich habe noch Kirschen im Kühlschrank, falls du nicht auf Bananensplit stehst.«

»Du hast es nicht geschafft, einem vielleicht zwei Kilo schweren Welpen das Handtuch abzunehmen?«

»Du hast mir gesagt, ich soll nett zu ihr sein.«

Ich wandte ihm den Rücken zu. »Könntest du dir bitte etwas anziehen?«

»Und was soll ich mit dieser ganzen Sahne machen?«

»Darüber hättest du vielleicht nachdenken sollen, bevor du dich benommen hast wie ein Zweijähriger.«

Er seufzte. »Weißt du, auch Worte können verletzen, Cherry. Vergiss das nicht.«

Ich grinste und verdrehte die Augen, als er wegging. Gremlin folgte ihm. Ich wollte William nicht mögen. Aber das war nicht so einfach. Er besaß eine natürliche Unbekümmertheit, wie sie mir vorher nie begegnet war. Es war, als bräche er in seinem Kopf überhaupt keine Regeln – weil er die Hälfte davon einfach nie gelernt hatte. Bei jedem anderen Mann hätte dieser kleine Auftritt eben dafür gesorgt, dass ich schreiend davongerannt wäre. Bei William war ich weder besonders überrascht, noch fühlte ich mich auch nur im Geringsten bedroht. Er nahm das Leben immer locker. Ich war mir ziemlich sicher, dass er geahnt hatte, wie ich auf seinen Sprühsahne-Trick reagieren würde, er es aber rein um des Spaßes willen trotzdem getan hatte.

Als er zurückkam, hatte er glücklicherweise etwas an, was bedeutete, dass mein Hirn wieder funktionierte. Ihn halb nackt zu sehen, hatte dafür gesorgt, dass es in meinem Kopf gerauscht hatte wie bei einem Radio ohne Empfang.

»Ich muss einfach fragen«, sagte ich, während ich sein Abendessen zubereitete – eine einfache Gemüsepfanne mit Hühnchen, doch ergänzt durch meine geheime Gewürzmischung, von der ich mir sicher war, dass sie ihn aus den Socken hauen würde. »Ist das alles ein Witz für dich, oder meinst du es ernst?«

»Häh?«, fragte er. Er saß am Tisch und spielte an seinem Handy herum, während ich kochte. Er hatte ein schwarzes Hemd und graue Stoffhosen angezogen, doch anscheinend hatte er beschlossen, dass Schuhe nicht so wichtig waren. Sein dunkles Haar war immer noch ein wenig feucht von der Dusche und stand so unordentlich von seinem Kopf ab, dass ich das Bedürfnis verspürte, mit den Fingern hindurchzufahren, um es zu zähmen.

»Nun«, sagte ich und wappnete mich innerlich. Ich würde nicht das scheue Mäuschen spielen. Ich war eine erwachsene Frau und verdiente es, zu erfahren, was zum Teufel hier eigentlich vor sich ging. »Versuchst du nur, mich ins Bett zu kriegen, oder ist das mehr?«

»Hey, hey, Miss«, sagte William, als er von seinem Handy aufsah. »Wir sind hier an deinem Arbeitsplatz. Hast du noch nie von sexueller Belästigung gehört? Ehrlich, ich fühle mich gerade bedroht. Und mir ist ziemlich unwohl zumute.«

Ich stemmte eine Faust in die Hüfte und fühlte mich wie meine Grandma, als ich zu ihm herumwirbelte. »Wag es ja nicht, damit anzufangen«, sagte ich, als ich mit dem Pfannenwender vor ihm in der Luft herumwedelte. »Du hast Glück, dass ich nicht ...«

»Was? Dich bei der Personalabteilung beschwerst? Ich werde mich einem Sensibilitätstraining unterziehen, wenn du sagst, dass du die Aktion gerade nicht witzig fandest. Ein Wort, und ich werde es tun. Mein Ehrenwort.«

Ich schürzte die Lippen, doch trotzdem gelang es mir nicht, ein Lächeln zu unterdrücken. »Es war unglaublich unreif und kindisch.«

Er ließ die Hand in der Luft kreisen, in einer typischen »Mach weiter«-Geste.

»Aber irgendwie war es auch witzig.«

»Ich wusste es!«, sagte er und riss die Faust in die Luft. »Ich habe das in einem Film gesehen und seitdem auf eine Gelegenheit gewartet, um es mal auszuprobieren. Ich musste nur die richtige Frau dafür finden.«

Schweigen.

»Du weißt schon«, sagte er etwas zu schnell. »Eine, die deswegen nicht gleich austickt. Du bist cool, nicht so verklemmt. Davon habe ich schon genug in meinem Leben mit Mr Banane.«

»Mit wem?«, fragte ich. Ich musste mich wirklich zusammenreißen, um nicht wegen seines »Die richtige Frau«-Kommentars nachzuhaken, obwohl ich mich danach verzehrte, herauszufinden, was er damit gemeint hatte.

»Bruce. Der Kerl zelebriert seinen Bananenkonsum. Er

mag sie auf eine ganz bestimmte Art. Isst sie jeden Tag zum gleichen Zeitpunkt. So hat er sogar Natasha kennengelernt. Das Mädchen hat am Tag ihres Vorstellungsgesprächs seine Banane gegessen. Ich bin mir ziemlich sicher, dass er sie nur eingestellt hat, um sie dafür zu bestrafen … so dämlich das auch klingen mag.«

»Du weichst meiner Frage aus«, sagte ich. »Wie lautet dein Plan in Bezug auf diese ganze Sache hier? Was ist diese ganze Sache überhaupt?«

Grinsend zog er die Augenbrauen hoch. »Ich weiß es nicht. Was wir hier tun, ist ziemlich neu für mich.«

»Was? Komm schon. Du musst doch jede Woche eine andere Frau haben.«

»Nicht dieser Teil …« Er senkte den Blick und wirkte für einen kurzen Moment tatsächlich unsicher. »Lass uns einfach sagen, dass ich noch nie einer Frau, die ich mag, einen Job angeboten habe. Außerdem fehlt mir gewöhnlich die Geduld, zu warten, bis man mir gibt, was ich haben will. Entweder bekomme ich es sofort, oder ich ziehe weiter. Aber bei dir ist das anscheinend anders.«

»Eine Frau, die du magst?« Mein Herz begann sofort zu rasen, als wäre ich wieder in der Schule und hätte ein Briefchen von meinem Schwarm zugesteckt bekommen.

»Diesen Ausdruck in den Augen kannst du dir sparen. Du könntest wahrscheinlich einen ganzen Raum mit Leuten füllen, die dir alle erklären würden, was für ein Dreckskerl ich bin. Vielleicht hattest du sogar recht damit, mich loswerden zu wollen.«

Ich wackelte mit den Augenbrauen. »Vielleicht bin ich nur hinter deinem Geld her.«

Er lachte. »Das bezweifle ich. Ich habe genug solcher Frauen erlebt, um so was sofort zu riechen. Zur Hölle, du hast mir nicht mal ein Kompliment über meine superschicke

Wohnung gemacht. Außerdem hast du versucht, mir die ganze Sache auszureden … was nicht gerade das typische Vorgehen einer Goldgräberin ist.«

»Vielleicht bin ich einfach nur geschickter als die Goldgräberinnen, denen du bisher begegnet bist.«

Er stand auf und kam näher, bis ich mich mit dem Rücken gegen die Arbeitsfläche lehnen musste, um ihn nicht zu berühren. Das Gemüse und das Hühnchen in der Pfanne brutzelten und knisterten. Ich wusste, dass ich rühren musste, doch irgendwie gelang es mir nicht, mich auf das Essen zu konzentrieren. Ich konnte nur daran denken, wie William roch, und daran, dass ich ihn vor wenigen Minuten mit nacktem Oberkörper und nass von der Dusche gesehen hatte. Und all diese Perfektion war jetzt nur durch ein paar Lagen Kleidung und ein wenig Luft von mir getrennt.

Ein Schauder überlief mich.

»Du hältst dich für ausgebufft, hm?«, fragte er. Sein Atem war warm und roch nach Minze. Bei jedem seiner Worte traf mich ein leichter Luftstoß. »Bist du nicht, soweit ich das beurteilen kann.« Er ließ seinen Blick fast träge über mich gleiten, als wäre es nichts Besonderes, mir so nahe zu sein und diesen Effekt auf mich zu haben. »Also«, sagte er, als er auf etwas in seiner Hand hinuntersah. »Wer ist G-rizzle?«

»Was?«, fragte ich. Dann senkte auch ich den Blick. Er schaute auf mein Handy – das mysteriöserweise in seiner Hand gelandet war. Auf dem Bildschirm leuchtete eine Nachricht. Unglücklicherweise reichte der in der Vorschau angezeigte Text aus, um eine Menge emotionalen Schaden anzurichten. *G-rizzle: Hast du den Jungen schon zur Strecke gebracht? Will Details hören …*

»G-rizzle ist meine Grandma«, antwortete ich langsam. »Sie findet es jämmerlich, sich wie eine altmodische alte Dame zu benehmen, also studiert sie regelmäßig das Slang-

Wörterbuch und sucht seltsame Ausdrücke heraus, mit denen sie mich in Verlegenheit bringen kann. Sie ist fünfundachtzig, und jedes Mal, wenn wir uns treffen, ändert sie ihren Namen in meinem Handy zu irgendetwas Peinlichem.«

Ein Grinsen breitete sich auf Williams Gesicht aus. Gott, er hatte tolle Lippen. Ich ertappte mich dabei, wie ich sie anstarrte, also riss ich den Blick davon los und sah wieder nach oben. Ich hoffte inständig, dass er es nicht bemerkt hatte. »Kapiert. G-rizzle ist die Grandma. Und der ›Junge‹, den du ›zur Strecke bringen‹ willst? Was hat das zu bedeuten? Willst du ihn erschießen? Sollte ich mir Sorgen machen?«

»Wegen der Schussgefahr, oder weil es einen anderen Jungen geben könnte?«

»Verdammt! Beides? Vielleicht könnten wir einfach den anderen Jungen erschießen.«

Ich lachte. »Es gibt nur einen. Einen Jungen«, sagte ich, auch wenn ich mich dabei albern fühlte. Nichts an William war jungenhaft, abgesehen von dem Schalk, der fast immer in seinen Augen blitzte. »Und ich glaube, sie meint ... na ja, vielleicht sollten wir einfach so tun, als ginge es wirklich darum, ihn zu erschießen.«

»Ahh«, sagte er nickend. »Also hast du deiner Grandma erzählt, dass du darauf hoffst, mich in die Kiste zu bekommen, ja? Lügnerin. Ich habe den Weg zu meinem Bett quasi mit Leuchtpfeilen markiert, aber du bist an jedem davon vorbeigewandert, als wärst du Stevie Wonder.«

»Das ist so taktlos«, sagte ich, konnte aber ein kleines Lachen nicht unterdrücken.

»Taktlosigkeit ist eine meiner vielen Gaben. Aber wir sollten nicht das Thema wechseln. Wieso glaubt G-rizzle, dass du versuchst, mich zur Strecke zu bringen?«

»Weil sie total irre ist?«, schlug ich vor. »Ich habe ihr nicht mal deinen Namen verraten. Und ich habe sorgfältig darauf geachtet, nicht öfter über dich zu sprechen als unbedingt nötig.«

»Aha. Also fällt es dir schwer, nicht über mich zu sprechen. Hast du oft das Bedürfnis, an mich zu denken und über mich zu sprechen? Besonders in den Nachtstunden?«

Ich öffnete den Mund, um etwas zu sagen – keine Ahnung, was –, aber genau in diesem Moment erregte der Geruch verbrannten Gemüses meine Aufmerksamkeit.

»Scheiße!«, zischte ich.

William musste zurücktreten, damit ich mich umdrehen konnte. Ich zog die Pfanne vom Herd, doch der Schaden war bereits angerichtet. Ich schaltete die Abzugshaube auf die höchste Stufe, dann stemmte ich die Hände auf die Arbeitsfläche und betrachtete seufzend das verkohlte Essen.

»Dann eben Barbecue«, meinte William.

SECHS

William Hailey kochte etwas Neues, während ich eine Arbeits-E-Mail schrieb. Für mich war es schon außergewöhnlich, zu arbeiten, wenn ich im Büro war, also war es quasi unerhört, dass ich Mails von zu Hause losschickte. Anscheinend war das eine Woche der ersten Male für mich.

Mein Rechtsanwalt hatte mir eine E-Mail mit dem Betreff »WIEDER EINER…« geschrieben. Ich hatte den Text überflogen und festgestellt, dass erneut irgendjemand seltsame Forderungen gegen mich bei Gericht eingereicht hatte. Das passierte wöchentlich, daher hatte ich mich inzwischen daran gewöhnt. Sobald man zu einem dicken Fisch wurde, versuchten die kleinen Fische, einem ein Stück aus dem Körper zu beißen. So war die Welt eben. Zugegeben, ich benahm mich hin und wieder wirklich wie ein Trottel … aber ich war nicht dämlich genug, um Geld meiner eigenen Firma zu veruntreuen, die doch sowieso schon eine Art Gelddruckmaschine war. Und ich hatte auch nichts der anderen hundert Dinge getan, die mir mittlerweile vorgeworfen worden waren. Ich besaß so viel Geld, dass ich nicht wusste, was ich damit anfangen sollte. Und das meinte ich ernst. Einmal hatte ich meinen Kontoauszug angestarrt und versucht, im Kopf durchzuspielen, wie ich all das Geld in einem Jahr ausgeben konnte. Aber das hätte ich nur geschafft, wenn ich diverse Wolkenkratzer oder eine ganze Flotte Megajachten gekauft hätte.

Doch auch wenn man quasi alles Geld der Welt hatte, lautete die traurige Wahrheit: Wir Menschen wollen immer mehr. Mehr Besitz, mehr Macht, mehr Einfluss. Uns wird beigebracht, dass Geld alle Türen öffnet, also reißen wir uns jeden Tag den Arsch auf, während diese Ziele vor uns baumeln wie eine Karotte vor dem Esel. Doch dann, wenn man eines Tages Häuser überall auf der Welt besitzt, Leute angeheuert hat, die sich um jede Nebensächlichkeit des Lebens kümmern, und man alles gekauft hat, was man sich je gewünscht hat ... was bleibt dann noch?

Ich hätte den Leuten diese Erkenntnis natürlich mitteilen können, aber niemand wollte so etwas hören. Sie hätten nicht verstanden, was ich sagen wollte. Hätten geglaubt, ich wüsste einfach nicht, wie es war, wenn man sich ständig fragen musste, ob man nächsten Monat noch ein Dach über dem Kopf oder am Abend etwas zu essen haben würde. Dabei wusste ich das besser als die meisten anderen. Die Wahrheit, die die Leute nicht hören wollten, lautete, dass Geld nur eine weitere Droge war – wenn auch eine, gegen die nur ein winziger Prozentsatz der Bevölkerung jemals eine Toleranz entwickeln konnte, weil nur die wenigsten Gelegenheit dazu hatten.

Ich blickte wieder auf die E-Mail. Juristische Drohungen ließen mich immer an Geld denken, denn meines Erachtens war das der einzige Weg, wie ich meines irgendwann verlieren konnte.

Doch ob mein Reichtum nun bedroht war oder nicht, ich schien mich einfach nicht auf die Details konzentrieren zu können. Mein Blick saugte sich immer wieder an Haileys Hintern fest, als sie in der Küche hin und her lief, sich vorbeugte, um Brownies aus dem Ofen zu holen, und sich auf Zehenspitzen stellte, um die Mikrowelle zu erreichen. Er war schöner anzusehen als jede Oper oder Broadway-Show, die ich je besucht hatte. Zwei runde Backen, die sich in perfekter Harmonie bewegten, zusammen auf ein gemeinsames Ziel hinarbeiteten, nur durch eine dünne Schicht Baumwolle vor der Welt geschützt. Noch dazu war ihr Hintern von einer geheimnisvollen Aura umgeben. Trug sie unter diesem Rock einen Tanga? Ein normales Höschen? Boxershorts? Und in welcher Farbe?

So viele Fragen.

»Also«, sagte ich. »Ist es verboten, sich nach deinem Stalker zu erkundigen? Oder darf ich fragen, was es mit ihm auf sich hat?«

Hailey strich mit den Händen über die Schürze, die sie sich umgebunden hatte, dann schob sie sich eine Strähne hinters Ohr. »Das ist keine besonders interessante Geschichte. Wir haben uns getrennt, aber es war nicht einvernehmlich.«

»Wie lange wart ihr zusammen?«

»Ein paar Monate.«

Ich rieb mir das Kinn. »Also willst du damit in Wirklichkeit sagen, es gäbe pikante Details, aber du möchtest mir lieber nur die fade Zusammenfassung liefern?«

Sie lächelte leicht schuldbewusst. »Ich komme schon mit ihm klar. Okay?«

»Das glaube ich dir. Du hast diese Ausstrahlung – wie eine unscheinbare Nonne, die einen Mann aber mit einem Karateschlag erledigen könnte. Ziemlich sexy.«

Sie stieß ein überraschtes Lachen aus. »Was? Denkst du wirklich so über mich?«

Ich hob kapitulierend die Hände. »Welche Antwort würde dich davon abhalten, mich mit einem Karateschlag zu erledigen?«

Sie starrte mich böse an. »Eine, in der du mich nicht noch einmal als unscheinbare Nonne bezeichnest?«

»Abgemacht. Ich werde mich an Spitznamen halten, die ein wenig subtiler auf deine Jungfräulichkeit anspielen.«

Sie legte den Pfannenwender mit einer energischen Bewegung auf die Arbeitsfläche und drehte sich zu mir um, um mir direkt ins Gesicht zu sehen. »Wieso warst du dir eigentlich sofort so sicher, dass ich noch Jungfrau bin?«

Ich zuckte mit den Achseln. »Intuition? Instinkt? Oder vielleicht lag es auch daran, dass dein Freund in der Bäckerei das Wort mit den Lippen geformt hat, als er hinter dir stand. Und er hat dabei ständig auf dich gedeutet und mir dann die Daumen nach oben gezeigt. Wenn du mich fragst, war das ein wenig übertrieben.«

Sie schüttelte leicht lächelnd den Kopf. »Ich werde ihn umbringen.«

»Ich habe einen guten Anwalt, falls du ihn nach dem Mord brauchen solltest.«

»Sehr witzig. Auf jeden Fall ist dein Essen jetzt endlich fertig«, sagte Hailey und reichte mir einen Teller. Sie hatte warme Tortillas mit einer Füllung aus dampfendem Hühnchen, Zwiebeln und Paprika gemacht. Sie stellte auch saure Sahne, Käse und einen Teller mit Limettenscheiben auf den Tisch, außerdem offenbar selbst gemachte Tortilla-Chips und Salsa.

»Wo ist dein Teller?«, fragte ich.

»Du willst, dass ich etwas esse? Mit dir?« Sie wirkte ehrlich überrascht. So unschuldig konnte nur das Bäckermädchen sein. Manchmal hatte ich den Eindruck, dass sie genau wusste, worauf ich abzielte, dann wiederum wirkte sie auf wunderbare Weise ahnungslos.

»Nimm dir auch einen Teller und setz dich zu mir. Ich will nicht alleine essen, während du da stehst und mich anstarrst.«

Sie schenkte mir ein trockenes Lächeln. »Du könntest mich

auch nach Hause schicken. Du wolltest, dass ich deine Köchin spiele, und das habe ich getan. Nicht wahr?«

Ihr Tonfall verriet mir, dass sie nicht wirklich nach Hause geschickt werden wollte. Es wäre ihr recht geschehen, wenn ich ihren Bluff hätte auffliegen lassen und sie weggeschickt hätte, doch ich konnte nicht anders, als in ihre Falle zu tappen und das Spiel mitzuspielen. »Woher soll ich wissen, dass du das Essen nicht vergiftet hast, wenn du selbst nichts davon isst?«

Sie schnappte sich ein Stück Hühnchen von meinem Teller und kaute mit hochgezogenen Augenbrauen darauf herum. »Zufrieden?«

»Was, wenn ich einfach zugebe, dass ich möchte, dass du mir Gesellschaft leistest?«

»Das wäre eine bessere Herangehensweise«, sagte sie mit einem wunderschönen scheuen Lächeln. Manche Frauen lächelten, als wären sie sich absolut bewusst, wie heiß sie waren, weil die Leute ihnen das ihr gesamtes Leben über erzählt hatten. Und dann gab es Lächeln wie das von Hailey. Scheu und fast entschuldigend. Für einen Moment war es breit und ohne Zurückhaltung, doch dann verblasste es ein wenig, als hätte sie angefangen, sich selbst infrage zu stellen. Fast hätte man glauben können, sie sei verrückt genug, keine Ahnung davon zu haben, wie atemberaubend sie war – und wie perfekt ihr Lächeln.

Am Anfang hatte ich Hailey als Herausforderung betrachtet. Sie war eine Jungfrau, was bedeutete, dass sie etwas besaß, was ich stehlen konnte. Etwas, was sie die ganze Zeit über niemandem geschenkt hatte. Der Kleptomane in mir hatte sich davon angezogen gefühlt.

Doch mit jeder Minute, die ich mit ihr verbrachte, fragte ich mich mehr, ob ich mit dieser Einstellung nicht den wahren Reiz übersah. Sie war nicht einfach eine Frau, die ich in mein Bett locken und dann hinter mir lassen wollte. Vielleicht hatte ich mich doch nicht nur versprochen, als ich Bruce gesagt hatte, dass ich nach einer Frau suchte, die es wert war, behalten zu werden. Hailey war authentisch. Sie küsste mir nicht die Füße, nur weil sie mich sexy fand. Es schien sie nicht zu interessieren, dass ich reich war wie Krösus. Zur Hölle, die Hälfte der Zeit versuchte sie, mich von sich zu stoßen.

Sie war anders.

Bis wir mit dem Essen fertig waren, war die Sonne untergegangen. Wir hatten uns erstaunlich mühelos unterhalten, doch sobald unsere Teller leer waren, hing plötzlich eine seltsame Art von Erwartung in der Luft, deren Gewicht das lockere Gespräch zu ersticken schien, bis nichts mehr übrig war als tiefes, unangenehmes Schweigen.

»Ich sollte aufbrechen«, sagte Hailey schließlich.

»Du könntest bleiben«, erwiderte ich, ohne ins Detail zu gehen. Ich wollte keinen Druck ausüben, also ließ ich mein Angebot einfach so stehen und wartete. Ich sah ihr in die Augen, und sie hielt meinem Blick stand.

»Ich glaube, besser nicht«, sagte sie. »Aber ich habe den heutigen Abend genossen. Wirklich.«

Lächelnd stand ich auf. Ich hätte nichts dagegen gehabt, wenn Hailey geblieben wäre. Und wäre sie geblieben, wäre sie wahrscheinlich in meinem Bett gelandet. Gute Vorsätze hin oder her, ich war auch nur ein Mensch. Doch ein Teil von mir war froh, dass sie genügend Rückgrat besaß, um Nein zu sagen. Irgendwie hatte ich das Gefühl, dass es sonst gelaufen wäre wie mit all den anderen Frauen auch.

Als ich sie zum Aufzug begleitete, stahl ich eine Haarnadel aus ihrem Haar. Sie schien es nicht zu bemerken, strich sich eine lose Strähne hinters Ohr und lächelte zu mir hoch.

»Morgen um dieselbe Zeit?«, fragte sie.

»Dieselbe Zeit.«

Ich setzte mich in den Stuhl hinter meinem Schreibtisch, während ich beobachtete, wie Mom und Dad in den Raum schlenderten und mir gegenüber Platz nahmen. Wie gewöhnlich stolzierte mein Vater daher, als hätte er in seinem Leben erstaunliche Dinge geleistet. Dabei besaß er eigentlich nur das verstörende Talent, überall Toiletten zu verstopfen – und zwar wortwörtlich.

Er zog seine Hosenbeine hoch und ließ sich mit einem zufriedenen Seufzen in den Stuhl sinken. Meine Mom besaß zumindest den Anstand, auszusehen, als kennte sie ihren Platz in der Welt. Diese beiden Leute lebten wie Blutegel. Sobald sie begriffen hatten, dass Bruce und ich potenzielle Geldautomaten für sie waren, hatten sie jede Idee an Arbeit aufgegeben. Jetzt bestand ihre einzige Beschäftigung darin, jeden Monat aufs Neue zu versuchen, uns Geld aus den Rippen zu leiern.

Bruce sprach gewöhnlich ein Machtwort und erklärte ihnen, sie sollten sich verpissen. Und ich? Ich hatte anscheinend irgendwie eine Schwäche für die beiden. Reich zu sein, hatte die Welt für mich in einen Ort voller Zynismus verwandelt. Ich entdeckte geldgierige Parasiten, wo auch immer ich hinsah. Leute, die mich nur als Mr Millionär kannten. Meine Eltern dagegen hatten mich schon vorher gekannt. Sicher, auch sie schienen nur vorbeizuschauen, wenn sie Kohle brauchten, aber zumindest bemühten sie sich, etwas mit ihrem Leben anzufangen. Irgendwie. Wenn ich ehrlich war, ging ich davon aus, dass mein Dad den Großteil des Geldes verspielte und den Rest für Blödsinn ausgab.

Wahrscheinlich ergab es also nicht viel Sinn, aber ich steckte ihnen trotzdem jedes Mal Geld zu, wenn sie danach fragten; außer ich hatte wirklich schlechte Laune. Das war auf jeden Fall einfacher, als mich dagegen zu wehren. Ich legte nur Wert darauf, dass meine Eltern sich zumindest anstrengen mussten, wenn sie versuchten, mich zu überzeugen. Ich mochte einfach die irren Geschichten, die sie mir jeden Monat auftischten. Die beiden waren eine seltsame, verdrehte Verbindung zu meinem alten Leben. Meine monatliche Dosis Nostalgie, die mich nur ein paar Tausend Dollar kostete.

»Wir stecken ein wenig in der Klemme, Sohn«, sagte mein Dad.

»Ach ja?«, fragte ich und lehnte mich vor.

»Wir haben wirklich gute Fortschritte mit der Waschstraßen-Idee gemacht ... aber jetzt will dieser Simmons-Idiot eine doppelt so hohe Anzahlung für das Grundstück in Kingston wie vereinbart. Kannst du dir das vorstellen? Der Kerl glaubt, er verkaufe Liegenschaften in der Innenstadt von New York statt in einer Kleinstadt mitten im Nirgendwo.« Mein Dad war ein guter Schauspieler. Er gehörte zu dem Typ Mensch, der keine Sekunde gezögert hätte, einer alten Dame ihren letzten Dollar aus der Tasche zu ziehen. Und genau das hätte er wahrscheinlich auch getan, wenn ich ihm nicht jeden Monat Geld in den Hintern geblasen hätte.

»Ach ja?«, fragte ich wieder.

Mom und Dad wechselten einen Blick. Manchmal hatte ich fast das Gefühl, dass sie sich wegen der ganzen Schauspielerei schuldig fühlten. Ich saß einfach nur da und wartete ab, bis wir die Geldsache hinter uns hatten und uns unterhalten konnten. Wenn ich so darüber nachdachte, war das wahrscheinlich ziemlich jämmerlich. Streng genommen, bezahlte ich meine Eltern dafür, dass wir so tun konnten, als wären wir eine normale Familie.

»Weitere zehntausend Dollar sollten uns bei der Bank weiterhelfen«, sagte mein Dad. »Sie wollen uns keinen Kredit geben, solange wir nicht mehr Eigenkapital haben.«

»Sicher. Wenn du glaubst, dass das nötig ist.« Meine Stimme klang kälter als beabsichtigt, doch ich entschuldigte mich nicht dafür. Ich konnte das alles noch so sehr herunterspielen, doch letztendlich hatte sich eine Menge Bitterkeit in mir aufgestaut. Und jede Menge Wut. Dass ich mir ziemlich sicher war, dass sie Zoey dazu angestiftet hatten, wieder in meinem Leben aufzutauchen, machte es auch nicht gerade besser.

Ich zog mein Scheckbuch heraus und fing an, einen Scheck auszufüllen. »Soll ich ihn gleich auf die Bank ausstellen oder …«

»Stell ihn doch besser auf mich aus. Ich muss ja sowieso noch den Rest des Geldes zusammensammeln, bevor ich zur Bank gehe. Da wäre es vielleicht klüger, wenn alles an einer Stelle zusammenläuft.«

»Klar.«

»Also«, fragte mein Dad fröhlich, sobald er den Scheck eingesteckt hatte. »Wie läuft es bei dir so?«

»Ich kann mich nicht beschweren, oder?«

»Dass du wohlhabend bist«, sagte meine Mom, »heißt nicht, dass du dich nicht beschweren darfst, Süßer.«

»Okay. Na gut. Gestern habe ich auf dem Weg zur Arbeit einen Schokoriegel gegessen und habe nicht bemerkt, dass ein paar Brösel davon auf meiner Hose gelandet sind. Erst nach dem Mittagessen ist mir aufgefallen, dass ich den ganzen Vormittag über mit geschmolzener Schokolade am Oberschenkel herumgelaufen bin. Sehr peinlich.«

Meine Mom grinste. »Du bist so ein Witzbold, William.«

»Hast du noch mal über Zoey nachgedacht?«, fragte mein Dad.

»Da gibt es nichts, worüber ich nachdenken müsste, Dad. Ich habe ihr eine Chance gegeben, und es hat nicht funktioniert. Ende der Geschichte.«

»Ich finde nur immer noch, dass ihr toll zusammenpassen würdet, Sohn. Und sie ist gut genug für dich, nicht wie ein paar dieser Flittchen, mit denen dich die Klatschpresse abgelichtet hat.«

»Das ist *einmal* passiert. In *einem* Heft. Und das nur, weil ich keine Ahnung hatte, dass dieses Mädchen in einer Fernsehserie mitspielt.«

»Wir wollen doch nur das Beste für dich, William«, warf meine Mom ein.

»Ich bin ein großer Junge und kann selbst herausfinden, was das Beste für mich ist. Und meiner Meinung nach geht das am einfachsten, wenn ich erst einmal alles ausprobiere, was wirklich schlecht für mich ist.«

Mein Dad seufzte. »Behalte es nur im Gedächtnis. Zoey ist eine wirklich gute Frau. Ich denke, ihr zwei wärt perfekt füreinander.«

Ein paar Minuten später scheuchte ich die beiden schließlich aus meinem Büro. Ja, ich mochte meine Dosis Nostalgie, aber verdammt, meine Eltern ermüdeten mich wirklich schnell. Mit mir gingen sie anders um als mit Bruce, der ihnen schon seit sehr langer Zeit die kalte Schulter zeigte. Ich sah regelmäßig, wie eisig ihr Verhältnis war, und fühlte mich einfach noch nicht bereit, mich so von ihnen loszusagen.

Ich schwang meine Füße auf den Schreibtisch, legte die Fingerspitzen aneinander und sah den beiden hinterher. Würden sie sich wirklich für mich interessieren, würden sie Hailey wahrscheinlich nur zu gerne kennenlernen.

Seit meinem Abendessen mit ihr versuchte mein Hirn ständig, alles in meinem Leben irgendwie mit ihr in Verbindung zu setzen. Die Aussicht, sie heute Abend wiederzusehen, leuchtete über meinem gesamten Tag wie ein grelles Neonschild. Überraschenderweise ging ich zwar nicht davon aus, dass sich mir die Chance auf einen horizontalen Tango bieten würde, war aber trotzdem aufgeregt. Ich tastete kurz zwischen meinen Beinen herum, um sicherzustellen, dass meine

Hoden noch waren, wo sie hingehörten. Check. Intakt und so schön, wie Hoden nur sein konnten – offenbar hatten sie sich nur in den Winterschlaf begeben oder so was in der Art. Mit Geduld und Zeit kommt man weit, hieß es immer. Ich hoffte inständig, dass dieses Sprichwort auch stimmte.

SIEBEN

Hailey Eine halbe Stunde, bevor wir öffneten, saß ich mit Candace und Ryan an einem der Tische in der Bäckerei und überlegte, was ich Ryan sagen sollte, falls ich den Laden aufgeben musste. Schließlich stand hier nicht nur meine Karriere auf dem Spiel. Ich hatte heute Morgen eine ganze Reihe neuer Mailboxnachrichten von meinem Vermieter auf dem Handy gefunden, die ich immer noch nicht abgehört hatte, Gott steh mir bei. Heute nach der Arbeit hatte ich einen Termin bei der Bank, um einen Geschäftskredit zu beantragen. Meine Kreditwürdigkeit war ungefähr so eindrucksvoll wie die von Mike Tyson, als die Gerichtsvollzieher angerückt waren, um seinen Tiger und seine Sportwagen zu pfänden, also rechnete ich nicht mit einem Wunder. Aber ich musste es zumindest versuchen.

Candace trommelte mit den Fingernägeln auf den Tisch und warf mir einen Blick zu, der sich direkt in meine Seele bohrte.

»Also?«, fragte sie. »Du musst einen Hirnschaden haben, wenn du nicht bereits weißt, was wir dir raten werden.«

Ryan nickte. »Es flattert direkt vor dir in der Luft und wartet nur darauf, dass du zugreifst.«

»Williams Schwanz«, sagte Candace. »Er spricht von Williams Millionärsschwanz.«

Ryan keuchte. »Ähm, eigentlich nicht. Ich habe von einer Gelegenheit gesprochen.«

»Wortklauberei«, seufzte Candace.

»Ein Schwanz und eine Gelegenheit sind definitiv nicht dasselbe«, erklärte ich.

»In dieser Situation schon. Lass mich dir als deine Schwester sagen, dass du es für den Rest deines Lebens bereuen wirst, wenn du diese Chance nicht ergreifst. Ich war ziemlich gut mit Bruce' Ehefrau befreundet, als sie noch bei *Business Insights* gearbeitet hat, also bin ich sozusagen Expertin für die Chamberson-Brüder. Ich habe Natasha und Bruce quasi zusammengebracht, und schau dir an, wie gut das für die beiden gelaufen ist!«

»Warum bedrängst du mich so? Ich sehe ihn doch in nächster Zeit jeden Abend.«

»Nun«, setzte Ryan an. »Ohne ein Spielverderber sein zu wollen, aber es besteht durchaus die Möglichkeit, dass William nicht wirklich davon ausgeht, dass diese Persönliche-Köchin-Sache etwas Langfristiges wird. Für mich klang es gestern eher so, als wäre er einfach einer spontanen Eingebung gefolgt. Als wollte er nur einen Grund finden, dich in seine Wohnung zu locken.«

»Er hat für die Punze bezahlt«, stimmte Candace zu. »Und jetzt ist es an dir, dem Mann zu geben, wofür er bezahlt hat.«

»Tut mir leid.« Ich hob die Hand und schloss für einen Moment die Augen, bevor ich Candace ins Gesicht sah. »Hast du gerade *Punze* gesagt? Was soll das sein, Grammys Slangwort der Woche?«

»Du hast es nicht mal richtig verwendet«, sagte Ryan. »Punze ... na ja, das benutzt man eher als Schimpfwort. Das ist nicht wirklich ein Körperteil.«

Candace tat unsere Kommentare mit einer Handbewegung ab. »Spielt keine Rolle. Was ich damit sagen will: Das ist, wie wenn dich ein Mann zum Essen ausführt und die Rechnung bezahlt. Dann muss man zumindest darüber *nachdenken*, ihm etwas dafür zu liefern.«

»Moment. Was?«, fragte Ryan. »Denken Frauen wirklich so?«

Sie warf ihm einen bösen Blick zu. »Spiel hier nicht den unschuldigen Chorknaben. Es ist ja nicht so, als hätte ich behauptet, man *müsste* ihn ranlassen, weil er einem ein Abendessen spendiert hat. Ich sage nur, dass dadurch ein gewisses Gefühl der Verpflichtung entsteht. Und dabei geht es nur um ein Abendessen. Ich kann mir nicht mal vorstellen, was ein Kerl erwartet, wenn er dir eine Multi-Millionen-Dollar-Marketingfirma zur Verfügung stellt, nur um dich dazu zu bringen, in seine Wohnung zu kommen.«

»Wahrscheinlich lässt er einfach eine Praktikantin ein paar Flyer für mich ausdrucken und an Telefonmasten kleben.«

Ryan lachte. »Du unterschätzt das uralte Verlangen des Mannes nach Sex, Hailey. Noch bevor es das Feuer gab, gab es schon Höhlenmenschen, die sich gegenseitig mit Steinen den Kopf eingeschlagen haben, um Sex zu kriegen. Das ist biblisch. Du kannst es nachschlagen.«

Ich verdrehte die Augen, doch Candace nickte, als wären das die weisesten Worte, die sie je gehört hatte.

»Ryan hat recht«, sagte sie. »Die Gesellschaft hat Frauen darauf getrimmt, ihre Reinheit zu schützen, und Männer darauf, sie ihnen abzujagen. Wenn ein Mädchen sich zu leicht hergibt, bekommt sie den schlechten Ruf, während der Mann zusätzlich zu der Kerbe in seinem Bettpfosten auch noch ein anerkennendes Schulterklopfen bekommt. Aber weißt du, was? Du kennst genau drei Leute ... und wir alle drei raten dir, die Sache durchzuziehen. Und die Sozialnormen in Bezug auf Sex sind sowieso unsinnig.«

»Ich kenne mehr als drei Leute.«

»Zähl sie auf.«

»Da wäre Jane, die Dame, die fast jeden Morgen in den Laden kommt. Ich kenne William, seinen Bruder Bruce und Bruce' Ehefrau Natasha.«

»Hast du nicht gesagt, dass Natasha und Bruce auch wirkten, als wollten sie, dass ihr beide zusammenkommt?«

Ich seufzte. »Kann sein.«

»Okay, dann lass mich meine Aussage korrigieren. Du kennst nur sieben Leute, und fünf von ihnen sagen dir, du sollst die Sache durchziehen. Und einer der verbliebenen zwei hat wahrscheinlich gerade den Ständer aus der Hölle, während er davon träumt, dass du ihm gibst, was er will.«

»Schon gut, schon gut. Aber nur fürs Protokoll, ich bezweifle, dass William groß über mich nachdenkt, wenn ich nicht da bin. Das passt nicht zu ihm. Dieser Kerl führt das perfekte Leben. Ich bin mir sicher, er hat im Moment eine Million besserer Dinge zu tun, als an mich zu denken.«

Mir fiel auf, dass Ryan mich seit ungefähr einer Minute nicht mehr ansah, also folgte ich seinem Blick zum Fenster. Eine große Gestalt stand vor dem Laden, doch ich konnte sie nicht genau erkennen, weil die Fenster von innen beschlagen waren.

»Ist das ...?« Candace zuckte überrascht zusammen.

»Das ist der Kerl, der eine Million besserer Dinge zu tun hat, als an Hailey zu denken«, sagte Ryan lächelnd. »Jepp.«

Der Mann musste unsere Blicke bemerkt haben, denn er klopfte an die Scheibe und zeigte auf die Tür.

Eilig drehte ich mich zu Ryan und Candace um. »Benehmt euch normal. Bitte. Benehmt euch einfach normal, damit das hier nicht zu peinlich wird, okay?«

Sie hoben die Hände, als würde ich sie mit einer Pistole bedrohen. »Wir werden ganz brav sein.«

»Pfadfinderehrenwort«, stimmte Ryan zu.

»Du warst nie Pfadfinder.«

Er zuckte mit den Achseln. »Darf ich auch nicht ›O mein Gott‹ sagen, wenn ich nicht religiös bin?«

Ich ignorierte ihn und ging stattdessen zur Tür, um der Person zu öffnen, bei der es sich mit an Sicherheit grenzender Wahrscheinlichkeit um William handelte. Schließlich gab es nicht gerade viele Männer, die so groß und breit gebaut waren. Die meisten anderen Kerle dieser Größe wirkten irgendwie schlaksig, als wären ihre Arme oder Beine zu lang für ihren Körper.

Als ich die Tür aufschloss, schenkte William mir ein breites Lächeln und betrat den Laden. Im Vorbeigehen berührte er beiläufig meine Hüfte, als wollte er sich höflich an mir vorbeischieben, doch diese kleine Geste reichte aus, um Hitze durch meinen Körper zu jagen.

William sah gut aus, was mich nicht hätte überraschen dürfen. Er trug ein schwarzes Jackett, das wahrscheinlich genug gekostet hatte, um davon ein paar Monate lang die Miete für meinen Laden zu bezahlen, ein weißes Hemd mit den üblichen offenen Knöpfen am Hals und Stoffhosen. Wie gewöhnlich war sein Haar verwuschelt. Er fuhr sich mit der Hand hindurch, was es für ungefähr eine halbe Sekunde glättete, bevor es wieder genauso aussah wie vorher.

»Haltet ihr eine Strategiesitzung ab?«, fragte er mit einer Geste zu Candace und Ryan, die mit derart angespannten Mienen am Tisch saßen, dass es fast komisch wirkte. Sie schienen darauf zu warten, dass jeden Moment eine Bombe hochging.

»J-ja«, antwortete ich stotternd, weil mir klar wurde, dass das sogar stimmte.

Er nickte. »Das ist gut. Wir haben gestern Abend die erste Phase deines Marketing-Plans gestartet, und ich wollte vorbeikommen und dich wissen lassen, dass du heute mit etwas mehr Andrang rechnen solltest.«

»Was? Jetzt schon?«

»Jepp. Galleon spielt keine Spielchen, Cherry. Du bist jetzt unsere Klientin, und wir ziehen für dich in den Krieg. Ich würde vorschlagen, dass du noch ein paar Leute anheuerst. So schnell wie möglich.«

»Ryan und ich können durchaus mehr Kunden bedienen, als normalerweise in unseren Laden kommen. Einen zusätzlichen Angestellten kann ich mir im Moment nicht leisten.«

»Vertrau mir! Sobald Anderson Cooper bei *Good Morning America* über deinen unglaublichen Kirschkuchen spricht, in …«, er sah auf die Uhr, »… einer halben Stunde, wirst du dir wünschen, du hättest drei- oder viermal so viele Angestellte. Zur Hölle, vielleicht sollten wir dir sogar einen Türsteher besorgen.«

»Das ist ein Witz, oder?« Candace wirkte ungefähr so verstört, wie ich mich fühlte.

Ich musterte Williams Miene. Eingebildet, amüsiert, aber nicht unehrlich. »Ich glaube nicht.« Mein Magen machte ein paar Sprünge, verkrampfte sich … und dann fühlte es sich an, als wäre mein Herz an ihm vorbei in meine Hose gerutscht. Ich wollte in Ohnmacht fallen.

»Bist du okay?«, fragte William. Er trat einen Schritt vor und legte einen Arm um mich, um mich zu stützen.

Ich hörte ein klatschendes Geräusch aus der Richtung von Ryan und Candace. Hätte ich es nicht besser gewusst, hätte ich gesagt, sie hatten sich gerade High Five gegeben.

»Geht schon«, sagte ich. »Außerdem bezweifle ich, dass der Andrang wirklich so groß sein wird. Das kriegen wir schon hin.«

William verzog leicht das Gesicht. »Ich will ehrlich sein. Die Anderson-Cooper-Sache war ein Gefallen, den ich mir für einen besonderen Kunden aufgespart habe. Als er das letzte Mal live über einen Laden in New York gesprochen hat, hat er damit einen relativ unbekannten Koch und sein Restaurant über Nacht in ein nationales Phänomen verwandelt. Wenn man es genau nimmt, habe ich gleich am ersten Tag das Marketing-Pendant einer Atombombe gezündet. Vielleicht war das ein wenig übertrieben?«

Erneut hatte ich das Gefühl, gleich umkippen zu müssen. Die Welt drehte sich um mich, aber Williams Arm an meinem Rücken fühlte sich so unglaublich gut an, dass ein Teil von mir gar nicht wollte, dass sie damit aufhörte – denn das hätte bedeutet, dass er mich losließ. Ich schloss die Augen, atmete ein paarmal tief durch und straffte die Schultern. Wenn William recht hatte, musste ich mich sofort in die Arbeit stürzen, um mich auf massenweise Kunden vorzubereiten.

William gab mich frei und sah mich an, als wollte er abschätzen, wie sicher ich auf den Beinen stand. »Hey, wie wäre es damit? Ich springe heute mit ein. Bruce kommt im Büro auch ohne mich klar. Und wenn ich in die Firma gehe, zünde ich sowieso nur weitere Marketing-Bomben für dich. Vielleicht wäre es das Beste, wenn ich das Team kurzzeitig zurückpfeife, bis wir gesehen haben, wie es heute läuft.«

»Ich weiß dein Angebot zu schätzen«, sagte ich. »Aber es würde zu lange dauern, dich einzulernen. Wahrscheinlich wärst du mir gar keine richtige Hilfe.«

»Hey, komm schon! Hast du eine Ahnung, mit wem du hier sprichst? Ich habe mich schon an einer Menge Dinge versucht, und ich war bei so gut wie allem fantastisch.«

Ich verdrehte die Augen. »Was ist mit Bescheidenheit?«

»Jepp. Auch das hatte ich voll drauf, als ich es mal versucht habe.«

Candace grinste. »Ich kann auch helfen. Wir können alle zusammen anpacken.«

»Was ist mit deinem Chef?«, fragte ich.

»Ich werde ihm eine Nachricht schreiben, dass ich meine

Periode habe. Das verhindert bei Männern jeden Widerspruch. Was soll er schon sagen? Reiß dich zusammen, Butterblume?«

»Ich werde Candace einweisen.« Ryan stand auf und band sich seine Schürze um. »Hailey, du kannst mit William arbeiten.«

William lächelte mich an. »Und, bekomme ich auch eine Schürze?«

»Ja.« Ich war viel zu sehr mit meiner Angst beschäftigt, dass mir die Waren ausgehen könnten, um irgendetwas lustig zu finden. »Warte. Ich habe noch ein paar T-Shirts hinten. Du bekommst auch eines, Candace.«

»Super.« William zog sein Jackett aus und machte Anstalten, sein Hemd aufzuknöpfen.

»Hey!« Ich umklammerte seine Finger, um ihn davon abzuhalten, sich mitten im Laden auszuziehen. »Wieso stehst du nur so auf Exhibitionismus?«

»Stimmt«, sagte er nickend. »Ich hatte fast vergessen, dass die Sprühsahne-Nummer nicht so gut angekommen ist.«

Ich warf ihm einen bösen Blick zu, dann beugte ich mich vor und sagte leise: »Und selbst wenn ich diese ganze Striptease-Sache genießen würde, wäre es mir lieber, wenn du nicht gleichzeitig auch meiner Schwester eine Peepshow liefern würdest.«

Er beugte sich ebenfalls vor, bis sein Mund neben meinem Ohr schwebte, und flüsterte zurück: »Du hast dir gerade einen privaten Striptease verdient, Cherry. Wie wäre es mit gleich heute Abend?«

Ich errötete. »Momentan klingt es, als sollten wir uns erst einmal darauf konzentrieren, das Chaos zu überleben, das du uns freundlicherweise auf den Hals gehetzt hast, bevor wir an heute Abend denken.«

»Hey«, sagte er in normaler Lautstärke und richtete sich

wieder auf. »Du hast gesagt, du willst mehr Kunden. Du kannst mir nicht übel nehmen, dass ich gut bin in meinem Job.«

»Dann lass uns herausfinden, wie gut du darin bist, Anweisungen zu befolgen.«

Er verzog das Gesicht. »Okay. Den Punkt hatte ich vergessen. Das ist nicht gerade meine große Stärke.«

William brüllte zum geschätzt achten Mal in ebenso vielen Minuten unflätige Flüche, als ihn eine Mehlwolke aus der Küchenmaschine mitten ins Gesicht traf. Er hatte sich seine Schürze erst vor zehn Minuten umgebunden und in dieser Zeit bereits einen Mixer blockiert, ein Blech Cookies ruiniert, einen Topflappen an der Ofentür verbrannt und mehrere Löffel Zuckerguss gegessen. Ich hatte ihn noch nie so fehl am Platz erlebt oder so frustriert gesehen. Obwohl ich quasi die Minuten zählte, bis der angekündigte Mob hungriger Leute nach Anderson Coopers Empfehlung im Live-Fernsehen unseren Laden stürmte, genoss ich es doch zu sehr, William zu beobachten, um ihn wegzuschicken.

Candace klatschte aufgeregt in die Hände, als Ryan anerkennend nickte. Sie hatte bereits den Umgang mit der Spritztülle gemeistert, mit der die Zuckerguss-Verzierung auf meine Bubble Bites aufgetragen wurde – dünnwandige Bällchen aus süßem Teig, die ich tiefgefroren aufbewahrte und dann mit weißem, blauem und pinkfarbenem Zuckerguss verzierte, damit sie aussahen wie glänzende Kugeln. Kapiert? The Bubbly Baker, weil ... genau. Jede Kugel war klein genug, um in eine Handfläche zu passen, und entweder mit Schokolade, Karamell, Erdbeerkompott oder Sahne gefüllt.

Und William ... William befand sich auf einem Selbstzerstörungstrip, von dem ich einfach den Blick nicht abwenden konnte. Er schlug sich den Kopf an den Oberschränken an, maß Mengen falsch ab und verbreitete generell Chaos, wo auch immer er hinkam. Auf seltsame Weise – trotz der Anspannung, die ich bei dem Gedanken an den Kundenandrang verspürte – gefiel mir das. Ich mochte diese Art von linkischem, gut gemeintem Chaos neben mir in der Küche. Es ließ William menschlicher wirken. In den wenigen Minuten, in denen er gerade sein Bestes gegeben hatte, um meinen Laden zu zerstören, hatte ich mehr über ihn gelernt als bei all unseren bisherigen Begegnungen zusammengenommen.

Als er zu mir kam, hatte er Puderzucker im Gesicht und Erdbeermarmelade am Hals. Das große T-Shirt mit meinem Bäckerei-Logo, das ich ihm gegeben hatte, lag eng an seinem Oberkörper an.

»Ich bin mit den Muffins fertig. Und du hast recht. Ich verstehe jetzt, wieso eine Muffin-Einwickel-Maschine eine dumme Idee war. Die kleinen Scheißerchen verpacken sich selbst.«

Ich grinste. »Ich bin mir nicht sicher, ob ich es wirklich so ausdrücken würde, aber du hast recht. Danke! Vielleicht könntest du dich jetzt ... einfach ein paar Minuten im Hintergrund halten, während wir die heißen Bleche aus dem Ofen holen?«

Er riss stirnrunzelnd den Kopf zurück. »Was? Du glaubst, ich könnte keine Hitze vertragen. Cherry, Cherry, Cherry, was soll ich nur mit dir machen.« Er legte eine große Hand auf meine Schulter und schüttelte den Kopf. »Niemand lernt so schnell wie ich. Wahrscheinlich habe ich schon in zwei Minuten den Bogen endgültig raus. Vertrau mir!«

Ich ließ den Blick über das Durcheinander gleiten, das er angerichtet hatte, bevor ich wieder ihn ansah. Ich versuchte nicht mal, meine Skepsis zu verbergen. »Nun, wenn du meinst. Das Brot müsste aus dem Ofen geholt werden.«

Er hob die Hand, als wollte er verhindern, dass ich ihn mit

weiteren Anweisungen beleidigte. »Jepp, ich meine. Und ich bin mir ziemlich sicher, dass ich es schaffe, Brot aus einem Ofen zu holen.«

Er griff nach einem feuchten Tuch, das vor der Spüle hing, und riss mit der anderen Hand die Ofentür auf.

»William!«, rief ich sofort. »Du kannst kein heißes Blech mit einem feuchten Handtuch anfassen.«

Er lachte. »Klar kann ich das. Man nennt es Wissenschaft, Cherry. Wasser kühlt heiße Dinge. Ein nasses Handtuch funktioniert noch besser als ein … Verdammt!« Er riss die Hand zurück und schüttelte sie, dann umklammerte er sein Handgelenk.

Daraufhin musste ich ein paar Minuten, die ich eigentlich nicht hatte, damit verbringen, seine Brandblasen zu versorgen. Ich setzte ihn auf den Stuhl in meinem Büro. Sobald ich Williams Hand verbunden hatte, trat ich zurück. »Das müsste reichen. Aber du solltest wahrscheinlich ungefähr alle halbe Stunde Luft an die Wunde lassen. Oder so ähnlich. Ich bin medizinisch nicht besonders bewandert.« Ich schenkte ihm ein trockenes Grinsen. »Aber lass mich raten: Du bist quasi ein Arzt?«

Er schmunzelte. »Entschuldigungen gehören zu meinen vielen Talenten, ob du es nun glaubst oder nicht. Und ich möchte mich dafür entschuldigen, dass ich ein Trottel war. Du hattest recht. Ich kann wirklich überhaupt nicht backen. Und, na ja, anscheinend fehlen mir in der Küche auch grundlegende Überlebensinstinkte.«

Ich lachte. »Ich habe nicht behauptet, dass du es nicht kannst. Du bist nur, ähm, ziemlich weit entfernt von einem Naturtalent. Ich bin mir sicher, mit ein wenig Übung …«

»Wenn du meine Lehrerin wirst, bin ich dabei. Können wir diese Szene aus *Ghost* nachspielen? Du kannst Patrick Swayze sein und hinter mir stehen, während ich Teig knete.

Du könntest mir beibringen, wie man sich die Hände in der Küche schmutzig macht, und ich könnte dir einige schmutzige Dinge im Dunkeln beibringen.«

»Wieso sollte ich im Dunkeln backen wollen?«

Er kniff die Augen zusammen. »Weil … Mist, meinst du das ernst?«

Ich lachte. »War nur ein Witz.« Ich ertappte mich dabei, wie ich auf meiner Unterlippe herumkaute – ein klarer Hinweis darauf, dass ich das hier viel zu sehr genoss. Vor allem, wenn man bedachte, dass uns dank Williams Marketing-Plot wahrscheinlich gleich ein ganzer Mob von Kunden die Tür einrennen würde. »Ich habe nur eine Frage.«

»Ja?«

»Wieso muss ich Swayze sein? Ich will Demi Moore sein.«

»Wir werden uns abwechseln. Ein Chamberson begleicht schließlich stets seine Schulden.«

»Schubsen Chambersons auch kleine Jungen aus Fenstern und schlafen mit ihren Schwestern?«

»Das hängt davon ab, ob der kleine Junge es verdient hat. Und ich habe keine Schwester, nur einen Bruder. Also nein, meine Ähnlichkeit mit Jaime Lennister aus *Game of Thrones* hört bei dieser Schuldensache auf.«

»Zu dumm. Die Schwertkämpfe waren ziemlich heiß.«

»Ich könnte es lernen.«

Ich lachte. »Wenn du dich dabei so geschickt anstellst wie beim Backen, dann wirst du dich selbst in Stücke hacken.«

»Das ist etwas vollkommen anderes. Backen ist viel schwerer, als es aussieht. Bring mir noch mal in Erinnerung, warum du dich freiwillig dafür entschieden hast?«

»Weil … na ja, weil Backen dafür sorgt, dass ich mich sicher fühle?«

»Ja, klar«, sagte er und hob seine verbrannte Hand.

Ich grinste. »Es gibt Regeln, und die ändern sich beim

Backen nie. Wenn man vorsichtig ist und sich Zeit lässt, dann wird man dafür belohnt. Im echten Leben ist es oft genau andersherum. Lass dir Zeit, und das Leben zieht einfach an dir vorbei. Sei zu vorsichtig, und du verpasst alle Chancen, die sich dir bieten.«

»Sei nicht so streng mit dir. Du gehst Risiken ein. Schließlich sitzt du gerade hier mit mir.«

Ich zog eine Augenbraue hoch. »Willst du damit sagen, dass ich dich als Risikofaktor sehen sollte?«

»Aber definitiv. Ich bin gefährlich. Man hat mich sogar schon als Verbrecher bezeichnet. Als Perversen.«

»Mein persönlicher Schurke«, sagte ich mit einem verschmitzten Lächeln.

Die Glocke über der Eingangstür des Ladens bimmelte, und plötzlich wurde mir bewusst, wie nah ich vor William stand. Ich trat sofort einen Schritt zurück, räusperte mich, und der rosafarbene Nebel, der mich anscheinend eingehüllt hatte, löste sich auf. »Wenn du recht hattest und dein Marketing-Coup erfolgreich war, geht es jetzt wohl los.«

»Ich komme helfen.«

Ich legte ihm die Fingerspitzen auf die Schulter und drückte ihn zurück auf den Stuhl, damit er genau da blieb, wo er war. »Sosehr ich es auch genossen habe, dich dabei zu beobachten, wie du in meiner Küche gezappelt hast wie ein blinder Fisch an Land, wäre es vielleicht doch besser, wenn du hier hinten bleiben würdest.«

»Ah«, sagte er und lehnte sich in seinem Stuhl zurück. »Natürlich. Ich werde genau hier warten.«

Ich hatte mit mehr Widerstand gerechnet, doch ich wollte mich nicht beschweren. »Weißt du, es gibt eigentlich keinen Grund, warum du überhaupt bleiben solltest. Ich bin mir sicher, du hast im Büro wichtige Dinge zu erledigen?«

»Schon okay.« Er zog sein Handy heraus und tätschelte

es. »Wenn Brucie mich braucht, wird er anrufen. Außerdem kann ich meine kleine Cherry das alles doch nicht ganz allein durchstehen lassen.«

Ich fühlte, wie meine Lippen erheitert zuckten. »Deine *kleine Cherry?* Ich bin mir nicht sicher, ob das auf der Beleidigungsskala ein Upgrade oder ein Downgrade ist.«

»Das ist ein Kosename. Je peinlicher er ist, desto mehr bedeutet er. So läuft es nun einmal.«

»Ich verstehe. Also könnte ich dich Dieb oder Kleptomane nennen, und das wäre dann auch ein Kosename?«

»Nein. Das wäre einfach nur beleidigend. Außerdem habe ich heute Morgen erst eine Sache gestohlen, also wäre es zusätzlich noch eine Übertreibung.«

»Du hast etwas gestohlen?«

»Eigentlich habe ich es mir geliehen. Erst nach meinem Tod wird es Diebstahl. Solange noch die Möglichkeit besteht, dass ich es irgendwann zurückgebe, gilt es als Leihgabe.«

»Hast du vor, deine Beute jemals zurückzugeben?«

Er dachte einen Moment darüber nach. »Nein. Eigentlich nicht.«

»Dann ist es Diebstahl. Und überhaupt, was hast du dir *geliehen?«*

Er hob einen Schlüsselanhänger in Form eines kleinen, flauschigen Topfhandschuhs hoch. »Den habe ich an deinem Schlüsselbund gesehen, und er hat mir gefallen.«

Ich versuchte, mir das Teil zu schnappen, doch William riss die Hand zurück.

»Ist dir mal der Gedanke gekommen, dass er mir auch gefällt? Dass ich vielleicht nicht will, dass du ihn dir *leihst?«*

William streckte mir den Anhänger entgegen. »Du kannst ihn zurückhaben, wenn du ihn wirklich willst. Aber ich muss dich warnen. Ich gebe nie irgendwem etwas zurück. Sobald du ihn nimmst, verlässt du die ›Irgendwer‹-Kategorie.«

Ich nahm ihm den Schlüsselanhänger ab. »Nenn mich verrückt, aber dieses Risiko gehe ich ein.«

Er grinste. »Ja. Du bist die verrückteste Person, die ich je getroffen habe. Quasi ein Adrenalinjunkie.«

»Halt den Mund!« Ich schaffte es nicht, die Worte ohne ein Lächeln auszusprechen, doch ich drehte mich um, bevor er es sehen konnte. Nach und nach fing ich an, mich zu fragen, wie sehr ich William wohl vermissen würde, wenn es zwischen uns nicht klappte. Er brachte die Aufregung in mein Leben, nach der ich mich so gesehnt hatte. Und seitdem er aufgetaucht war, hatte ich kaum noch an Nathan gedacht. Zum ersten Mal schien alles glattzugehen; als hätte Nathan mit einem Mal den Hinweis verstanden.

Ich eilte nach vorne und stellte fest, dass bereits ein gutes Dutzend Leute vor dem Tresen anstand, während Ryan die Kasse bediente und den Kunden Bagels und Bubble Bites reichte. Candace stellte sich tatsächlich geschickt dabei an, alle Bestellungen, die Ryan ihr zurief, zusammenzusuchen und einzupacken.

Beide musterten mich genau, als ich zu ihnen trat.

»Ihre Wangen sind gerötet, aber ich glaube, sie ist immer noch Jungfrau«, meinte Candace.

»Ja. Schätze ich auch.«

»Würdet ihr beide euch bitte auf die Kunden konzentrieren?«, stieß ich zwischen den Zähnen hervor, obwohl unsere Kunden selbstverständlich jedes Wort hören konnten.

»Hey.« Candace wirkte fast beleidigt. »Wir sind diejenigen, die hier draußen gearbeitet haben, während du hinten mit dem heißen Typen Doktorspielchen gespielt hast.«

Ich warf ihr einen bösen Blick zu, doch ich konnte ihr nicht widersprechen ... was ziemlich frustrierend war. Also stürzte ich mich in die Arbeit und verlor mich schnell darin. Ich backte und verzierte, wann immer ich nicht die Auslage auffüllte oder Gebäck in Tüten steckte. Ich bemühte mich, die immer länger werdende Schlange nicht zu beachten … und noch mehr bemühte ich mich, die ungeduldigen Gesichter unserer Kunden zu ignorieren. Es war offensichtlich, dass uns der Kundenandrang überforderte.

Ich musste einfach darauf hoffen, dass ihnen das Gebäck so gut schmeckte, dass sie zurückkamen. Wenn nur jeder Zehnte dieser Kunden regelmäßig vorbeischaute, würde ich mehr als genug Geld verdienen, um in den Laden investieren und vielleicht sogar expandieren zu können – natürlich nur, wenn mein Vermieter mich nicht vorher rausschmiss. Ich war nicht gerade seine Lieblingsmieterin, nachdem ich meine Miete regelmäßig zu spät bezahlt hatte. Bei diesem Gedanken wurde mir leicht schwindelig, also verdrängte ich ihn, um mich stattdessen auf das Hier und Jetzt zu konzentrieren.

Ich war mir nicht sicher, wie viel Zeit vergangen war, seitdem ich William angewiesen hatte, sich im Hintergrund zu halten, aber lange konnte es noch nicht her sein, als er mit einem selbstbewussten Lächeln aus dem Büro trat. »Bist du schon bereit, zuzugeben, dass du meine Hilfe doch brauchen kannst?«

Ich schob mit der Hüfte die Ofentür zu, wirbelte mit einem heißen Blech Cookies in der Hand herum und stellte sie auf einen Tisch. »Du hilfst mir am besten, wenn du dich raushältst.«

Er schnaubte. »Es ist okay. Ich werde dich nicht zwingen, mich anzubetteln. Ob du es nun glaubst oder nicht, ich habe während der Highschool ein paar Jahre an der Kasse eines Supermarktes gearbeitet. Hol Ryan nach hinten, um dir hier zu helfen, und ich kümmere mich um die Kunden.«

Ich wartete kurz, um zu sehen, ob er anfangen würde zu lächeln oder auf andere Weise zu verraten, dass er nur Spaß machte, aber er schien es ernst zu meinen. »Okay … Aber schau Ryan erst eine Weile zu, damit du das System verstehst. Es ist ziemlich intuitiv. Wenn sie Cookies bestellen, drückst du die Cookie-Taste und dann öffnet sich das Untermenü. So in der Art.«

»Ja, ja. Ich bin mir sicher, ich kriege das hin.«

»Oh, und versuch, die Leute dazu zu bringen, Karten mit ihrer E-Mail-Adresse auszufüllen. Wenn wir ihre Adressen haben, können wir ihnen einen Coupon schicken, und dann kommen sie hoffentlich wieder.«

Er warf mir einen angewiderten Blick zu. »Niemand gibt gerne an der Kasse seine E-Mail-Adresse ab.«

»Tu einfach so, als würdest du sie stehlen.«

»Hm. Gute Idee.«

Damit ging er davon und stellte sich für ungefähr fünfzehn Sekunden hinter Ryan an die Kasse, bevor er ihn zu mir nach hinten schickte. Ich rechnete ständig damit, dass es irgendwelchen Ärger geben würde, doch ich sah nur, wie William die Kunden um den Finger wickelte, als wäre er eine Art Verkaufswunderkind. Er brachte alle dazu, zu lächeln, zu kichern oder mit den Wimpern zu klimpern, von alten Männern bis zu jungen Mädchen. Wäre ich nicht durchgeschwitzt und ständig von der Panik erfüllt gewesen, dass mir in einer halben Stunde das Gebäck ausgehen würde, hätte ich vielleicht sogar einen Stich Eifersucht verspürt. Stattdessen war ich einfach nur dankbar, dass er sich tatsächlich nützlich machte.

Letztendlich reichten unsere Vorräte noch eine Stunde. Die Schlange der Kunden wurde nicht kürzer, selbst als wir bereits einen Zettel an die Tür gehängt hatten, auf dem wir uns entschuldigten und versprachen, morgen wieder voll ausgestattet zu sein.

Als ich endlich die Tür zuschloss, fühlte ich mich, als hätte ich gerade eine Schlacht geschlagen.

»Nun, Galleon Enterprises bekommt von mir auf jeden Fall eine Eins in Marketing. Heilige Scheiße«, sagte ich.

William vollführte eine kleine Verbeugung. »Schön, dass es funktioniert hat.«

Candace klopfte sich das Mehl von den Händen. »Das hat Spaß gemacht. Vielleicht sollte ich meinen Job bei *Business Insights* aufgeben und stattdessen bei dir anfangen. Wer weiß, vielleicht führe ich den Laden ja in ein paar Jahren.«

Ich warf ihr einen verwirrten Blick zu. »Wenn du keine feindliche Übernahme planst, ist das eher unwahrscheinlich.«

Sie zuckte mit den Achseln. »Sei vorsichtig! Cäsar hat auch nicht mit Brutus gerechnet, nicht wahr?«

»Et tu, Candace?«, fragte ich. »Du bräuchtest Ryans Unterstützung, um mich zu stürzen, und er ist zu loyal. Ich mache mir da keine Sorgen.«

Ryan verschränkte die Arme. »Pfadfinderehrenwort und so. Tut mir leid, Candace.«

»Du warst Pfadfinder?«, fragte William. Ich konnte sehen, dass er nur mit Mühe ein Lachen zurückhielt.

Ryan riss die Hände in die Luft. »Wieso glauben nur alle, dass man Pfadfinder gewesen sein muss, um ein Pfadfinderehrenwort geben zu können?«

William erhob sich mit einem Seufzen. »Nun, Kinder, so viel Spaß das auch gemacht hat, mein Bruder hat mich inzwischen ungefähr fünfzehnmal angerufen. Wenn es nicht wichtig ist, gibt er gewöhnlich nach vierzehn Anrufen auf, also sollte ich besser losziehen und an Phase zwei meines Marketing-Plans für *The Bubbly Baker* arbeiten.«

»Nein!«, schrien Ryan und ich gleichzeitig.

»Nur ein Witz. Aber wir sehen uns heute Abend, Cherry. Zieh dasselbe an wie gestern.« Er küsste sich in einer schlechten Imitation eines Italieners die Fingerspitzen. »Magnifico.

Wirklich. Oh, und ich habe die Karten mit den E-Mail-Adressen rechts neben die Kasse gelegt. Die Telefonnummern liegen links.«

»Ich hatte dich nicht gebeten, nach Telefonnummern zu fragen.«

»Ich habe nicht danach gefragt. Oh, und wir machen diese Abendessen-Sache nicht in meiner Wohnung. Stattdessen gehen wir auf ein Date.«

»William«, sagte ich kopfschüttelnd. »Ich fühle mich wirklich geschmeichelt, aber wir sollten uns einfach an den Plan halten, okay?«

Er dachte eine Sekunde darüber nach, dann nickte er. »Okay. Wir halten uns an den Plan. Wir sehen uns dann heute Abend.«

Ich beobachtete, wie er davonging, während ich mich fragte, wieso er so leicht klein beigegeben hatte. Außerdem stellte ich mir die Frage, wieso ich mich immer noch wehrte. Ich nahm an, ein Teil von mir fand es beängstigend, irgendeine Art von Beziehung einzugehen, obwohl mein Leben doch gerade kurz davorstand, finanziell zu kollabieren. Trotzdem war ich mir nicht sicher, wie lange mich das noch davon abhalten würde, William nachzugeben.

Als ich die Bank verließ, fühlte ich mich leer. Ich hatte mich an die Hoffnung geklammert, dass sie mir einen Kredit bewilligen würden, aber natürlich war mein Antrag abgelehnt worden. Die Bearbeiterin hatte sich nicht mal die Mühe gemacht, so zu tun, als müssten sie erst meine Unterlagen prüfen, bevor sie mir eine Absage erteilte. Kaum hatte die Frau meinen Finanzstatus aufgerufen, hatte sie mir ein angestrengtes Lächeln zugeworfen, mit dem Manager gesprochen und mir dann umgehend mitgeteilt, dass ich keinen Kredit bekommen würde. Ganz einfach.

Ich trat in die Abenddämmerung. Ich musste erst in einer Stunde bei William sein und hoffte, vorher noch die Zeit zu finden, um kurz unter die Dusche zu springen. Vor der Bank rannte ich fast gegen einen Mann. Auf den Straßen von New York City jemanden anzurempeln, war nichts Ungewöhnliches, also entschuldigte ich mich und wollte weitergehen.

Doch der Mann packte meinen Arm und drehte mich unsanft zu sich um.

»Entschuldigen Sie«, sagte ich. »Ich hatte einen langen Tag. Ich hatte nicht vor …«

»Sie sind diejenige, die um William Chambersons Geldbeutel herumschnüffelt. Die, der eine Bäckerei gehört«, höhnte er. Er schaffte es, das Wort »Bäckerei« mit absolutem Abscheu auszusprechen. Er sah aus, als wäre er um die fünfzig, mit einer selbstgefälligen Ausstrahlung und schicken Klamotten. Die Frau hinter ihm trug ein Designerkleid, eine teure Halskette und ein paar Pfund Make-up im Gesicht. Ich war mir ziemlich sicher, dass ich keinen der beiden jemals zuvor gesehen hatte.

»Ich schnüffle um niemanden herum. Und ja, mir gehört eine Bäckerei. Darauf bin ich sogar ziemlich stolz. Wenn es Ihnen also nichts ausmacht …«

»Es macht uns etwas aus.« Der Mann versperrte mir den Weg, als ich versuchte, an ihm vorbeizukommen.

Ich stand mitten in New York auf der Straße, wo einem pro Sekunde hundert Leute begegneten, doch trotzdem fühlte ich mich bedroht. Ich hatte nie die Geschichte der Frau vergessen, die am helllichten Tag vor einem großen Wohnkomplex niedergestochen worden war. Unser Lehrer im Psychologie-Kurs an der Highschool hatte uns davon erzählt, als er den Zuschauer-Effekt erklären wollte. Ungefähr vierzehn Leute hatten den Messerangriff beobachtet oder bemerkt, dass die Frau blutend auf der Straße lag – stundenlang. Doch kein

Einziger von ihnen hatte die Polizei gerufen, denn alle waren davon ausgegangen, dass das schon jemand anders getan hatte. Die Frau war letztendlich gestorben, weil ihr Angreifer drei Stunden später noch einmal zurückgekommen war, um sie zu töten. Und, na ja, nach dieser Geschichte hatte ich mich an belebten Orten nie wieder ganz sicher gefühlt. Anscheinend lag es in der Natur des Menschen, davon auszugehen, dass schon jemand anders helfen würde. Und heutzutage würden die Leute wahrscheinlich sowieso nur ihre Handys herausholen, um alles zu filmen.

»Ich habe Pfefferspray in der Tasche«, sagte ich. Das stimmte. Ich hatte immer eine Dose dabei, seitdem Nathan bewiesen hatte, was für ein Widerling er war.

»Gratulation«, sagte der Mann. »Aber ich bin nicht hier, um Ihnen etwas anzutun. Ich will nur sicherstellen, dass meine Botschaft klar und deutlich ankommt.«

»Und wie lautet diese Botschaft?«

»Dass Sie sich besser von Mr Chamberson fernhalten. Das wäre für alle Beteiligten besser.«

Ich verschränkte die Arme. Irgendetwas an seinem Gesicht wirkte vertraut, und plötzlich machte es in meinem Kopf Klick. »Mr Chamberson? Sie sprechen von Ihrem Sohn, richtig? Sie haben dieselben Augen.«

Jetzt wirkte der Mann zum ersten Mal unangenehm berührt. Die Frau zerrte an seinem Arm, als wollte sie ihn zur Flucht bewegen, jetzt, da sie erkannt worden waren. Doch er schüttelte ihre Hand ab. »Das bin ich. Und Sie sind nicht gut genug für meinen Sohn. So einfach ist das.«

Ich biss die Zähne zusammen und fragte mich, wie es sich wohl anfühlen mochte, ihm eine Ohrfeige zu verpassen. »Irgendwie muss mir der Moment entgangen sein, wo Sie mich derart gut kennengelernt haben, um so über mich urteilen zu können. Und das hier gerade, wie ist das gelaufen?

Haben Sie vor meinem Laden gewartet, bis ich aufgebrochen bin, um mir dann hierher zu folgen? Vielleicht sollte ich die Polizei rufen und ihr sagen, dass Sie mich stalken.«

»Bilden Sie sich bloß nichts ein. Wir sind zufällig vorbeigekommen. Absolut zufällig. Und ich wüsste nicht, dass das verboten ist. Außerdem gibt es nichts, was wir über Sie wissen müssten. Unser Sohn hat bereits eine Frau gefunden, die perfekt zu ihm passt. Er kann kein Flittchen wie Sie gebrauchen, also können Sie sich Ihre Versuche sparen, die beiden auseinanderzubringen.«

Mir blieb der Mund offen stehen. Ich konnte nicht glauben, dass dieses Gespräch gerade wirklich stattfand. »So verlockend es auch sein mag, hier herumzustehen und diese sinnlose Diskussion mit Ihnen zu führen, ich gehe jetzt. Und wissen Sie, was? In weniger als einer Stunde werde ich zu William fahren. Wir werden jede Menge Spaß haben, und es gibt absolut nichts, was Sie dagegen tun können. Ich wünsche Ihnen einen schönen Abend.«

Ich hatte mich vielleicht zwei Schritte entfernt, als ich hörte, wie Mr Chamberson seine Stimme hob, um den Verkehrslärm zu übertönen. »Ich frage mich, was William wohl zu Ihren finanziellen Problemen sagen wird.«

»Was?« Ich wirbelte herum. »Falls das ein Erpressungsversuch sein soll, ist er ziemlich jämmerlich. Ich habe nie …« Ich wollte eigentlich sagen, dass ich nie auch nur daran gedacht hatte, wie leicht Williams Geld meine Probleme lösen könnte, aber das stimmte so nicht ganz. Ich war mir dessen durchaus bewusst. Doch ich wollte weder Almosen annehmen noch mir ein leichtes Leben machen. Ich wollte mir meinen Erfolg selbst erarbeiten. Und diese Chance würde ich verlieren, würde ich einen Scheck von William akzeptieren. Selbst seine Hilfe beim Marketing hatte schon ansatzweise gegen meine Prinzipien verstoßen. Aber ich hatte irgendetwas tun müssen, und das war die eine Ausnahme, die ich mir selbst zugestand. »Ich habe William nie um Geld gebeten und habe auch nicht vor, das zu tun.«

»Natürlich nicht. Dafür sind Sie zu verschlagen. Sie wollen abwarten, bis er sich wirklich an Sie gebunden hat, richtig? Vielleicht, bis eine Verlobung ansteht. Ich wette, Sie werden auch versuchen, ihn davon zu überzeugen, dass kein Ehevertrag nötig ist.«

Ich schüttelte den Kopf. »Lassen Sie mich raten: William hat keine Ahnung, dass Sie hier sind und dieses Gespräch mit mir führen, oder?«

»Was William weiß, spielt keine Rolle. Wir sind seine Eltern, und wir wollen das Beste für ihn. Wir wissen, was das Beste für ihn ist. Und Sie sind es nicht. Sie sind dieser Situation nicht gewachsen, Mädchen. Kommen Sie unserem Sohn blöd, und wir werden Ihnen blöd kommen. So einfach ist das.«

Damit drehte er sich auf dem Absatz um und schlenderte davon. Seine Ehefrau folgte ihm.

ACHT

William Ich klopfte mir den Staub von den Händen, während ich die Monstrosität betrachtete, die ich mitten in meiner Wohnung für Gremlin errichtet hatte. Im Grunde war es ein Turm aus Pappkartons, in die ich Löcher geschnitten hatte, damit die Hündin von Karton zu Karton beziehungsweise von Raum zu Raum laufen konnte. Aus den ausgeschnittenen Stücken hatte ich Rampen gebaut, über die sie in die höheren Stockwerke gelangen konnte. Das gesamte Konstrukt wurde von Klebeband zusammengehalten. Es war ein Wunder menschlicher Baukunst, aber das kleine Mistvieh weigerte sich, mein Meisterwerk auch nur zu betreten.

»Probier es einfach mal aus«, sagte ich.

Sie saß auf der Couch, die pinkfarbene Schleife auf dem Kopf, die ihr die Hundefriseurin umgebunden hatte, und sah mich an, als wäre ich ein Idiot.

Ich ließ mich auf Hände und Knie nieder und steckte meinen Kopf in eine der Öffnungen. »Siehst du? Du kriechst hier rein, und dann kannst du bis ganz nach oben steigen. Das wird total cool. Vertrau mir!«

Gremlin ließ ihren Kopf auf die Pfoten sinken. Sie ließ mich nicht aus den Augen, aber sie bewegte sich auch nicht.

Ich seufzte. »Schön. Ich werde mir einfach noch eine Katze kaufen. Dann wirst du dir wahrscheinlich wünschen, du hättest mitgespielt.«

Wie gewöhnlich antwortete Gremlin nicht, also zog ich los, um auf mein Handy zu sehen. Mir wurde klar, dass ich Hailey meine Privatnummer noch nicht gegeben hatte. Aber irgendwie gefiel es mir so. Es war wie eine altmodische Romanze. Ich musste tatsächlich in ihrem Laden vorbeischauen, um mit ihr zu sprechen, und das genoss ich sehr. Die einzige Nachricht, die ich auf meinem Handy hatte, war von Zoey Parker. Ich musste ein genervtes Stöhnen unterdrücken.

> Zoey (17:24): Wir sollten uns wirklich unterhalten.
> Ich habe ein paar Dinge über deine kleine Freundin herausgefunden, die dich vielleicht interessieren könnten.
> Habe die Info bereits an deine Eltern weitergeleitet.
> Vertrau mir, sie ist nicht, für wen du sie hältst.

Kopfschüttelnd legte ich das Handy zur Seite. Eigentlich war es traurig. Zoey hatte zu Beginn gewirkt, als wäre sie ganz in Ordnung. Doch es hatte nicht lange gedauert, bis ich begriffen hatte, wie irre sie war. Sie hatte sich die kleinsten Details gemerkt und Dinge über mich gewusst, die ich ihr nie erzählt hatte – wahrscheinlich, weil sie mich in den sozialen Medien gestalkt hatte. Sie hatte mehr wie ein Fan als wie eine Freundin gewirkt … und sie war die letzte Frau, die ich als Freundin betrachtet hatte. Nach ihr hatte ich beschlossen, mich auf keinerlei Beziehungen mehr einzulassen. Zumindest, bis ich das Bäckermädchen getroffen hatte.

Hailey erschien Punkt sechs in meiner Wohnung. Sie wirkte sauer, was ihr wirklich gut stand. Andererseits hätte an ihr wahrscheinlich so ziemlich alles gut ausgesehen. Wut, Glück, *ich* …

»Oh, gut«, sagte ich. »Du hast geduscht.«

Sie wich ein wenig zurück. »Was soll das denn bitte bedeuten?«

»Ich führe dich auf eine Party aus, und du übernimmst die Rolle der hübschen Begleiterin, die meinen Arm schmückt.«

»Ähm, soweit ich mich erinnere, habe ich dich gebeten, die Sache professionell zu halten.«

»Das werden wir. Du wirst eine sehr professionelle Begleiterin sein. Die schmückendste. Und ich werde mich nur an dich ranmachen, wenn du mir ein Zeichen gibst.«

Ihre Miene entspannte sich ein wenig, und sie lächelte schief. »Du lässt wirklich niemals locker, oder?«

»Hängt davon ab. Ist das ein Ja?«

Sie seufzte. »Ja. Heute war ein ziemlich verrückter Tag, und eine Party könnte tatsächlich Spaß machen. Nur, dass ich für eine Party nicht gerade richtig gekleidet bin.«

Beim Klang von Haileys Stimme hob Gremlin den Kopf. Sie lag zusammengerollt auf ihrer Decke auf der Couch. Ich hätte das nie zugegeben, aber ich gewann den Hund langsam wirklich lieb. Gestern Abend hatten wir zusammen Wiederholungen alter *Seinfeld*-Folgen geschaut, während ich ihr den Bauch gekrault hatte.

»Um das Kleid habe ich mich gekümmert.«

Hailey verschränkte die Arme und musterte mich misstrauisch. Es sah aus, als wollte sie etwas sagen, doch letztendlich leckte sie sich nur die Lippen und schüttelte den Kopf. »Sollte ich Angst haben?«

»Nur, wenn du Angst davor hast, wie eine Sexgöttin auszusehen.« Ich ließ sie stehen und holte den Karton. Ich hatte meiner persönlichen Assistentin vor einer Stunde die Anweisung gegeben, das teuerste, freizügigste Kleid zu kaufen, das sie finden konnte. Ich konnte es kaum erwarten, Haileys Gesicht zu sehen.

Ich öffnete den Karton und hob das Kleid an den Schultern heraus. Es war ein lose gewobenes Netz aus seidigem, cremefarbenem Stoff, der über und über mit kleinen Diamanten bedeckt war. Ich musste mich wirklich zusammenreißen, um nicht laut loszulachen, als Hailey das Kleidungsstück mit großen, panikerfüllten Augen musterte.

»Ich will ja nicht undankbar erscheinen oder irgendwas, aber …«

»War nur ein Witz.« Ich lachte. »Ich meine, natürlich wirst du dieses Kleid irgendwann für mich tragen, aber darum machen wir uns später Gedanken. Das richtige Kleid für heute Abend ist hier hinten.«

»Was in Gottes Namen ist das?«, fragte Hailey, als wir an dem Gebäude vorbeikamen, das ich für Gremlin errichtet hatte.

»Das ist ein Hundeturm. Den ich mit viel Liebe für mein undankbares Haustier gebaut habe.«

»Hunde benutzen keine Türme … das verwechselst du mit Katzen.«

»Oder vielleicht liegt es an den Leuten, die einfach keine Hundetürme bauen, obwohl die Hunde gerne etwas Spaß hätten?«

»Genau«, lachte Hailey. »Das muss es sein.«

Ich reichte Hailey meine Hand, um ihr aus der Limousine zu helfen, doch damit endete mein ritterliches Verhalten auch schon. Mein Blick sog sich an ihrem relativ züchtigen Ausschnitt und der glatten Haut ihrer Beine fest, als sie aus dem Auto stieg.

»Du machst Witze«, keuchte sie.

»Wieso? Bist du nicht seefest?«

»Nein … ich dachte nur, Partys auf Booten wären etwas, was es nur in Hollywoodfilmen gibt.«

Ich grinste. »Reiche Leute verschwenden eine Menge Zeit darauf, sich dämliche Dinge auszudenken, für die sie Geld ausgeben können. Besonders, wenn es dafür sorgt, dass alle anderen sie für etwas Besonderes halten.«

»Du sagst das, als würdest du nicht selbst zu diesen ›reichen Leuten‹ gehören.«

Ich zuckte nur mit den Achseln, dann legte ich eine Hand an Haileys Taille und führte sie den Steg entlang. Ein paar andere Pärchen bewegten sich ebenfalls auf die größte Jacht im Hafen zu. »Ich war nicht immer reich. Für die meisten Wohlhabenden falle ich damit in eine besondere Kategorie.«

»Was? So wie alter Geldadel und Neureiche?«

»Genau. Ich musste mir die Hände schmutzig machen und mir mein Vermögen tatsächlich erarbeiten, also fehlt mir in ihren Augen die noble Abstammung.«

»Tut mir leid, aber es fällt mir wirklich schwer, mir vorzustellen, wie du hart arbeitest.«

Ich lachte. »Ist okay. Ob du es nun glaubst oder nicht, ich habe mir auf dem Weg nach oben genauso den Hintern aufgerissen wie mein Bruder. In letzter Zeit fühle ich mich nur eher wie ein Löwe im Käfig. Die Jagd übt keinen Reiz mehr auf mich aus. Bruce ist da anders. Ihm ging es nie um die Jagd oder den Nervenkitzel. Er genießt den Prozess an sich. Die Details.«

»Ist Natasha genauso?«

»Ha! Nein, absolut nicht. Aber Natasha ist genau das, was er gebraucht hat. Sie ist ein echter Chaosmagnet. Sie hat es tatsächlich geschafft, Bruce erträglicher zu machen, wofür ich ihr sehr dankbar bin.«

»Ist das ein Tick der Chamberson-Brüder? Sich Frauen zu suchen, die das genaue Gegenteil von ihnen sind?«

»Hm … ich weiß nicht, ob wir wirklich so gegensätzlich sind. Wahrscheinlich muss ich dich erst mit Fragen löchern.«

Sie grinste schief. »Mich mit Fragen löchern?«

Wir erreichten eine lange Gangway, die zur Jacht führte. Hailey drängte sich ein wenig enger an mich, als wir das offene Wasser überquerten, um aufs Boot zu kommen.

»Mal überlegen«, sagte ich und tippte mir nachdenklich ans Kinn. »Bist du der Meinung, dass irgendwer Wattestäbchen kauft, um tatsächlich etwas anderes damit zu machen, als sich die Ohren zu reinigen?«

»Was?«

»Schau dir die Verpackung mal genauer an. Da steht deutlich drauf, dass man sich mit den Wattestäbchen nicht die Ohren reinigen soll. Angeblich gibt es sie nur, um damit Tastaturen zu putzen, Make-up zu entfernen oder Babygesichter abzureiben – diesen Punkt habe ich immer noch nicht ganz verstanden.«

»Dann bin ich wohl eine Rebellin. Ich reinige mir mit Wattestäbchen die Ohren. *Und ich mag es.*«

Sie warf mir einen aufrührerischen Blick zu, sexyer als alles, was ich bisher gesehen hatte. Ich räusperte mich, speicherte das Bild in meinem Kopf und nickte dem Türsteher zu, der uns aufs Boot winkte.

Von innen wirkte die Jacht wie ein Kreuzfahrtschiff auf Speed. Die Wände bestanden aus poliertem Holz, die Böden aus Marmor. Männer und Frauen in Smokings und Kleidern boten den Gästen Champagner und Häppchen an, und schon allein in der Lobby schienen sich Hunderte von Gästen aufzuhalten. Zwei Wendeltreppen führten zu den oberen Decks hinauf, die aus einem Labyrinth aus Kabinen, Lounges und Bars bestanden, ergänzt um eine Bowlingbahn, einen Innenpool und natürlich das große Schwimmbad auf dem obersten Deck.

»Wow!«, sagte sie. »Gehört die Jacht dir?«

»Nö. Ich habe eine Menge irrsinniges Zeug gekauft, aber nie

eine Jacht. Der Kerl, dem sie gehört, ist ein Immobilienmogul. Er besitzt auch ein NFL-Team und noch mehr so Zeug.« Ich führte Hailey an den Rand des Raums, sodass wir nicht ständig neu ankommenden Gästen ausweichen mussten.

»Und ihr seid befreundet?«

»Na ja, streng genommen nicht. Tatsächlich wurden wir nur eingelassen, weil die Security mich und meinen Bruder nicht auseinanderhalten kann.«

»Moment. Was? Wir sind gar nicht eingeladen?«

»Immer mit der Ruhe. Alles gut. Bruce und Natasha werden vielleicht ein paar Probleme beim Einlass haben, wenn sie kommen, aber es ist nicht so, als bestände eine Blutfehde zwischen uns oder irgendwas. Er hat nicht gesagt, dass ich nicht kommen darf. Er hat sich nur nicht die Mühe gemacht, mich wirklich einzuladen. Das ist ein großer Unterschied.«

Hailey löste sich von mir... was ich bedauerte, weil ich es wirklich genossen hatte, meinen Arm um ihre Taille zu schlingen. Dann starrte sie mich böse an, wie eine anbetungswürdige, wütende kleine Mücke. »Was hast du ihm angetan?«

»Ach, komm schon. Woher willst du wissen, dass es meine Schuld war?«

»Meine bisherigen Erfahrungen mit dir lassen das stark vermuten.«

»Ich habe mir nur eines seiner Rettungsboote geliehen, als ich das letzte Mal auf einer seiner Partys war.«

Sie wartete mit wütend gerunzelten Augenbrauen darauf, dass ich weitersprach.

»Es standen massenweise Leute am Ausgang an, und ich musste dringend mal auf die Toilette. Ich dachte, so ginge es schneller. Es ist ja nicht so, als hätte ich das Ding auf mein Auto geschnallt und mit nach Hause genommen. Ich habe es so liegen lassen, dass er es problemlos wiederfinden konnte.«

»Du bist unglaublich.«

»Danke!«

»Das war kein Kompliment.«

»Klang aber so.«

»Vielleicht hast du dir mit all diesen Wattestäbchen die Trommelfelle beschädigt.«

Ich feixte. »Ich habe dir meine Haltung in der ganzen Wattestäbchen-Kontroverse nie verraten. Vielleicht bin ich schmalzig und stolz darauf.«

Sie bemühte sich wirklich, wütend auf mich zu sein, das konnte ich sehen, aber ihre zuckenden Lippen verrieten sie. »Du siehst nicht schmalzig aus.«

»Wie willst du das von da unten erkennen?«

»Witze über kleine Menschen? Sind wir jetzt im Grundschulteil des Gesprächs angekommen?«

»Du hast in Bezug auf sexuelle Erfahrungen die Grundschule nie hinter dir gelassen, also fand ich das angemessen.«

»Wow!« Sie schüttelte den Kopf, musste aber trotzdem grinsen. »Kannst du schwimmen? Denn wenn du es nicht kannst, werde ich dich auf jeden Fall bei der erstbesten Gelegenheit über Bord stoßen.«

»Kaltblütiger Mord. Ich wusste doch, dass du dazu fähig bist.«

»Irgendetwas lässt mich vermuten, dass ich nicht die erste Person bin, die Todesdrohungen gegen dich ausstößt. Wahrscheinlich bin ich nicht mal die Erste, die das *heute* tut.«

»Ob du es nun glaubst oder nicht, die meisten Leute finden mich charmant. Todesdrohungen sind in meinem Leben keineswegs an der Tagesordnung.«

»Dann lässt du mir wohl eine Vorzugsbehandlung angedeihen.«

»Die vorzüglichste«, stimmte ich zu. »Ich würde sogar so weit gehen, das hier als Date zu bezeichnen.«

»Müssten wir dem nicht beide zustimmen?«

»Nö. Ich bin nicht der Meinung, dass ich deine Erlaubnis brauche, um das hier als das zu bezeichnen, was es nun einmal ist. Du trägst ein Kleid, das ich für dich gekauft habe … und in dem du übrigens hinreißend aussiehst. Wir befinden uns auf einer schicken Party auf einer Jacht. Jemand spielt im Hintergrund Klavier. Und ich wiege mich in der Hoffnung, am Ende dieser ganzen Sache flachgelegt zu werden. Das ist ein Date, ob es dir nun gefällt oder nicht.«

Sie schenkte mir ein schiefes Lächeln und errötete. Ich rechnete schon damit, dass sie gleich etwas Verführerisches sagen würde, doch dann verblasste das freche Funkeln in ihren Augen. Stattdessen wirkte sie besorgt. »Ich wollte dich noch was fragen … da war diese Frau. Zoey. Sie ist auf dem Maskenball zu mir gekommen und …«

»Hat dir eine Menge Müll erzählt«, sagte ich. Mein Blut kochte bei der Vorstellung, dass Zoey Hailey belästigt hatte. Es war eine Sache, dass sie ihren Mist bei mir probierte und das zur Folge hatte, dass meine Eltern ebenfalls ihren Mist bei mir probierten. Aber Hailey? Sie war tabu. Und wenn meine Eltern erfahren wollten, wie schnell ihre Geldquelle versiegen konnte, mussten sie sich nur zwischen Hailey und mich stellen. »Sie war ein Fehler. Die Ex aus der Hölle. Sie spielt wahrscheinlich ungefähr in derselben Liga wie dein Nathan-Arschloch.«

»Bitte«, sagte sie und hob abwehrend die Hand. »Er ist nicht mein Nathan. Igitt!« Sie tat, als müsste sie würgen. »Aber bei Zoey klang es, als hättest du eine unendlich lange Liste an Exfreundinnen und eine Art Drehbuch der Verführung. Ich habe versucht, nicht daran zu denken. Aber irgendwie hat mich die Sache doch nicht ganz losgelassen.«

»Nun, das ist Blödsinn. Zumindest überwiegend. Ja, ich war mit anderen Frauen zusammen, aber sie Freundinnen zu nennen …« Ich räusperte mich. Ich wollte Hailey auf keinen Fall verschrecken, indem ich ihr erklärte, dass es mir bei diesen Frauen nur um Sex gegangen war und ich hinterher keinen Gedanken mehr an sie verschwendet hatte. Aber irgendwie war das die Wahrheit. »Schau. Ich gebe zu, dass ich ein paar nicht so nette Dinge getan habe, aber ich bin kein Lügner. Ich gebe keine falschen Versprechen, und ich führe Leute nicht an der Nase herum. Jede Frau, mit der ich je zusammen war, wusste genau, was ich wollte und was sie erwarten konnte. Ganz einfach.«

»Ich glaube dir«, sagte sie mit einem langsamen Nicken. »Ich glaube dir tatsächlich.«

»Hey. Du solltest nicht so überrascht klingen.«

Sie lachte leise. »Kann ich ehrlich sein?«

»Bitte.«

»Langsam gehen mir die Gründe aus, dich von mir zu stoßen.«

Ich trat einen Schritt näher an Hailey heran. Ich wollte sie berühren, meinen Daumen über ihre Wangen gleiten lassen oder sie an mich ziehen. Doch sie wirkte in diesem Moment so verletzlich ... als könnte eine falsche Berührung sie dazu bringen, aus meinem Leben zu verschwinden. Hailey war zäh, humorvoll und hatte eine scharfe Zunge, aber ich war mir ziemlich sicher, dass sich hinter der Schlagfertigkeit und dem Sarkasmus ein zerbrechlicher Kern verbarg. Ich musste sehr behutsam mit diesem Teil von ihr umgehen, also behielt ich meine Hände bei mir und lächelte nur. »Hoffentlich bedeutet das auch, dass dir die Gründe ausgehen, mich vom Boot zu schubsen. Ich bin nämlich wirklich kein guter Schwimmer.«

Wir spazierten auf das oberste Deck, wo vor dem Pool eine schicke kleine Bar aufgebaut war. Ein paar heiße Vorzeigefrauen planschten kichernd im Wasser, was mich nicht überraschte.

»Du hast mir nicht gesagt, dass ich einen Badeanzug mitnehmen soll.«

»Auf solchen Partys schwimmt niemand wirklich. Der Gastgeber bucht normalerweise einige Models, damit sie herumlaufen und scharf aussehen. Ein paar von ihnen enden immer im Pool.«

»Das ist ein Scherz, oder?«

»Schön wär's. Reichen Leuten gehen irgendwann die guten Ideen aus, wofür sie Geld ausgeben könnten. Letztendlich ist es einfach ein Weitpisswettbewerb. Je dämlicher und exzessiver die Aktion ist, desto reicher muss man sein.«

»Und was ist mit dir? Welche Art von reicher Person bist du?«

»Hm.« Ich schlenderte an die Reling und lehnte mich dagegen. Das Wasser wirkte ruhig und klar, aber im Mondlicht auch dunkel. »Ich kann nicht behaupten, besser zu sein als all diese Leute. Ich stelle auch jede Menge dämlicher Dinge mit meinem Geld an.«

Hailey stellte sich neben mich. »Was ist das Dümmste, wofür du je Geld ausgegeben hast?«

Ich lachte leise, als ich im Kopf die Erinnerungen an meine Dummheiten durchging. »Ich habe heimlich eines von Bruce' Autos abschleppen lassen und es dann gegen ein identisches Modell ersetzt. Doch bei diesem hatte ein Mechaniker vorher ein paar Dinge verstellt, von denen ich wusste, dass sie meinen Bruder in den Wahnsinn treiben würden. Die Scheibenwischer bewegten sich nur auf höchster Stufe oder gar nicht. Ich habe einen zusätzlichen Leerlauf in die Schaltung einbauen und die Position von Tacho und Tankanzeige vertauschen lassen. Nur ein paar Kleinigkeiten.«

»Soll ich überhaupt fragen, warum?«

Ich grinste. »Bruce ist mein kleiner Bruder, und ich habe es gehasst, mit ansehen zu müssen, wie er langsam verknöcherte. Seine Ex hat ihm übel mitgespielt, und seine ganzen Zwangsneurosen gerieten vollkommen außer Kontrolle. Ich habe mal einen Bericht gesehen, wo erklärt wurde, dass man Phobien heilen kann, indem man die Leute mit ihren Ängsten konfrontiert. Wenn du Angst vor Schlangen hast, bringen sie dich dazu, eine Schlange zu halten ... solche Dinge eben. Ich dachte, wenn ich seine geliebte Routine nur ausreichend durcheinanderbringe, würde ihm aufgehen, dass sie gar nicht nötig ist.«

»Eigentlich war das ziemlich nett von dir.«

»Nicht wirklich. Willst du was Nettes sehen? Dann komm mit!«

Ich nahm ihre Hand und führte sie über das Deck, bis wir den Teil der Jacht erreichten, wo Dutzende Rettungsboote an der Reling befestigt waren. Es gab jeweils eine kleine Tür, die den Zugang zu den einzelnen Booten ermöglichte.

»Komm«, sagte ich und bedeutete Hailey, mir zu folgen, als ich in eines der kleinen Schlauchboote mit Außenbordmotor stieg.

»Hast du das letzte Mal nicht Ärger bekommen, weil du eines davon genommen hast?«, fragte sie, ohne sich von der Stelle zu rühren.

»Irgendwie schon, aber schau es dir mal an. Es ist echt cool hier drin.«

Stirnrunzelnd folgte sie mir. »So besonders ist es gar ...«

Ich schloss die Tür und zog fest an dem Seil, mit dem man das Rettungsboot aus seiner Halterung löste. Es fiel ein kleines Stück nach unten, dann wurde es von einer Seilbremse gestoppt. Ich ließ das Boot per Hand ins Wasser, während Hailey mich mit großen Augen anstarrte.

»Was tust du da?«, fragte sie, sobald wir auf dem Wasser waren. Die Geräusche der Party klangen jetzt fern und gedämpft, übertönt vom leisen Plätschern des Wassers.

»Ich leihe mir ein Rettungsboot.«

Sie starrte mich nur weiter an, als erwartete sie eine bessere Erklärung.

»Weil es Spaß macht?«, bot ich an.

»Kriminelle Handlungen sind nicht witzig. Was, wenn wir erwischt werden? Wie sollen wir wieder nach oben kommen?«

»Immer mit der Ruhe, Prinzipienreiterin. Wir wollen gar nicht zurück auf die Jacht. Ein Rettungsboot ist schließlich dafür da, sich vom Schiff zu *entfernen*. Unglaublich, was man dir manchmal alles erklären muss.«

Sie warf mir einen bösen Blick zu. »Ich bin mir ziemlich sicher, dass Rettungsboote nur für Notfälle gedacht sind.«

»Und das war ein Notfall. Ich habe gesehen, wie Bruce und Natasha aufgetaucht sind. Mein Bruder wäre an die Decke gegangen, wenn er mich auf der Party entdeckt hätte. Ich wollte nur die Stimmung retten.«

»Indem du mich zur Komplizin bei einer Straftat machst?«

Ich tat so, als würde ich schnarchen. »Wenn das FBI kommt, werde ich dich decken. Bist du jetzt glücklich?«

Sie verschränkte die Arme. »Nein, weil ich dich einfach nicht verstehe. Die Welt liegt dir zu Füßen, aber trotzdem machst du ständig solche Sachen. Das ergibt einfach keinen Sinn.«

Ich machte eine Handbewegung, die das Wasser um uns herum und den Himmel einschloss ... an dem zugegebenermaßen kaum Sterne funkelten, weil New York City mit seinen Lichtern so gut wie alles außer dem Mond und der Sonne überstrahlte. »Ich weiß nicht. Ich finde das ziemlich hübsch.«

Sie sah sich um, die Arme immer noch verschränkt. »Ich rede nicht nur von diesem Rettungsboot. Ich rede auch von dem, was auch immer du mit mir machst. Dein Leben ist voller Supermodels und Prunk und Glamour. Ist es wirklich so verrückt, dass ich mich frage, was zum Teufel du von einer langweiligen Bäckerin wie mir willst?«

»Nicht verrückt, nein«, sagte ich, als ich den Motor startete und uns von der Jacht wegsteuerte. Ich sah, wie ein paar Meter über uns neugierige Gesichter über die Reling spähten, bevor Leute mit den Fingern auf uns zeigten. »Aber«, sagte ich, wobei ich meine Stimme heben musste, um den Motor zu übertönen, »wenn du diese Leute kennen würdest, wie ich es tue, wäre dir klar, warum ich so auf dich stehe.«

Sie zögerte kurz, bevor sie antwortete. »Siehst du, wenn du solche Dinge sagst ... meinst du das ernst? Oder gehört das zu deiner ... Masche?«

Ich schaltete den Motor aus und ließ das Boot treiben. Wir befanden uns ein kleines Stück vor der Küste, mit tollem Blick auf die Stadt. »Meine Masche?«

»Es wirkt, als würdest du nie etwas ernst nehmen. Also weiß ich auch nie, ob du wirklich meinst, was du zu mir sagst, oder ob es für dich nur Teil eines Spiels ist.«

»Das stimmt nicht. Ich nehme dich ernst. Darauf kannst du deinen Hintern verwetten.«

Hailey biss sich auf die Unterlippe. Sie war wunderschön. Sicher, sie war kein perfektes Model. Ihre großen Augen lagen vielleicht ein wenig zu weit auseinander, um dem Goldenen Schnitt zu entsprechen, und ihre Vorderzähne waren ein wenig länger als die anderen Zähne. Doch ich mochte ihren Look. Und sie ahnte nicht, wie wunderbar ihre kleinen Fehler und Unvollkommenheiten waren. Im Leben ging es nicht um Perfektion. Es ging darum, seinen eigenen Platz zu finden, seinen eigenen Weg zu gehen. Ich wollte keine Frau, die allen Idealvorstellungen entsprach. Ich wollte eine Frau, die *meinen* Idealvorstellungen entsprach. Und ich hatte sie gefunden.

»Weißt du, was ich sonst noch ernst nehme?«

»Was?«, fragte sie.

»Blaue Hoden.«

Sie lachte, um dann verwirrt die Stirn zu runzeln. »Tut mir leid … sollte ich wissen, wovon du sprichst?«

Ich seufzte. »Du bist so unschuldig. Blaue Hoden. Das, was man kriegt, wenn man auf Sex hofft und dann nichts läuft. Ein schmerzhafter Zustand.«

Sie schluckte. »Tut mir leid. Das mit deinen … Hoden.«

»Taten sagen mehr als tausend Worte, das weißt du, oder?«

Sie lächelte mit gesenktem Blick. »Ich habe Angst, mich vor dir zu blamieren. Ich habe noch nicht viel mit einem Mann gemacht.«

»Oh! Na ja, es ist nicht viel anders als das, was man mit einer Frau macht.«

Immer noch lächelnd, schlug sie mir auf den Arm. »Du weißt, was ich meine.«

»Tue ich. Aber du musst dir keine Sorgen machen. Lass es mich dir zeigen. Sei du selbst, und du wirst es auf keinen Fall schaffen, mich zu enttäuschen.«

NEUN

Hailey Ich hatte das Gefühl, mein Brustbein müsste brechen, wenn mein Herz noch schneller schlug. Ich saß in einem gestohlenen Rettungsboot, trug ein schickes Abendkleid, das mir bis auf die Knöchel fiel, und war mit jemandem so allein, wie man es in New York City nur sein konnte. Hinter William erhob sich die Skyline und warf glitzerndes Licht über das Wasser. Es war ruhig und perfekt – wenn ich das Quietschen von Gummi unter unseren Körpern ignorierte, wann immer wir uns bewegten.

Ich war bei meinen Versuchen, mich von William fernzuhalten, meiner Sorgfaltspflicht bestmöglich nachgekommen – und sei es nur, um mich zu vergewissern, dass er mich nicht einfach nur benutzen und dann vergessen wollte. Zugegeben, ich hatte mich dabei gefühlt wie in einem Traum – einem, in dem man jedes Mal, wenn man weglaufen will, denkt, die Beine würden in Sand feststecken. Meine Gefühle für William zu ignorieren, hatte sich als ungefähr so effektiv erwiesen wie das Bemühen, den Sender zu wechseln, wenn diese traurigen Tierschutz-Werbespots im Fernsehen liefen, unterlegt von *In the Arms of an Angel* … ich wollte eigentlich in den Werbepausen meiner Serien nicht weinen, vielen Dank auch.

Wir waren allein, und mir fielen absolut keine Ausreden mehr ein. Mir waren die Gründe ausgegangen, Nein zu sagen, und sobald ich über meine eigene Unsicherheit hinwegsah, wusste ich, dass ich das hier wollte.

Ich nickte William fast unmerklich zu. Er hatte geduldig gewartet und mich währenddessen unverwandt aus diesen unglaublichen Augen angeblickt. Er sah toll aus in seinem Smoking … aber andererseits sah er eigentlich immer toll aus. Als ich jetzt nickte, bewegte er sich auf mich zu.

Das Boot schwankte ein wenig, also musste er sich auf den Knien vorwärtsschieben, aber ich wollte mich nicht beschweren. Ich würde den Anblick, wie er eine Hand neben meine Hüfte stemmte, um auf Händen und Knien zu mir zu kommen, sicherlich niemals in meinem Leben vergessen.

Er beugte sich zu mir herunter, sein Gesicht ganz dicht vor meinem, hielt jedoch inne, bevor sich unsere Lippen wirklich berührten. Ich atmete seinen wunderbaren Duft ein. Teuer und männlich, genau wie immer. Mein gesamter Körper kribbelte von Kopf bis Fuß, während sich Hitze in meinem Bauch sammelte und langsam abwärtsglitt.

»Gewöhnlich«, sagte er, seine Lippen jetzt so nah an meinem Ohr, dass sie beim Sprechen meine Haut berührten, »fangen die Leute mit Küssen an. Wenn es nur ein One-Night-Stand ist, küsst man sich manchmal gar nicht auf den Mund«, erklärte er mit rauer Stimme, bevor er einen überwältigend wunderbaren, sanften Kuss auf meinen Hals unter dem Ohr drückte. »Aber wenn es ernst ist, muss man sich an die Lippen halten.«

Er lehnte sich leicht zurück, sodass wir uns für einen Moment tief in die Augen sehen konnten, dann senkte er die Lider, beugte sich vor und küsste mich zum ersten Mal.

Ich hatte schon Männer geküsst, doch ich erstarrte, als wäre es mein erstes Mal. Mehrere Sekunden lang vergaß ich sogar, die Augen zu schließen. Ich saß einfach nur da, die Lider halb gesenkt, die Lippen unbeweglich, die Hände hinter mir auf dem weichen Gummi des Boots aufgestützt. Ich fühlte, wie die Welt um mich herum schrumpfte, bis wir uns in unserer eigenen, privaten kleinen Blase befanden. Auch mein Gehör schien langsam zu versagen – als schaltete mein Körper jedes überflüssige System ab, um alle verfügbare Wahrnehmung auf meine Lippen zu konzentrieren.

Endlich schloss ich die Augen und erwiderte Williams Kuss. Seine Lippen waren weich und neckend. Er küsste mich langsam, dann biss er leicht in meine Unterlippe und zog daran. Er knabberte an meinen Lippen und ließ seine Zunge mit meiner tanzen. Das war nicht das blindwütige, gierige Geknutsche zweier Teenager in einem dunklen Kino. Es war eine Erkundung. Es war intim, wie ich es noch nie zuvor erlebt hatte. So, als gäbe William mit diesem Kuss seine tiefsten Geheimnisse preis.

»Das Küssen«, sagte er und löste sich gerade lang genug von mir, um zu sprechen, bevor er sich erneut ein paar Küsse stahl, »führt zu Berührungen. Wenn der Kerl sich direkt auf deine Brüste stürzt, hat er definitiv vor, die Ziellinie zu erreichen.«

Er ließ seine Hand an meiner Seite nach oben gleiten und umfasste meine Brust. Ich keuchte an seinen Lippen. Wo auch immer William mich berührte, flackerte Hitze auf, jagte Elektrizität über meine Haut und in mein Hirn. Meine Wangen brannten so heiß, dass ich mich fragte, ob er es wohl fühlen konnte.

Er liebkoste meine Brust, während er mich erneut küsste. Nie zuvor in meinem Leben hatte ich mich sexyer gefühlt. Jede seiner Berührungen zeugte von seinem Verlangen nach mir. Ich konnte *fühlen*, wie sehr er es genoss. Und mit jeder Sekunde, in der er meinem Körper seine Aufmerksamkeit schenkte, verpuffte meine Unsicherheit mehr.

»Die meisten Kerle«, sagte er, als er seine Lippen kurz von meinen löste, »wünschen sich ungefähr zu diesem Zeitpunkt, dass auch du sie berührst. Sonst könnten sie befürchten, dass du nicht voll dabei bist.«

»Ich bin voll dabei«, hauchte ich.

Er lachte leise und ließ seine Stirn gegen meine sinken. »Beweis es.«

Er umfasste mein Handgelenk und führte meine Hand hinter seinen Körper, um sie direkt auf seinen Hintern zu drücken. Ich schnappte überrascht nach Luft, dann schluckte ich schwer. Ich war sicherlich keine Expertin, aber trotzdem erkannte ich Perfektion, wenn ich sie fühlte. Sein Hintern war das Ideal, das alle anderen Hintern anstrebten. Der Ferrari unter den Corollas der meisten Männer. Meine Finger bohrten sich ohne mein Zutun in seine Haut. Die Wärme, die sich in meinem Körper ausgebreitet hatte, schlug plötzlich in etwas wie einen Flächenbrand um. Als wäre ein Schalter umgelegt worden, brauchte ich plötzlich mehr. Ich *verzehrte* mich nach mehr. Ich hob meinen anderen Arm, um William mit all meiner Kraft zu packen, wobei ich vollkommen vergaß, dass ich mich mit diesem Arm abgestützt hatte. Ich fiel auf den Rücken und riss William am Hintern nach vorne und auf mich, weil ich dieses wunderbare Kunstwerk einfach nicht freigeben wollte.

William sank geschickt über mich, ohne unseren Kuss auch nur zu unterbrechen. »Sehr gut, Cherry. Du bist ein Naturtalent!«

»Ich glaube, ab hier komme ich allein klar«, flüsterte ich.

Er stieß ein brummendes Geräusch aus, das mir verriet, dass ich das Richtige gesagt hatte. Seine Hand glitt von meiner Brust zu meinem Schenkel. Widerwillig gab ich seinen Hintern frei, um mich an seinem Gürtel zu schaffen zu machen. Er bemerkte, dass ich Probleme hatte, und öffnete die Schnalle. Sofort wandte ich mich Knopf und Reißverschluss zu, während er die Träger meines Kleides zur Seite schob.

Ich atmete heftig, und meine Hände zitterten, als litte ich an Unterkühlung, obwohl die Nacht angenehm warm war.

William ergriff meine Hand und führte sie an seine Lippen, um eine Fingerspitze nach der anderen zu küssen. Dann schenkte er mir ein strahlendes Lächeln. »Würdest du dich besser fühlen, wenn ich dir verrate, dass ich auch nervös bin?«

»Lügner«, sagte ich. Sogar meine Stimme klang zittrig.

»Ich habe es dir schon mal gesagt: Ich bin eine Menge Dinge, aber ein Lügner bin ich nicht.«

Stirnrunzelnd sah ich ihn an. »Wieso solltest du nervös sein?«

»Es hat mich bisher nie interessiert, was passieren wird, nachdem ich mit einer Frau geschlafen habe. Diesmal interessiert es mich sehr.«

Ich leckte mir die Lippen. »Nun, selbst wenn du das nur gesagt hast, damit ich mich entspanne, es hat funktioniert. Also danke.«

Erneut küsste er meine Fingerspitzen. »Tut mir leid, wenn ich es damit, dass ich dich hier rausgeschleppt habe, etwas übertrieben habe«, meinte er mit einem Nicken auf das Wasser um uns herum. »Ich wollte, dass dein erstes Mal unvergesslich wird.«

»Du warst dir also absolut sicher, dass ich nicht Nein sagen würde, sobald wir hier draußen sind?«, fragte ich.

William nickte. »Ich habe dir doch auf dem Maskenball schon gesagt, dass ich dich durchschaut habe.«

»Aber damals hast du mir nur meine schlechten Eigenschaften aufgezählt.«

»Nun, heute Abend geht es um alles, was gut an dir ist.

Deine Finger«, sagte er und küsste sie erneut. »Deine schlanken Handgelenke.« Er ließ seine Lippen auf meinen Arm gleiten. »Dein freundliches Herz.«

»Das war meine Titte«, lachte ich.

Er grinste zu mir auf. »Schhh! Ich versuche, dich zu verführen. Mach nicht alles kaputt.«

»Du hast mich schon vor langer Zeit verführt. Ich glaube, ungefähr zu dem Zeitpunkt, wo du meine Blumen gestohlen hast.«

Er schmunzelte. »Bist du dir da sicher? Du sahst nämlich eher aus, als wolltest du mich in die Eier treten.«

»Vielleicht wäre das meine Art von Vorspiel gewesen.«

Er zog eine Augenbraue hoch. »Exotisch.«

Dann schien er nicht mehr reden zu wollen, denn er vergrub sein Gesicht zwischen meinen Brüsten und küsste mich durch das Kleid, bevor er den Stoff nach unten zog, mit immer verzweifelteren Bewegungen. Ich zerrte ebenfalls an seiner Kleidung, doch ein Anzug ist viel schwerer auszuziehen als ein Kleid. Jede Oberfläche war übersät mit Knöpfen, Krawatten und Reißverschlüssen. Als er mir das Kleid ganz vom Körper streifte, hatte ich es gerade mal geschafft, seine Krawatte zu lockern. Ich war vollkommen darauf konzentriert, den Knoten zu lösen, als ich ein leises Platschen hörte. Etwas war ins Wasser gefallen.

Ich sah mich um und konnte mein Kleid nirgendwo entdecken. »William …«, sagte ich langsam.

»Uh, es klingt so sexy, wenn du meinen Namen so aussprichst.«

»Als wollte ich dich ermorden?«

»Wofür?«

»Wo ist mein Kleid?«

»Oh …«

Er sah nach links, wo der Stoff gerade langsam im Wasser

versank. »Direkt dort drüben, um irgendein kleines Fischmädchen sehr glücklich zu machen. Stell dir nur vor, wie hübsch sie aussehen wird, Hailey. Sie …«

Ich versuchte, nach ihm zu schlagen, doch er fing mein Handgelenk ein und drückte wieder einen Kuss auf meinen Puls.

»Das mit dem Kleid tut mir leid«, sagte er. »War wirklich ein Versehen. Aber schau, ich mache es wieder gut.« Er zog sein Hemd aus und warf es ebenfalls ins Wasser. »Siehst du? Jetzt sitzen wir im selben Boot. Ha! Kapiert?«

Er sah im Mondlicht einfach göttlich aus. Mein Blick sog sich an seiner Hüfte fest und wanderte langsam nach oben, um jeden Zentimeter seines Körpers mit den Augen zu verschlingen. Ich begann bei diesem »V« aus Muskeln direkt über dem Hosenbund. Auf Williams Brust und Bauch wuchsen dunkle Haare, die seine definierte Brust- und Bauchmuskulatur noch betonten. Es war kein unangenehm dichter Pelz, und mir gefiel, dass er sich nicht rasierte, wie die männlichen Models, die ich in Magazinen gesehen hatte. Das war echt. Ursprünglich. Ich konnte es kaum erwarten, meine Finger über diesen muskulösen, unendlich männlichen Oberkörper gleiten zu lassen. Bei jeder seiner Bewegungen spielten Muskeln, von denen ich nicht mal gewusst hatte, dass sie existierten, von seinem Waschbrettbauch bis zu seinen Schultern, die aussahen, als wären sie aus lebendem, atmendem Stein gemeißelt.

Ich starrte ihn böse an. »Wenn du immer noch dein Tutorial abspulen würdest, wäre das dann der Moment, wo du mir erzählst, dass schlechte Wortwitze essenzieller Bestandteil des Vorspiels sind?«

Er nickte, bevor er sich vorbeugte und die Hände rechts und links neben meinen Kopf stemmte. Dann griff er in seine hintere Hosentasche und zog ein Kondom heraus, um es mir zu zeigen. »Lass mich deine Frage mit einer Gegenfrage beantworten. Was ist der Unterschied zwischen einem Autoreifen und dreihundertfünfundsechzig Kondomen?«

Ich zog die Augenbrauen hoch und schüttelte langsam den Kopf.

»Das eine ist ein Goodyear. Das andere ist ein *good* year.«

Ich konnte nicht anders, als zu lachen. »Wie wäre es, wenn wir eine Abmachung treffen: Du erzählst diesen Witz nie wieder, und ich werde jetzt nicht über Bord springen.«

»Das klingt fair. Außerdem habe ich noch jede Menge andere Witze auf Lager.«

»Super. Also ist der einzige Weg, dich ruhig zu halten, deine Zunge anderweitig zu beschäftigen?«

Er grinste. »Jetzt kapierst du es endlich.«

Ich zog sanft an seinem Nacken. Es fühlte sich seltsam an, so forsch zu sein, doch gleichzeitig schoss Adrenalin in meine Adern. Mein Kleid sank gerade zusammen mit Williams Hemd auf den Grund des Meeres, ich stand kurz davor, meine Jungfräulichkeit in einem Rettungsboot an einen Millionär zu verlieren, und all das würde damit enden, dass wir halb nackt an der Küste entlanglaufen mussten, um irgendwie ein Auto aufzutreiben.

Das war das Märchen, von dem ich immer geträumt hatte. Die Art von Abend, wie sie die Leute vor meiner Ladentür in meiner Fantasie ständig erlebten. Das war mein Filmmoment, und ich platzte fast vor Glück. Ich war mir nicht sicher, ob ich die Bäckerei am Laufen halten konnte oder ob Nathan es wirklich aufgegeben hatte, mich zu belästigen. Aber ich wusste, dass ich jemanden gefunden hatte, der dafür sorgte, dass ich mich geliebt und begehrt fühlte. Das war genug. Nein, es war mehr als genug. Es war perfekt.

William drängte seine Hüften gegen meine, um mich seine harte Erektion spüren zu lassen. Mit einem Keuchen griff ich danach. Um diesem Instinkt zu folgen, brauchte ich keine Erfahrung. Ich spürte eine Leere zwischen meinen Beinen, die pulsierend danach verlangte, gefüllt zu werden ... und ich wusste genau, wo ich Erleichterung finden konnte.

»Ich bin bereit«, flüsterte ich.

»Ich weiß.«

»Selbstgefälliger Mistkerl.« Ich lachte, doch dann verschwand auch das. Ich konnte spüren, wie das Gewicht des Moments alles erstickte außer der Lust und dem Verlangen. Wir verloren uns darin, und ich wusste, dass es kein Zurück mehr gab. Doch statt mit Angst erfüllte mich dieser Gedanke mit einem Gefühl der Freiheit. Es war wie eine Erlösung. Ich hatte das jetzt nicht mehr selbst in der Hand. Meine Instinkte hatten die Kontrolle übernommen.

William zog mir das Höschen aus, dann öffnete er geschickt meinen BH. Glücklicherweise achtete er besser auf meine Unterwäsche als auf mein Kleid und legte sie vorsichtig neben uns. Mit einer Hand schob er seine Hose nach unten, sodass er sich trotzdem noch abstützen und jeden Zentimeter meiner Haut küssen konnte. Meine Brustwarzen verhärteten sich unter der Wärme seines Mundes und den Liebkosungen seiner Zunge.

Plötzlich war ich froh, kein Kerl zu sein, weil ich fast glaubte, zum Höhepunkt zu kommen, bevor er mich überhaupt zwischen den Beinen berührt hatte. Meine Gedanken waren vor Lust vernebelt. Weiße Punkte der Ekstase tanzten vor meinen Augen und gewannen mit jedem Augenblick an Kraft.

»Und jetzt wirst du herausfinden, warum das Vorspiel der beste Teil ist.«

»Ich dachte, das wäre Vorspiel gewesen.«

William lachte leise, dann sah er mir in die Augen. Die Hitze in seinem Blick jagte erneut Feuer durch meine Adern.

»Das ist Vorspiel.« Er neigte den Kopf, um eine Spur aus Küssen von meiner Brust über meinen Nabel nach unten zu ziehen. Als er die empfindliche Haut dort berührte, hätte ich beinahe lachen müssen. Doch dann stockte mein Atem, als er mich unterhalb der Taille küsste. Ich schickte ein schnelles *Danke, Gott, dass ich geduscht habe, bevor ich hergekommen bin*-Stoßgebet zum Himmel und schloss die Augen.

Das Rettungsboot wiegte mich leise im Takt der Wellen, als Williams Küsse tiefer und tiefer wanderten. Gerade, als ich glaubte, er hätte sein Ziel erreicht, übersprang er die Stelle, um sich stattdessen der Innenseite meiner Schenkel zu widmen. Der Mann neckte mich erbarmungslos, doch ich konnte mich nicht beschweren, denn jeder Kuss erzeugte perfekte Glückseligkeit in mir.

ZEHN

William Ich schob einen Arm unter Haileys Knie und hob ihre Beine an. Sie lag perfekt offen vor mir, und die schmutzige kleine Bäckerin hatte sich für den Anlass sogar rasiert. Allerdings war ich ihr inzwischen so sehr verfallen, dass mich wahrscheinlich nicht mal ein Bob-Ross-Afro abgeschreckt hätte.

Ich küsste ihre Schenkel und betrank mich förmlich an ihrem Duft. Sie *roch* sogar süß. Ich hatte nie wirklich Details über ihren Mangel an sexueller Erfahrung gefordert, also war es gut möglich, dass sie nichts von alledem jemals getan hatte. Diese Vorstellung fand ich so berauschend, dass ich mich einfach mal daran hielt, ohne sie weiter zu hinterfragen. Und sollte das wirklich ihr erstes Mal Oralsex sein, wollte ich es zu einer Erfahrung machen, die sie nie vergaß.

Ich begann mit der Unterseite meiner Zunge an ihrer Klit, dann ließ ich sie quälend langsam durch ihre Vulva gleiten. So, wie Hailey zitterte, hatte ich Schauder über ihren Körper gejagt. Ich umfasste ihren Hintern und zog sie näher an mich heran, um meine Zunge tief in ihr zu vergraben. Sie keuchte. Ich merkte, dass sie ein Stöhnen unterdrückte ... was es nur umso befriedigender machen würde, wenn sie an den

Punkt kam, wo sie diese Geräusche nicht mehr zurückhalten konnte.

Ich verwöhnte sie nach allen Regeln der Kunst, dann tat ich ein paar Dinge, die niemals in irgendwelchen Regeln festgehalten worden waren. Ich nutzte all meine Möglichkeiten – Zunge, Lippen, Zähne, Finger –, küsste jeden Zentimeter ihrer Pussy und ließ meine Zunge in ihr kreisen, während ich ihre Klit mit den Fingern massierte. Ich pustete kühle Luft über sie, bevor ich sie mit heißen Küssen zum Kochen brachte. Die ganze Zeit über versuchte ich, ihre Körpersprache zu deuten, speicherte ihre Vorlieben ab, und was sie wirklich in den Wahnsinn trieb. Am Ende verschaffte ich ihr den ersten Orgasmus, indem ich drei Finger tief in ihr vergrub, während ich ihre Klit mit der Zunge umkreiste. Sie zuckte um mich, als sie kam, und stieß die wunderbarsten, ehrlichsten Stöhnlaute aus, die ich je gehört hatte.

Ich küsste ihren Hals, während die letzten Schauder ihren Körper überliefen, ließ aber die Finger in ihr, um zu genießen, wie sie um mich pulsierte, bis ihr Orgasmus vollständig abgeebbt war.

»Willst du, dass ich ... den Gefallen erwidere?«, fragte sie, als sie endlich nicht mehr keuchte.

»Das wird kompliziert. Ich habe keine Pussy, also dürfte das schwierig werden.«

Sie lächelte ein träges Lächeln, das ich unendlich sexy fand. »Du bist unerträglich.«

»Wenn du mich jetzt schon für unerträglich hältst, warte, bis ich dich zwinge, mir Komplimente zu machen, bevor ich dir gebe, was du wirklich willst.«

Sie legte den Kopf schräg und musterte mich in einer Mischung aus bösem Starren und Erheiterung. »Moment ... Du meinst das ernst?«

»Du hast es doch selbst gesagt. Ich *bin* unerträglich.« Ich zog meine Finger aus ihrem Körper und legte meine Hand an ihre Taille, nur um sie daran zu erinnern, wie dringend sie inzwischen mit mir schlafen wollte.

»Okay, schön. Du bist … ich weiß nicht. Atemberaubend?«

Ich schüttelte den Kopf. »Langweilig. Versuch es noch mal.«

Der Blick, den sie mir jetzt zuwarf, enthielt absolut keine Erheiterung mehr, doch sie runzelte die Stirn und starrte nachdenklich zum Himmel hinauf. »Nun, du sorgst dafür, dass ich mich wohlfühle. Als würdest du nie erwarten, dass ich jemand anders bin als ich selbst.« Sie lachte kopfschüttelnd. »Das klingt so dumm, wenn man es laut ausspricht.«

»Fand ich nicht. Das ist tatsächlich auch einer der Gründe, warum ich dich mag.«

»Ich kann mir bei dir nicht mal *vorstellen*, dass du in irgendeiner Situation nicht du selbst bist. Ich glaube nicht, dass ich vor dir schon mal jemanden getroffen habe, der so unverfroren authentisch war.«

»Du wärst überrascht.« Mein Schwanz pochte vor Vorfreude, doch dass ich mich davon nicht zur Eile drängen ließ, machte deutlich, wie ich in Bezug auf Hailey empfand. Ich mochte es, mich mit ihr zu unterhalten. Ich mochte es, Dinge über sie zu erfahren, sie besser kennenzulernen. Und seltsamerweise mochte ich es sogar, wenn sie mich besser kennenlernen wollte.

Meine Finger zuckten an ihrer Klit. Hailey stieß ein kleines Stöhnen aus und wand sich unter mir. Plötzlich stand Geduld nicht mehr besonders weit oben auf der Liste meiner Tugenden. Wollust und Unersättlichkeit fielen mir ein – und wenn das keine Tugenden waren, wollte ich nicht mehr tugendhaft sein.

»Bist du bereit?«

Sie zog die Augenbrauen hoch. »Ich glaube nicht, dass ich das je sein werde.«

Mit einem möglichst lässigen Achselzucken griff ich nach meiner Hose. »Schade. Ich hatte gehofft, ich könnte heute Glück...«

Sie packte meinen Arm und zog mich wieder nach unten. »Du bist wirklich unerträglich, das weißt du, oder?«

»Hat man mir schon mal gesagt.«

»Ich bin bereit«, flüsterte sie. »Ich will das.«

»Gut. Weil ich wie ein Vampir bin – ich komme nur rein, wenn man mich einlädt. Und jetzt bist du geliefert.«

Hailey stieß ein überraschtes Lachen aus, das gedämpft wurde, als ich mich vorbeugte, um ihren Hals zu küssen, und dabei meine Schulter gegen ihren Mund drückte. Ihre Finger gruben sich in meinen Rücken. Ich griff nach dem Kondom und schaffte es mit einer Hand, die Hülle zu öffnen und es mir überzuziehen, was angesichts der Dunkelheit ziemlich beeindruckend war.

Vielleicht war das grausam, aber ich wollte sie ein wenig necken, bevor ich ihr gab, was wir beide wollten, also ließ ich meine Erektion über sie gleiten, während ich sie küsste. Jede noch so kleine Bewegung befeuchtete uns beide und machte mich fast wahnsinnig. Ich konnte ihre Hitze und ihre Erregung spüren, die nach mir bettelten.

Ich liebte das Gefühl von Haileys kleinen Händen auf meinem Rücken, als sie mich packte, um mich enger an sich zu ziehen. Sie hob sich mir entgegen, klammerte sich an mir fest, und ich konnte einfach nicht länger – ich umfasste meine Wurzel, brachte meine Erektion in Position und drang langsam in sie ein.

»Du bist so verdammt eng«, stieß ich durch zusammengebissene Zähne hervor.

»Ein Tunnel würde sich auch eng anfühlen, wenn du versuchen würdest, einen...« Sie biss sich auf die Lippe und schloss fest die Augen, als ich noch ein wenig tiefer in sie stieß. »… einen Zug von der Größe deines Schwanzes hineinzustopfen.«

Ich hielt inne, wartete einen Moment und lachte dann. »*Was?*«

Ich konnte selbst im Mondlicht sehen, wie sie errötete. »Halt die Klappe! Mein Hirn funktioniert gerade nicht richtig.«

Ich grinste und konnte den Gedanken nicht unterdrücken, wie sehr ich sie mochte. »Das könnte jetzt ein wenig brennen«, warnte ich.

»Okay«, sagte sie, die Augen immer noch geschlossen.

Ich drang langsam tiefer in sie ein, immer noch erstaunt, wie eng ihre Pussy war. Ich konnte ihren Pulsschlag um mich fühlen … und er raste. Nach ein paar weiteren Zentimetern spürte ich einen leichten Widerstand, der jedoch schnell verschwand. Haileys Atem stockte kurz, doch schon einen Moment später vertrieb ein Stöhnen den leicht verkniffenen Ausdruck von ihrem Gesicht.

Ich begann, mich rhythmisch in ihr zu bewegen. Schnell wurde mir klar, dass ich bei Hailey nicht lange durchhalten würde. Nicht heute Abend. Sie fühlte sich viel zu gut an, und ich hatte zu lange auf das hier gewartet.

»O Gott! Warum habe ich so lange damit gewartet, das zu tun?«, keuchte sie.

Ich liebkoste ihre Nippel mit der Zunge, weil es einfach zu einladend war, wie die harten Spitzen bei jedem Stoß leicht wippten. Hailey ließ den Kopf in den Nacken sinken, die Augen immer noch geschlossen, und stöhnte. »Ist es immer so gut?«

»Nur mit mir«, sagte ich. »Mit anderen Kerlen fühlt es sich schrecklich an. Also solltest du das besser nie ausprobieren.«

Sie lachte, doch das Geräusch ging schnell in ein weiteres Stöhnen über. »O mein Gott«, hauchte sie.

Ich biss mir auf die Unterlippe. Normalerweise sorgten Kondome dafür, dass der Sex weniger Spaß machte – als versuchte man, ein Steak zu genießen, während die Zunge in Plastik verpackt war. Doch entweder war mein Begehren so außer Kontrolle, dass es keine Rolle spielte, oder Hailey besaß eine magische, Kondome neutralisierende Pussy … denn ich fühlte mich, als hätte mein Schwanz einen vorübergehenden Zugang zum Himmel entdeckt, wo ein ganzes Team von Engeln Wunder wirkte.

Ich stieß tief in sie, dann hielt ich inne, um Atem zu schöpfen. »Ich brauche eine kurze Pause, oder ich komme zu schnell.«

»Nein«, sagte sie, schlang ein Bein um meine Hüfte und drängte sich mir entgegen. »Ich will es jetzt.«

Ich zog die Augenbrauen hoch und war davon überzeugt, dass ich in diesem Moment zum ersten Mal verstand, was Liebe bedeutete.

Ich genoss ihre wunderbare Verzweiflung noch einen Augenblick, bevor ich mich nicht mehr zurückhalten konnte und hemmungslos in sie stieß, die Augen fest geschlossen und die Zähne zusammengebissen.

Sie schrie auf und schloss die Beine fester um mich. Ich fühlte, wie ihre enge Pussy sich noch enger um mich zusammenzog und anfing, im Takt ihres Herzschlags zu pulsieren. Ihr Orgasmus raubte mir die letzten Reste meiner Selbstbeherrschung, und ich ließ mich von meinem eigenen Höhepunkt hinwegschwemmen. Ich unterdrückte ein Stöhnen, während mich ein scheinbar nicht enden wollender Orgasmus durchzuckte.

Als ich mich schließlich von ihr herunterrollte, fühlte ich mich vollkommen erschöpft. »Ich bin mir sicher, ich müsste jetzt irgendeinen schlechten, anzüglichen Wortwitz reißen, doch mir fällt keiner ein.«

»Also gehören schlechte Wortwitze zum Vorspiel und zum Nachspiel?«

»Ich habe noch nie von einem Nachspiel gehört…«

»Aber sicher doch. Sex kann im Gegensatz zu Pornos eigentlich immer ein Nachspiel haben… «

»Wa…? Oh! *Wow!* Ich scheine gerade aus Versehen Teile meiner DNA auf dich übertragen zu haben. Ich glaube, ich verstehe jetzt, wie schwierig es ist, es mit mir auszuhalten.«

»Gut.« Sie grinste. »Und jetzt mal ehrlich, wie sollen wir von diesem Rettungsboot herunter- und nach Hause kommen, während wir nur unsere Unterwäsche tragen?«

»Genau so, wie wir es in unserer Kleidung getan hätten. Nur heimlicher.«

Sie seufzte. »Hast du keinen persönlichen Hubschrauber, den du anfordern kannst? Oder vielleicht kennst du jemanden bei der Küstenwache, der uns zumindest ein paar Decken bringen könnte?«

»Selbst, wenn es so wäre, würde das bedeuten, dass ich in der nächsten halben Stunde nicht das Vergnügen hätte, dich in deiner Unterwäsche herumhüpfen zu sehen. Also nein.«

»Halb New York wird mich ebenfalls sehen. Wirst du da nicht eifersüchtig?«

Ich runzelte die Stirn. »Okay. Du wartest im Boot, während ich eine Decke requirieren gehe.«

»Stehlen, meinst du?«

»Requirieren. Das ist ein militärischer Ausdruck für…«

»Stehlen.«

»Du und deine Etiketten für alles.«

Sie zuckte mit den Achseln. »Vielleicht mag ich Etiketten. Vielleicht weiß ich auch gerne, woran ich bei einem Kerl bin… besonders, nachdem ich ihm meine Jungfräulichkeit geschenkt habe. Vielleicht wäre ein gewisses Etikett in diesem Moment sehr beruhigend.«

»Hailey«, sagte ich sehr ernst, als ich mich nackt auf ein Knie aufrichtete – was in einem Schlauchboot wirklich schwierig ist. Ich schnappte mir ihr Höschen und hielt es ihr entgegen, als wäre es ein Ring. »Willst du meine Freundin sein?«

Sie nahm das Höschen und zog es lächelnd an. »Gott steh mir bei. Ja, ich will.«

Bruce klopfte an die Tür meines Büros und lehnte sich dann in den Türrahmen. »Ich habe gehört, du hast gestern bei der Jachtparty ein Rettungsboot gestohlen. *Mal wieder.*«

»Ich habe gehört, du befingerst gerne Bananen gegen ihren Willen.«

Er seufzte. »Außerdem habe ich gehört, dass du das Boot zusammen mit einer Frau gestohlen hast.«

»Vielleicht habe ich das.«

»Du strahlst ja wie eine Schwangere. Hat sie dich angebumst?«

Ich lachte. »Hey, ein Witz aus deinem Mund? Und nein. Ein Gentleman genießt und schweigt. Da ich kein Gentleman bin, werde ich dir verraten, dass wir Kondome benutzt haben, Hailey unglaublich war und ich die Stunden zähle, bis ich sie wieder haben kann.«

»Also, also. Mein kleiner Bruder ist verschossen. Natasha wird so aufgeregt sein.«

»Übrigens ist sie die faulste Kupplerin der Welt, falls sie vorhat, die Lorbeeren dafür einzuheimsen.«

»Hat sie nicht. Ich glaube, sie hofft einfach, dass du uns nicht mehr so oft nerven wirst, wenn du etwas anderes hast, auf das du dich konzentrieren kannst.«

»Du weißt genau, dass die kleine Caitlyn untröstlich wäre, wenn ihr Lieblingsonkel nicht mehr ständig vorbeikäme.«

»Du bist ihr einziger Onkel, und sie wird es überleben. Oh,

und übrigens, Mom und Dad wurden in der Lobby gesichtet. Ich glaube, sie wollen zu dir.«

»Schon wieder? Scheiße! Sie waren erst vor ein paar Tagen hier.«

Bruce zuckte mit den Achseln. »Gib einem Bettler Geld, und er wird nur immer mehr haben wollen. Das habe ich dir schon unzählige Male erklärt.«

»Und ich habe dir schon unzählige Male erklärt, dass du ein verklemmter Perfektionist bist, aber hey, du hast dich nicht geändert.«

»Gratulation zu dem Mädchen«, sagte er, ohne auf meinen Seitenhieb einzugehen. »Ernsthaft. Es ist schön, dich glücklich zu sehen. Und ich glaube, es wäre gut für dich, sesshaft zu werden.«

»Wer hat irgendetwas von Sesshaft-Werden gesagt?«

»Das dämliche Grinsen auf deinem Gesicht hat das getan.«

Ich zerknüllte das Papier, auf dem ich geistesabwesend vor mich hin gekritzelt hatte, und warf es nach meinem Bruder, doch er verschwand, bevor es ihn treffen konnte.

»Sesshaft werden«, murmelte ich. Um ehrlich zu sein, lag das durchaus im Bereich des Möglichen. Allerdings musste ich erst noch herausfinden, wie Hailey sich beim Zähneputzen anstellte, bevor ich ernsthaft darüber nachdenken konnte, mit ihr »sesshaft zu werden«. Ich meine, verdammt, was, wenn sie zu diesen Leuten gehörte, die beim Zähneputzen den gesamten Spiegel mit Spritzern verunstalteten? Ich war kein Bruce, aber selbst ich stellte gewisse Grundansprüche an Reinlichkeit.

Noch schlimmer, sie könnte zu diesen Frauen gehören, die unendlich viele Haargummis und Haarklammern besaßen, die nach und nach überall in der Wohnung auftauchten, begleitet von über den Boden rollenden Haarbüscheln.

Sie könnte mich sogar anmotzen, weil ich die Klobrille oben ließ ... aber hey, vielleicht wollte ich den Sitz ja genauso wenig jedes Mal raufklappen, wie sie ihn runterklappen wollte.

Ich erkannte meine Gedanken als den verzweifelten, jämmerlichen Versuch, mich selbst davon zu überzeugen, dass ich mich nicht gerade in Hailey verliebte. In Wirklichkeit hätte sie sogar zu diesen krankhaft auf Hygiene bedachten Frauen gehören können, die sich auf der Toilette nicht hinsetzten und stattdessen die Klobrille vollpieselten. Sie hätte nach jedem Essen laut rülpsen und sich am Esstisch die Zehennägel schneiden können – und auch das hätte keine Rolle gespielt. Ich war süchtig nach ihr, und inzwischen hätte sie mir schon einen spitzen Gegenstand ins Auge rammen müssen, um mich loszuwerden.

Meine Eltern betraten mein Büro, ohne vorher anzuklopfen. »Wir haben letzte Nacht nach dir gesucht«, sagte mein Dad vorwurfsvoll.

»Na ja, ich war unterwegs.«

»Nun, das hier wird nicht lange dauern. Wir haben herausgefunden, dass du dich mit einem Mädchen triffst, dem eine ... *Bäckerei* gehört. Wir dachten, es wäre vielleicht eine gute Idee, sie genauer unter die Lupe zu nehmen, und rate mal, was wir gefunden haben?« Mein Dad schob einen Umschlag über den Tisch, dann ließ er sich stöhnend in einen Sessel fallen. Meine Mom blieb hinter ihm stehen.

Ich öffnete den Umschlag und blätterte die paar Seiten, die ich darin fand, durch, zuerst schnell, dann langsamer, als ich den Namen darauf entdeckte. »Moment, was ist das?«

»Das ist der Beweis, dass deine kleine Freundin ihre Spielchen mit dir treibt«, erklärte mein Dad. »Das«, er deutete auf das Dokument in meiner linken Hand, »ist ein Angebot der Sleiman-Baugruppe, den Laden deiner Bäckerin für zwei Millionen Dollar zu kaufen. Sie wollen den gesamten Block abreißen und stattdessen einen Wolkenkratzer errichten. Der Vermieter deiner Freundin hat uns erzählt, dass er ihr eine Mailbox-Nachricht hinterlassen hat, dass sie und ihr Laden verschwinden müssen, wenn sie es nicht auf wundersame Weise schafft, zwei Millionen Dollar aufzutreiben.«

»Wie lange weiß sie das schon?«, fragte ich. Ich fühlte mich wie benebelt.

»Sie weiß auf jeden Fall, dass sie seit Monaten mit der Miete in Verzug ist. Die Nachricht über den Verkauf hat er ihr gestern Nachmittag hinterlassen. Sie ist losgezogen, um einen Kredit zu beantragen ... der allerdings sofort abgelehnt wurde.«

Ich dachte daran zurück, wie Hailey sich erst gegen die Idee mit dem Date gewehrt hatte, nur um dann, als sie in meiner Wohnung aufgetaucht war, begeistert darauf einzugehen. Angesichts dessen, was meine Eltern mir gerade berichteten, musste sie in der Zwischenzeit verstanden haben, dass sie zwei Millionen Dollar brauchte, um ihren Laden zu retten.

Ich ließ mich in meinem Stuhl nach hinten sinken. »Scheiße!«

Meine Mom warf mir einen mitfühlenden Blick zu. »Ich weiß, das ist nicht einfach für dich, William. Du bist attraktiv, reich, erfolgreich. Du musst immer auf der Hut vor solchen Mädchen sein. Das ist die Wahrheit, auch wenn sie nicht angenehm ist.«

Ich mochte Bruce gegenüber den Coolen gespielt haben, wann immer er es angesprochen hatte ... aber in Wahrheit hatte es mich verletzt, als Zoey Parker mich dazu gebracht hatte, zu glauben, dass sie *mich* mochte und nicht nur mein Geld. Es hatte jedes Mal wehgetan, wenn ich einer Frau nahegekommen war, nur um dann festzustellen, dass sie mich benutzte. Zur Hölle, wahrscheinlich war mein Verhältnis zu Frauen deswegen immer oberflächlicher geworden. Ich gab ihnen nur so viel von mir, wie eben nötig war, sodass ich nicht wie ein Idiot dastand, wenn sie sich als Goldgräberinnen entpuppten.

Ich stand abrupt auf.

»Wo willst du hin?«

»Ich werde mit ihr sprechen.«

ELF

Hailey Ryan knetete hinten Teig, während ich nach dem Mittagsgeschäft vorne sauber machte. Der Andrang war fantastisch gewesen. Ich konnte mich nicht erinnern, wann wir das letzte Mal – gestern ausgenommen – so viele Kunden gehabt hatten. Gestern hatten wir fast tausend Dollar reinen Gewinn gemacht, und obwohl es heute nicht ganz so voll gewesen war, hätte es mich gewundert, wenn wir nicht mindestens siebenhundert Dollar eingenommen hätten. Wenn es so weiterging, konnte ich in wenigen Monaten die ausstehende Miete für meine Wohnung und die Bäckerei bezahlen.

Als ich also sah, wie mein Vermieter die Tür aufriss, empfand ich nicht dieselbe Panik wie normalerweise. Ich hatte einen Plan. Ich hatte gute Neuigkeiten.

Ich holte tief Luft und lächelte. »Mr Smith, ich hatte nicht damit gerechnet, dass …«

»Ich habe viermal auf Ihre Mailbox gesprochen«, sagte er trocken. Er war Mitte vierzig, übergewichtig, hatte kurze, dünne Beine, und seine Augenbrauen sahen aus, als könnten sie jeden Moment anfangen, sich zu bewegen, ein paar Blätter fressen und sich dann in Schmetterlinge verwandeln.

»Ja. Ja, haben Sie. Ich bin in den letzten Tagen nicht dazu gekommen, meine Nachrichten abzuhören, aber ich wollte das heute nachholen.«

Er schüttelte den Kopf. »Sie kaufen den gesamten Block auf, Hailey. Mir wurden zwei Millionen Dollar allein für dieses Haus geboten, also werde ich verkaufen. Und stellen Sie sich vor, unter diesen Umständen fühle ich mich großzügig genug, um sie wegen der ausstehenden Miete nicht vor Gericht zu zerren. Fröhliche Weihnachten!«

Mein Magen hob sich. »Das können Sie doch nicht einfach machen, oder?«

»Was? Mein eigenes Haus verkaufen? Natürlich kann ich das. Ihr Mietvertrag ist monatlich kündbar, und dieser große Batzen Geld ist mir um einiges lieber als die viertausend Dollar im Monat, die Sie mir sowieso nie zahlen.«

»Aber ich werde bald bezahlen können. Ich habe eine tolle Abmachung mit Galleon Enterprises getroffen, sie übernehmen das Marketing für meine Bäckerei, und wir haben gestern tatsächlich eine Menge eingenommen. Ich kann Ihnen gerne die Zahlen zeigen.« Ich bemerkte seinen Gesichtsausdruck, und sofort rutschte mir das Herz in die Hose. Mr Smith war nie grausam gewesen, aber er war trotz allem ein Geschäftsmann. Es stand ihm deutlich ins Gesicht geschrieben, was er über die Sache dachte. Kein Geschäftsmann, der noch ganz bei Trost war, würde dieses Angebot ablehnen, das wusste ich. »Bitte?«, versuchte ich es trotzdem.

»Tut mir leid, Hailey. Da ist nichts zu machen. Sie haben eine Woche.«

Damit ging er, und ich konnte nur hinter ihm herstarren. Einfach so glitt mir mein Traum durch die Finger, und ich hatte keine Ahnung, was ich dagegen tun sollte. Ohne den Laden würde ich meine Wohnung verlieren. Ohne Wohnung musste ich New York City verlassen. Und ich war mir nicht sicher, ob ich William halten konnte, wenn ich nicht mehr in der Stadt wohnte.

Ryan fand mich zusammengesackt am Tresen, das Gesicht in den Händen vergraben. »Haben Sie wieder deine Lieblings-Sitcom abgesetzt?«

»Nein, sie haben *The Bubbly Baker* abgesetzt.«

»Was?«

»Jemand kauft meinem Vermieter das Haus ab. Wenn du keine tolle Idee hast, wie wir schnell an zwei Millionen Dollar kommen, sind wir am Arsch.«

Ryan legte den Kopf schräg. »Na, so was. Wo sollen wir nur jemanden finden, der mehr Geld hat als Gott. Er müsste dich auch noch mögen, also dürfte das wirklich schwer werden. Hm, ich glaube, mir liegt da ein Name auf der Zunge.«

»Nein! Die Bäckerei ist nicht mein Traum, weil ich reich und berühmt sein will. Sie ist mein Traum, weil ich mir selbst beweisen will, dass ich mit harter Arbeit etwas erreichen kann, dass ich es schaffe, mein eigenes Geschäft aufzubauen. Wenn jemand mir das Haus einfach kaufen würde, würde alles seine Bedeutung verlieren.«

»Und Williams kleine Marketing-Hilfe zählt nicht?«

Ich warf ihm einen bösen Blick zu. »Ich hatte nicht damit gerechnet, dass seine Werbung so gut funktionieren würde, okay? Ich dachte, er würde einen Radio-Werbespot laufen lassen und uns damit vielleicht zehn zusätzliche Kunden pro Woche bescheren.«

Ryan grinste. »Ich wollte dich nur aufziehen. Ich weiß genau, was du meinst, und verstehe es. Hey, heißt das, dass ich für den Wettbewerb diese Woche in Sheffield nicht so lange Cookies backen muss, bis selbst mein Urin nach Teig riecht?«

»Nein, heißt es nicht«, sagte ich, obwohl ich die Entscheidung erst in diesem Moment getroffen hatte. »*The Bubbly*

Baker mag nicht mehr lange existieren, aber das bedeutet nicht, dass wir auf die Publicity des Wettbewerbs verzichten können.«

»Ich stelle besser mal die offensichtliche Frage: Wenn es den Laden nicht mehr gibt, wozu dient dann die Publicity?«

»Sie dient unseren Köstlichkeiten? Ich weiß es nicht, Ryan. Aber es fühlt sich richtig an, also werde ich dort stehen, mit meinem verdammten T-Shirt, und ich werde Cookies backen. Wenn es sein muss, werde ich sie aus der Küche des Altenheims meiner Grammy verkaufen.«

»Cool«, sagte er. »Ich bin dabei.«

»Wirklich?«

»Jepp.«

Wir drehten uns beide um, als die Tür erneut aufschwang. Diesmal war es William, und er wirkte wütender, als ich ihn je zuvor gesehen hatte. Der Blick, den er Ryan zuwarf, als er auf die Theke zustürmte, sagte wohl mehr als deutlich, dass er mit mir allein sprechen wollte, denn Ryan rannte quasi in die Backstube.

»Ist alles okay?«, fragte ich.

»Erinnerst du dich, wie ich behauptet habe, dass ich dich nach und nach durchschaue? Nun, ich glaube, inzwischen habe ich den besten Teil herausgefunden: Du brauchst dringend Geld, und du hast mich hingehalten, bis der richtige Zeitpunkt gekommen war, um es mir aus den Rippen zu leiern. Hey, wie viel brauchst du noch mal, um deinen Laden zu retten? Zwei Millionen? Sagen wir zweieinhalb, komplett mit Steuern und dem ganzen Mist?«

»William, was zur Hölle ist los mit dir?«

Er ignorierte mich. Stattdessen klatschte er einen Scheck auf den Tresen und trug mit heftigen Bewegungen alle nötigen Informationen ein. Als er fertig war, schob er den Zettel zu mir. Ich sah den Schmerz in seiner Miene und wusste einfach, dass er jedes Wort glaubte, das er da gerade von sich gegeben hatte.

»Willst du nicht einmal hören, was ich dazu zu sagen habe?«, fragte ich. Wut schwang in meiner Stimme mit. Ich hatte gedacht, er würde mich gut genug kennen, um zu wissen, dass ich ihn niemals so benutzen würde ... aber anscheinend nicht.

»Nein danke. Habe ich alles schon gehört. Zur Abwechslung einmal werde ich mich zurückziehen, bevor ich am Ende wie ein Esel dastehe.«

»Zu spät«, sagte ich. Ich verabscheute die Tatsache, dass meine Stimme bei diesen Worten leicht brach.

Er knallte nur die Tür hinter sich zu.

Ryan trat mit wachsamer Miene wieder aus der Backstube. »Also ... ich hätte Eis in meinem Tiefkühlfach.«

»Wie viele Liter?«, fragte ich.

Mit ungefähr einem Liter Eiscreme im Magen, machte ich mich auf den Weg nach Hause. Ryan hatte mir geduldig zugehört, als ich auf William geschimpft und erklärt hatte, wie verletzt ich war, dass er mir so etwas zutraute. Manche Männer dachten, wir Frauen wollten Lösungen hören, wenn wir aufgebracht waren, doch Ryan hatte verstanden, dass es um etwas anderes ging. Ich musste mich einfach auskotzen. Ich wollte, dass jemand verstand, warum ich verletzt war. Hätte er versucht, mir eine einfache Lösung zu präsentieren, hätte ich mich gefühlt, als hätte er meine Probleme kleingeredet.

Ich fand eine Nachricht von einer unbekannten Nummer, als ich vor Ryans Wohnung auf mein Handy sah.

555–3021 (16:47 Uhr): Hey. Hier ist Natasha, Bruce' Frau. Wir haben gehört, was passiert ist. Könntest du uns in dem Coffeeshop auf der 5th treffen? Wir laden dich ein.

Nachdenklich stieß ich den Atem aus. Eine Hälfte von mir hatte keine Lust mehr zu reden. Ich wollte mich im Pyjama im Bett verkriechen, eine romantische Komödie schauen und noch mehr Süßkram in mich reinstopfen. Die andere Hälfte hoffte dämlicherweise immer noch, die Sache irgendwie retten zu können. Schließlich schrieb ich ihr, dass ich in einer halben Stunde da sein würde.

Natasha und Bruce warteten mit ernsten Gesichtern an einem Tisch am Fenster auf mich. Und sie hatten mir bereits einen Kaffee geholt.

»Hey.« Natasha musterte mich besorgt, als wäre ich ein verwundetes Tier.

»Das fühlt sich an wie eine Intervention«, sagte ich, als ich mich setzte. Meine Augen waren geschwollen, weil ich zugegebenermaßen bereits ein wenig geweint hatte. Okay, vielleicht hatte ich mir auch die Augen ausgeheult, aber ich hatte nun mal nah am Wasser gebaut, immer schon. Sosehr ich mir auch wünschte, mir wäre das alles egal – weil ich irgendwie das Gefühl hatte, William gewinnen zu lassen, indem ich ihn und sein Verhalten wichtig nahm –, es klappte nicht. Ich musste ständig daran denken, dass ich nur noch einen Tag länger hätte durchhalten müssen, um meine Jungfräulichkeit nicht an jemanden zu verschwenden, der mich dann einfach absägen würde, ohne sich auch nur anzuhören, was ich zu sagen hatte. Und dann regte ich mich noch mehr auf – denn egal, wie sich die Dinge zwischen uns entwickelt hatten, beim Gedanken an die Zeit im Rettungsboot hatte ich jedes Mal wieder Schmetterlinge im Bauch. Es war magisch gewesen, und meine gesamte Wut schien nichts daran ändern zu können.

»Ist es nicht«, sagte Bruce. »Aber ich wollte herausfinden,

was passiert ist, und sehen, ob du Hilfe brauchst. William wollte nicht sagen, was los ist, aber als er zurück in die Arbeit gekommen ist, hat er sein halbes Büro zerlegt, also sind wir mal vom Schlimmsten ausgegangen.«

»Er glaubt, ich wäre hinter seinem Geld her, weil, na ja, ich brauche Geld, wirklich dringend. Sobald er erfahren hat, wie viel ich brauche, ist er wohl die zeitliche Abfolge unserer Treffen durchgegangen und ausgetickt. Er geht davon aus, dass ich eine hinterhältige Goldgräberin bin. Er hat mir nicht mal die Chance gegeben, mich zu verteidigen und ihn vom Gegenteil zu überzeugen.«

»Arschloch …«, sagte Natasha.

»Wir wissen alle, dass William ein Arschloch ist«, meinte Bruce. »Und dämlich ist er auch.«

»Und ein Idiot«, fügte Natasha hinzu.

Ein kleines Lächeln umspielte Bruce' Lippen. »Das ist quasi dasselbe, Nat. Aber ja. Er ist auch ein Idiot.«

»Nur, dass das nicht stimmt. Nicht wirklich«, sagte ich. »Er hat seine Ecken und Kanten, aber wenn man genauer hinsieht, entdeckt man einen netten Kerl unter der Oberfläche. Deswegen ergibt das alles für mich überhaupt keinen Sinn. Es ist, als hätte er sich in einen vollkommen anderen Menschen verwandelt.«

»Nun, William würde es nie zugeben, aber er und ich sind beide gebrannte Kinder in Bezug auf Goldgräberinnen. So etwas hinterlässt seine Spuren. Ich hätte auch Natasha fast keine Chance gegeben, weil ich dachte, sie wäre hinter meinem Geld her.«

»Was ist passiert?«, fragte ich.

Er zuckte mit den Achseln. »Irgendwann habe ich kapiert, dass ich meinem Instinkt vertrauen muss. Ich konnte nicht die gesamte Welt aussperren, nur weil ich in der Vergangenheit bei Frauen einige Fehlgriffe getan hatte.«

Ich seufzte. »Meinst du, du könntest das deinem Bruder auch beibringen?«

»Du würdest ihm nach dieser Geschichte noch eine Chance geben?«, fragte Natasha.

Ich dachte darüber nach. Ich wusste, dass meine Antwort vermutlich eine Lüge war, aber ich war noch nicht bereit, die Wahrheit laut auszusprechen. »Nein. Wahrscheinlich nicht. Im Moment würde ich ihm lieber einen Kuchen ins Gesicht werfen.«

Bruce lachte. »Mach das.«

»Das wäre schön.«

»Ich meine es ernst«, sagte er. »Ich werde der Security Bescheid geben, dass du kommst. Sie werden dich direkt in sein Büro vorlassen.«

Ich sah auf den Kirschkuchen in meiner Hand hinunter und fühlte mich mehr als nur ein bisschen verrückt. Ich fuhr im Lift nach oben in Williams Stockwerk. Seit dem Treffen mit Natasha und Bruce war ungefähr eine Stunde vergangen, und ich konnte immer noch nicht glauben, dass ich das wirklich durchzog. Aber gleichzeitig fühlte es sich auch richtig an. Zum Teufel mit William. Er sollte dafür büßen, dass er mich dazu gebracht hatte, ihm zu vertrauen. Dass er mich hatte glauben lassen, er wäre anders. Dass er mir meine Jungfräulichkeit genommen und sich am nächsten Tag von mir abgewandt hatte.

Ich marschierte direkt an seiner Sekretärin vorbei, die mich mit einem amüsierten Grinsen beobachtete, das mich an die fiesen Charaktere erinnerte, die Aubrey Plaza immer spielte. Ich nickte ihr zu, und sie erwiderte die Geste. Anscheinend hatten Bruce oder Natasha sie in den Plan eingeweiht, und offenbar hatte mir das ihren Respekt eingebracht.

Ich öffnete die Tür zu Williams Büro und entdeckte ihn

hinter dem Schreibtisch, mit geröteten Knöcheln und finsterer Miene. Er wirkte gleichzeitig wütend und traurig. Ich ließ mich davon nicht stoppen, obwohl ein großer Teil von mir das Bedürfnis verspürte, ihn zu trösten …

Ich hatte nicht vor, diesem Impuls der Schwäche nachzugeben. Er *sollte* wütend sein. Auf sich selbst. Weil er ein unglaublicher Trottel war.

Er sah auf, dann wanderten seine Augenbrauen nach oben.

»Du wolltest so dringend meine Kirsche? Hier ist sie, Arschloch!«, schrie ich, dann warf ich den Kuchen mit all meiner Kraft. Aus irgendeinem Grund hatte ich damit gerechnet, dass er auf magische Weise mit der Teigseite nach vorne durch die Luft segeln würde, doch stattdessen drehte sich die Kuchenform. Mit einem metallischen Klirren traf das Geschoss sein Gesicht. William kippte wie in Zeitlupe nach hinten, während der Kuchen von seinem Gesicht abprallte und mit der Teigseite nach unten auf seinem Schoß landete. Das Letzte, was ich sah, bevor ich das Büro wieder verließ, waren seine Füße, als sein Stuhl nach hinten umfiel.

Ich schloss die Tür hinter mir und warf der Sekretärin einen halb entsetzten, halb befriedigten Blick zu.

»Wie hat es sich angefühlt?«, fragte sie, die Zähne zusammengebissen. Die Gier in ihrem Blick war fast beängstigend.

»Ähm, als hätte ich gerade aus Versehen einen Mann mit einem Kuchen ermordet?«

»Zum Teufel, ja«, flüsterte sie. *»Ja!«*

Ich machte einen großen Bogen um sie und ging mit eiligen Schritten zum Aufzug, um das Gebäude so schnell wie möglich zu verlassen. Als ich draußen stand, hörte ich plötzlich das Heulen von Polizeisirenen. Ich fing an zu laufen, in der Absicht, in der erstbesten Nebengasse zu verschwinden, bevor mir klar wurde, dass der Streifenwagen einfach an mir vorbeifuhr …

Natürlich tat er das. Ich räusperte mich, strich mein T-Shirt glatt und bemühte mich, niemandem ins Gesicht zu sehen.

Ich habe vielleicht gerade einen Mann getötet. William ist tot. Todesursache: Kirschkuchen ins Gesicht.

ZWÖLF

William Ich starrte mit leerem Blick an die Decke. Mein Gesicht pulsierte, als hätte mich ein Lastwagen angefahren. Lieber Himmel! Hailey hätte jederzeit einen Job als Quarterback bekommen. Ich war mir sicher, noch nie etwas so schnell durch die Luft fliegen gesehen zu haben wie diesen Kuchen. Die Kirschfüllung, die meinen Schoß besudelte, war immer noch warm.

Ich wusste nicht, wie lange ich hier schon lag, aber ich fühlte mich nicht danach, aufzustehen. Zumindest das wusste ich. Ich hatte das wahrscheinlich verdient.

Doch Hailey war ein Risiko, das ich nicht eingehen wollte. Es gab zu viele Hinweise darauf, dass sie eine Goldgräberin war, und sie waren alle gleichzeitig aufgetaucht, was ziemlich sicher bedeutete, dass sie ihre finanzielle Misere bewusst vor mir verborgen hatte. Außerdem hatte sie sich nicht über den Scheck beschwert, den ich ihr vorhin gegeben hatte … damit war die Sache für mich klar. Sie konnte so lange die Unschuldige spielen, wie sie wollte … ich wusste einfach, dass sie den Scheck höchstwahrscheinlich bereits eingelöst hatte und sich nun überlegte, was sie mit ihrer Beute anfangen sollte. Normalerweise hätte ich einer Frau, die mich nur benutzen wollte, keinen Cent gegönnt; aber ich mochte Hailey, ob sie nun eine Goldgräberin war oder nicht. Der Gedanke, ihr zumindest zu helfen, machte mich glücklich, selbst wenn ich ihren Gefühlen für mich nicht trauen konnte.

Meine Bürotür schwang auf, doch ich konnte von dort, wo ich hinter dem Schreibtisch lag, nicht sehen, wer es war.

»Du lebst noch, richtig?« Das war Haileys Stimme, und sie klang unsicher.

»Hailey«, stöhnte ich.

»Ich bin schon weg«, sagte sie, ihre Stimme plötzlich wieder fest. »Ich wollte nur sichergehen, dass ich dich nicht umgebracht habe. Obwohl du das wahrscheinlich verdient hättest.«

Damit knallte sie die Tür wieder zu.

Fast hätte ich gegrinst. Es hatte so lange gedauert, bis sie nach mir gesehen hatte, dass sie wahrscheinlich schon bis auf der Straße gewesen war. Schließlich seufzte ich und schob den Kuchen von meinem Schoß. Dann stand ich auf. Ich fühlte mich ein wenig angeschlagen, aber mehr auch nicht. Als ich mir Teigreste und Kirschfüllung vom Bauch strich, entdeckte ich ein Stück Papier darin. Ich zog es vorsichtig heraus, bevor ich es schüttelte, um die klebrige Masse daran zu entfernen.

Es war ein Scheck. Mein Scheck.

Verdammt!

Die Erkenntnis traf mich härter als die Kuchenform. Ich war schon immer ein Idiot gewesen, aber diesmal hatte ich mein eigenes Höchstlevel an Idiotie noch getoppt. Wut und Schuldgefühle verbanden sich in meiner Magengrube zu einer giftigen Mischung. Wut auf meine Eltern, die wahrscheinlich genau das bekommen hatten, was sie mit ihrem Besuch bezweckt hatten. Und Schuldgefühle, weil ich losgerannt war, ohne mich auch nur eine Sekunde zu fragen, ob die Hailey, die ich kannte, mich jemals um meines Geldes willen benutzt hätte.

DREIZEHN

Hailey »Hast du ›Hasta la vista, Baby‹ gesagt?«, fragte Grammy, wobei sie allerdings so heftig kicherte, dass ich sie kaum verstehen konnte.

Ich schenkte ihr ein schiefes Grinsen. »Nein. Aber kaum, dass ich den Kuchen geworfen hatte, sind mir ein Dutzend coolere Sprüche eingefallen, die ich hätte bringen können.«

Sie lachte noch heftiger. »Gut für dich, Kleines. Gut für dich.«

»Ich wünschte, ich würde mich gut fühlen. Aber im Moment fühle ich mich mehr, als zwänge ich mich selbst dazu, ihn zu hassen, obwohl ich ihm eigentlich nur vergeben und alles wieder in Ordnung bringen will. Als *sollte* ich sauer sein, ohne es aber wirklich zu sein.«

»Lass mich dir einen Rat geben, Kleines.« Grammy fing an, Karten an die Gruppe leer vor sich hin starrender Senioren auszugeben, die mit ihr am Pokertisch im Spielzimmer des Altenheims saßen. Ich hatte mir einen Klappstuhl an den Tisch herangezogen, um mich neben sie zu setzen. »Wenn er es *verdient* hat, dass du ihm vergibst, dann wird er dich dazu bringen, ihm zu vergeben.«

»Was meinst du damit?«

»Hör mir jetzt genau zu, denn je näher ich dem Tod komme, desto wertvoller wird, was ich sage. Und, Kleines, man wird nicht mehr viel älter, als ich es bereits bin, also kannst du jedes meiner Worte quasi mit Gold aufwiegen.«

Ich grinste. »Schon kapiert, Grammy. Ich höre dir zu... obwohl du viel zu stur bist, um zu sterben, also gilt dein Argument eigentlich nicht.«

Sie warf mir einen hinterhältigen Blick zu. »Das ist einer der Gründe dafür, warum ich mich mit den lebenden Toten umgebe. Wenn der Tod an die Tür klopft, kann ich ihm sofort einen ganzen Haufen Leute zeigen, die weniger Widerstand leisten werden als ich.«

»Hey!«, krächzte der Mann, der ihr gegenübersaß.

»Ach, halt die Klappe, Leonard! Du weißt doch, dass ich nicht von dir spreche.«

Seine Lippen zitterten, als er stumm nickend den Blick wieder auf die Karten in seiner Hand senkte.

Grammy drehte den Kopf zu mir und formte mit den Lippen: *»Natürlich spreche ich von ihm.«*

»Du wolltest mich in den Genuss deines goldenen Ratschlags kommen lassen?«

»Ja, ja. Das Wunderbarste auf der Welt ist, wenn ein starker Mann vor dir auf die Knie fällt. Denn das kann zwei verschiedene Dinge bedeuten: Entweder du bist nackt, dann heißt es, dass er vorhat, dich mit dem Mund zu verwöhnen, und das ist aus offensichtlichen Gründen wunderbar. Aber wenn du noch bekleidet bist, dann will er vor dir kriechen und dich um Verzeihung anbetteln. Und das, meine Liebe, ist der Moment, in dem Frauen jedem den Mittelfinger zeigen, der denkt, Männer würden die Welt regieren. Es gibt nichts Befriedigenderes auf der Welt als diese Art von Machtgefühl. Wenn ein Mann also richtig Scheiße gebaut hat und dir eine ordentliche Kriecherei schuldet, dann wartest du einfach ab. Wenn er deine

Vergebung verdient hat, dann wird er tagelang mit Blumen und Entschuldigungen um dich herumscharwenzeln, und du kannst es genießen, solange du willst.«

»Und was soll ich danach tun?«

»Du lässt ihn beweisen, wie leid es ihm tut, bis du der Meinung bist, er hat für seine Sünden gebüßt. Eigentlich ganz einfach.«

Ich schüttelte lächelnd den Kopf. »Und was, wenn er nicht auftaucht, um vor mir zu kriechen?«

»Dann war er deine Zeit von Anfang an nicht wert. Du lässt die Wunden heilen und machst weiter. Du bist noch jung, siehst fantastisch aus und hast Talent. Jung zu sein, heißt, Fehler zu machen, bis man es richtig hinbekommt. Ganz einfach.«

»Danke, Grammy! Zur Abwechslung war das mal ein wirklich praktischer Ratschlag.«

»Oh, und habe ich erwähnt, dass es keinen besseren Zeitpunkt gibt, um Forderungen zu stellen? Willst du ein neues Auto, das Zugeständnis, auch mit anderen schlafen zu dürfen, ein wenig Schmuck? Jetzt ist der richtige Moment dafür.«

»Und nun hast du es geschafft.« Ich lachte. »Mal wieder hast du einen wunderbaren Ratschlag in etwas total Irres verwandelt.«

Sie zwinkerte mir zu. »Ich will dich doch nicht enttäuschen.« Dann legte sie ihre Karten auf den Tisch und lachte. »Leonard, du bist ein Idiot … und jetzt bist du ein Idiot, der zehn Dollar weniger besitzt. Spuck die Kohle schon aus, du alter Kauz.«

Ich schob meinen Stuhl zurück und stand auf. Ich war der Meinung, ein Spaziergang im Park könnte mir dabei helfen, meine Gedanken zu ordnen. Als ich mich umdrehte, entdeckte ich William am anderen Ende des Raums, eine Tüte Popcorn in der Hand.

Ich warf ihm einen ungläubigen Blick zu.

»Tut mir leid«, sagte er. »Jemand hat die Tüte hier stehen lassen, und dann war da diese Mikrowelle direkt daneben. Das Popcorn hat quasi darum gebettelt, gestohlen zu werden. Außerdem wirktest du so beschäftigt, also dachte ich …« Seine Stimme verklang, dann hob er langsam die Hand und schob sich etwas Popcorn in den Mund.

Beim Klang seiner Stimme drehte meine Grammy sich um und zog die Augenbrauen hoch. »Söhnchen, du solltest besser bald auf die Knie fallen und anfangen, dich zu entschuldigen, oder ich ziehe dir Leonards Rollator über den Kopf.«

»Hey!«, grummelte Leonard.

»Schnauze!«, blaffte Grammy, ohne Leonard anzusehen.

William stellte seine Tüte Popcorn zur Seite, ließ sich auf die Knie sinken und breitete langsam die Arme aus. Ich verspürte einen Anflug von Schuldbewusstsein, als mir auffiel, dass seine Nase ein wenig rot wirkte und eines seiner Augen halb zugeschwollen war. »Tut mir leid, dass ich nicht den Anstand besessen habe zu sterben, als du mir einen fünfundzwanzig Kilo schweren Kirschkuchen ins Gesicht geschleudert hast.«

»War er wirklich so schwer?«, fragte Grammy.

»Grammy«, stieß ich durch zusammengebissene Zähne hervor. »Entweder du gibst dich mit der Rolle als stumme Zuschauerin zufrieden, oder ich muss William nach draußen kriechen lassen, damit er sich dort fertig entschuldigen kann.«

»Ich habe nie zugestimmt zu kriechen.«

»Du hältst besser auch die Klappe«, blaffte ich und stieß mit dem Finger in seine Richtung in die Luft. »Du darfst nur sprechen, um dich zu entschuldigen.«

Grammy schloss symbolisch ihre Lippen ab, und William wartete geduldig. Immerhin schien er diese Sache tatsächlich halb ernst zu nehmen, womit er sie fünfzig Prozent ernster nahm als alles andere. Vielleicht meinte er wirklich, was er sagte.

»Mach weiter!«

»Du hast auch tolle Füße. Das ist mir, bevor ich hier unten war, nie aufgefallen. Aber sie sind echt formschön, und dabei bin ich wirklich kein Fußfetischist. Also will das eine Menge heißen.«

»William …«, warnte ich.

Das Lächeln verschwand von seinem Gesicht, und zur Abwechslung einmal wirkte er vollkommen ernst. »Hailey, es tut mir leid. Ich war ein Arsch, und zwar nicht die gute Art von Arsch, die durch jahrelanges Training und ausgewogene Ernährung in Form gebracht wurde. Ich war die Art von Arsch, die wirklich keiner sehen will.«

Ich wartete mit verschränkten Armen, auch wenn ich ihm in Wirklichkeit längst vergeben hatte. Das war vielleicht schwach von mir, aber ich mochte William. Ich mochte, wie ich mich fühlte, wenn ich mit ihm zusammen war. Ich mochte, dass er immer alles mit Humor nahm. Ich mochte, dass er selbst seine Entschuldigung in so etwas wie einen Witz verwandelte, statt eine große Heulnummer daraus zu machen. Aber ich genoss es auf leicht schuldbewusste Art auch, ihn winseln zu sehen … und er hatte es verdient, sich zumindest ein wenig erniedrigen zu müssen.

»Ich war ein Idiot.«

»In diesem Punkt sind wir ganz einer Meinung«, sagte ich. »Will ich überhaupt wissen, wie du mich gefunden hast?«

»Ein Mann braucht seine Geheimnisse.«

Ich entschränkte meine Arme und verschränkte sie wieder in die andere Richtung, so, wie Männer in Filmen ostentativ ihre Pistolen entsicherten. Es funktionierte.

»Wenn du es unbedingt wissen musst«, sagte er. »Ich habe

die Nummer deiner Schwester aus dem Telefonbuch herausgesucht – ja, so was gibt es tatsächlich noch. Ich habe sie angerufen, ein paar Drohungen ausgesprochen, es dann mit Bestechung versucht und sie so dazu gebracht, mir zu verraten, wo du gewöhnlich hingehst, wenn du wütend bist.«

»Ich bin wirklich beeindruckt, dass Candace das tatsächlich wusste.«

»Na ja, brauchst du nicht zu sein. Der erste Ort, den sie mir genannt hat, war die Eis-Ecke im Supermarkt neben deiner Wohnung. Das Regal mit Rocky-Road-Eiscreme war noch gut gefüllt, also habe ich diese Möglichkeit ausgeschlossen. Du grinst. Ist das ein gutes Zeichen?«

»Nein«, kam Grammy mir mit einer Antwort zuvor. »Sie wird dir nach diesem jämmerlichen Versuch einer Entschuldigung nicht verzeihen, *oder?*«

Ich räusperte mich. »Natürlich nicht.«

William warf meiner Grandma einen bösen Blick zu. »Weißt du, Hailey hat gesagt, du lernst ständig neue Slangwörter. Hast du je den Begriff ›Schwanzblockade‹ gehört?«

»Ja, ich glaube, den habe ich letztes Jahr in Mark Mansons Bestseller gelesen.«

William und ich sahen sie beide verwirrt an.

Sie machte Leonard ein Zeichen, doch der schaute nur von seinen Karten auf und blickte genauso verwirrt drein wie wir.

Sie stöhnte frustriert. »Ich hatte es dir doch erklärt, Leonard, du alter Bremsstreifen. Wenn ich diesen Satz sage, nennst du den Leuten den Titel des Buches.«

»Hey, ich habe den blöden Titel vergessen.«

»Er lautet *Die subtile Kunst des darauf Scheißens.* Okay? Und jetzt ist dank Leonard die gesamte Pointe versaut.«

»*Auf jeden Fall …*« William stand auf und klopfte sich den Schmutz von den Knien. »… wäre es vielleicht besser, wenn wir dieses Gespräch in vertraulicherem Rahmen fortsetzen würden.«

»Nicht *zu* vertraulich«, warnte Grammy. »Du lässt ihn nicht wieder unter deinen Rock, bevor er es verdient hat. Hast du mich verstanden, Hailey?«

Ich tat so, als hätte ich sie nicht gehört, als ich William nach draußen folgte. Es war ein schöner Tag, und es gab jede Menge Bäume, die uns vor der Nachmittagssonne schützten. Grammys Altenheim lag im Umland von New York, das landschaftlich schöner war, als den meisten Menschen bewusst war.

»Willst du, dass ich wieder auf die Knie falle?«, fragte er. »Denn ich werde es tun.«

Ich schüttelte den Kopf. »Nein. William, ich will ehrlich sein. Es war ein echter Weckruf, als du mir all diese Dinge an den Kopf geworfen hast. Ich glaube nicht, dass ich das einfach vergessen kann, nur weil du dich entschuldigst.«

»Das erwarte ich auch gar nicht. Ich habe Scheiße gebaut. Aber hey, gibt es eine bessere Art, eine Beziehung zu beginnen? Von jetzt an kann es doch nur noch aufwärtsgehen, oder?«

»Na ja, nein, im Grunde könnte es noch schlimmer werden. Du könntest mich in deinem Keller gefangen halten und anfangen, Dinge zu sagen wie ›Es reibe sich die Haut mit der Lotion ein‹.«

»Das würde ich nie tun. Ich würde sagen: ›Hey, hier ist ein wenig Lotion. Kannst du die bitte auf deine Haut auftragen, damit mein Hautanzug sich besser anfühlt, wenn ich ihn trage?‹«

Ich lachte. Es war so verdammt schwer, wütend auf ihn zu bleiben. »Könntest du bitte wieder ein Bastard sein, damit es mir leichterfällt, sauer auf dich zu sein? Bitte?«

»Nur, wenn deine Wut dann zu Versöhnungssex führt.«

»Wird sie nicht.«

»Dann nein. Dann werde ich weiter versuchen, dich dazu zu bringen, mir zu verzeihen. Selbst, wenn es Tage dauern sollte.«

»Mehr bin ich dir nicht wert?«, fragte ich, die Augenbrauen hochgezogen. »Tage?«

»Tage. Plural. Vielleicht spreche ich von Tausenden davon – was ungefähr die Zeitspanne ist, die ich zu investieren bereit bin, um es wiedergutzumachen.«

Ich kaute einen Moment auf meiner Unterlippe herum, dann seufzte ich. »Ich werde dir vergeben, wenn es dir gelingt, mich davon zu überzeugen, dass ich deswegen nicht vollkommen jämmerlich bin.«

»Oh. Das ist einfach. Denn hast du irgendeine Ahnung, welche Wirkung ich auf dich habe?« Er trat näher an mich heran und schob mir eine Haarsträhne hinters Ohr. »Wer sollte es dir da übel nehmen, dass du mir verzeihst?«

»Der Haare-hinters-Ohr-streichen-Move ist nicht fair«, sagte ich. »Der sorgt dafür, dass jede Frau sofort dahinschmilzt – das ist in der weiblichen DNA verankert.«

»Ich weiß«, sagte er mit gespielt verführerischer Stimme. »Es ist fast so effektiv, wie Frauen süße Nichtigkeiten ins Ohr zu flüstern.« Er lehnte sich vor. »Süße Nichtigkeiten«, flüsterte er.

Trotz der Lächerlichkeit der Situation sorgte die Berührung seiner Lippen an meinem Ohr dafür, dass ein Schauder meinen Körper überlief. »Das war so mies.«

»Okay«, sagte er, bevor er sich wieder vorlehnte und flüsterte: »Wie hast du vor, mich ins Bett zu locken?«

»Nun«, sagte ich, während ich meine Hände dabei beobachtete, wie sie sich scheinbar ohne mein Zutun auf seine Brust legten. »Im Moment ist der Plan ziemlich simpel. Ich lasse dich weiterhin glauben, du müsstest mir deine Moves zeigen, obwohl ich bereits in dem Moment, in dem ich dich mit dieser dämlichen Tüte Popcorn gesehen habe, beschlossen hatte, dir zu verzeihen. Ich nehme an, dass es irgendwann dazu kommen wird, dass deine Moves weniger Klamotten beinhalten. Außerdem, wie könnte ich denn weiter wütend auf dich sein, wo meine Kirsche dich doch heftig genug getroffen hat, um dir ein Veilchen zu verpassen?«

Er hob den Kopf ein wenig. Seine Augen funkelten. »Tolle Frage. Wenn jemand mir erzählt hätte, dass das alles dazu führen würde, dass du mich mit deiner Kirsche in die Unterwerfung prügelst – indem du sie mir mitten ins Gesicht knallst –, nun, dann hätte ich noch schneller ›Hier!‹ geschrien. Und ja, ich habe ein oder zwei Moves, die weniger Kleidung voraussetzen. Da wäre für den Anfang mal der Skorpion.«

»Will ich überhaupt wissen, was das ist?«

»Vielleicht nicht, aber diese Entschuldigung ist erst offiziell, wenn du es erlebt hast.«

»Ich gebe mich mit einem Kuss zufrieden.«

»Bevor ich mich schlagen lasse …«, sagte er, lehnte sich vor und küsste mich.

William roch so gut. Und das Erste, was mir auffiel, nachdem sich unsere Lippen berührt hatten, war, wie vertraut mir sein Geruch bereits geworden war. Wenn ich ihm so nahe war, fühlte ich mich, als wäre ich genau dort, wo ich hingehörte. Ich konnte vergessen, dass ich bald meine Bäckerei verlieren würde, verschwendete keinen Gedanken daran, ob Nathan noch mal in meinem Leben auftauchen würde oder was Zoey wohl als Nächstes plante. Nichts davon schien wichtig zu sein, weil William hier bei mir war. Klang das schmalzig? Ja. Aber bisher war ich nie der schmalzige Typ gewesen, und ich liebte es, dass er diese Seite in mir zum Vorschein brachte.

Wir küssten uns mit der Sonne im Nacken und dem Rauschen von Blättern über uns. Ich bemühte mich, nicht darüber nachzudenken, dass es meiner Grammy absolut ähnlich gesehen hätte, alle Insassen des Altenheims ans Fenster zu beordern, um dem Schauspiel beizuwohnen. Auch *das* war ein Bild, das ich nur zu gerne verdrängte.

VIERZEHN

William Hailey und ich beschlossen, den Tag im Umland von New York zu verbringen. Und dann auch noch den nächsten Tag und den Tag danach. Hailey erwähnte immer wieder irgendeinen Back-Wettbewerb, an dem sie in zwei Tagen teilnehmen musste, also versprach ich ihr, dafür zu sorgen, dass sie und ihre Ausrüstung rechtzeitig dort ankamen. Ich hatte uns ein kleines Häuschen außerhalb der Kleinstadt gemietet, in der Haileys beängstigende Großmutter lebte. Hier draußen verlief das Leben viel gemächlicher, was ich sehr genoss. Mir war gar nicht bewusst gewesen, wie dringend ich eine Atempause nötig hatte.

Wir spazierten an einem kleinen Fluss entlang, im Halbschatten der Bäume und umgeben von Vogelgezwitscher. Es war so kitschig, dass es fast schon wehtat, aber ich konnte sehen, dass Hailey die Atmosphäre gefiel, und das reichte mir.

»Schau uns nur an. Wir haben ein Date wie zwei ganz normale Menschen«, sagte ich.

Hailey und ich hielten Händchen, als wären wir ein Schulpärchen. »Das gilt nur für dich. Ich *bin* ein normaler Mensch. Du bist der Verrückte hier.«

»Pst! Ich habe nur eine einzige psychische Erkrankung.

Braucht man nicht mindestens zwei davon, um als verrückt zu gelten? Außerdem, wann hast du mich das letzte Mal etwas stehlen sehen?«

»Ähm, mal schauen, ob ich es in chronologischer Reihenfolge zusammenbekomme, seit dem Zeitpunkt, wo du im Altenheim aufgetaucht bist. Die Tüte Popcorn, die Fernbedienung im Hotel in dieser ersten Nacht, meinen Slip, den letzten Bagel von diesem armen alten Mann beim Frühstücksbuffet...«

»Er hatte keine Zähne! Was hätte er denn damit machen wollen? Ihn einspeicheln, bis sich der Bagel von allein auflöst?«

»Vielleicht hatte er ein Gebiss an seinem Tisch? Das weißt du nicht.«

Ich grinste. »Soll ich ehrlich sein? Ich habe erst bemerkt, dass er keine Zähne hatte, als ich den Bagel schon genommen hatte.«

»Siehst du? Du bist eine herzlose Bestie.«

»Das stimmt nicht. Eine Bestie könnte nicht mal im Traum darauf hoffen, so subtil zu sein wie ich. Keine Chance.«

»Deine Vorstellung von Subtilität ist, die ganze Sache so offensiv anzugehen, dass einfach niemand glauben kann, dass du es wirklich ernst meinst.«

Ich zuckte mit den Achseln. »Jeder hat irgendein Talent.«

Hailey lächelte, und verdammt, war sie schön, wenn sie das tat – aber das war sie, ob sie nun lächelte, die Stirn runzelte oder mich böse anstarrte. Sie trug ein T-Shirt und eine Sporthose, die wir an einer Raststätte gekauft hatten – keiner von uns hatte Klamotten mitgebracht, weil wir nicht damit gerechnet hatten, hier zu übernachten, und die nächsten richtigen Kleidungsgeschäfte lagen zu weit entfernt. Ich hatte mich geweigert, sie etwas anderes kaufen zu lassen als das T-Shirt, auf dem »These titties are taken by a sexy trucker«

stand. Auf meinem Shirt war ein Kipplaster zu sehen, mit den Worten »Dropping Loads« darüber. Ich fand beide T-Shirts viel witziger als Hailey, aber sie hatte nachgegeben und mitgespielt.

Ob in T-Shirt oder Kleid, sie sah toll aus, daher musste ich mich ständig davon abhalten, sie auf den Boden oder gegen eine Wand zu drängen und über sie herzufallen.

Hailey leckte sich die Lippen. »Vielleicht hast du tatsächlich ein paar Talente. Aber die meisten davon kommen erst zum Tragen, wenn das Licht aus ist.«

»Moment, der Sex ist nur im Dunkeln gut? Sollten wir anfangen, mir eine Papiertüte über den Kopf zu ziehen?«

»Manchmal bist du wirklich anstrengend. Weißt du das?«

»Hat man mir schon mal gesagt. Aber ich fange gerade erst damit an.« Ich packte Haileys Hand und führte sie zu einem Baum, um sie sanft gegen den Stamm zu pressen. Wir waren hier draußen ziemlich allein. Unser Häuschen lag eine gute halbe Meile hinter uns. Links von uns erhoben sich bewaldete Hügel, und rechts von uns erstreckte sich das Tal des kleinen Flusses. Ich bezweifelte stark, dass irgendwer aus der Stadt in diese Richtung kommen würde ... aber vielleicht waren Jäger unterwegs, die uns mit zwei Tieren in der Brunft verwechseln könnten. Egal. Das Leben war voller Risiken.

Ich hob Haileys Shirt an und beugte mich vor, um ihr einen Kuss auf den Bauch zu drücken, während ich gleichzeitig ihre Handgelenke über ihrem Kopf festhielt.

»Hey!«, lachte sie. »Ich dachte, ich hätte gesagt, dass deine Talente am besten zum Tragen kommen, wenn das Licht aus ist. Im Moment hängt da ein ziemlich großes Licht am Himmel.«

»Genau. Ich muss dir beweisen, dass du falschliegst. Das hast du dir selbst zuzuschreiben.«

Sie starrte auf mich herunter. »Barbar.«

Ich knurrte. »Ein Barbar würde dich mit den Zähnen ausziehen. Da bin ich doch viel zivilisierter.«

»Vielleicht solltest du das nicht sein«, sagte sie. Ihre Stimme klang bereits ein wenig heiser, und sofort stand mein Schwanz stramm. Er war in Alarmbereitschaft, seitdem ich in diesem Rettungsboot Haileys Kirsche gepflückt hatte ... und wann immer sie mich auch nur schief ansah, bekam ich einen Ständer, der jeden Teenager in der Mädchenschulumkleide beschämt hätte.

»Ich liebe dich, wenn du so ungezogen bist.«

Wir erstarrten beide für einen Moment. Ups! Die L-Wort-Bombe. Definitiv ein Foul.

»Und wenn ich das nicht bin?«

Ich schluckte schwer. Ich hatte hart daran gearbeitet, nicht allzu viel im Leben wirklich ernst zu nehmen ... doch es fiel mir schwer, Hailey so zu sehen. Sie war etwas Ernstes. Sie war echt, und ich sehnte mich so verzweifelt danach, die Sache mit ihr nicht zu vermasseln, dass es fast schon unheimlich war. »Man könnte sagen, dass ich dich dann auch liebe.«

Ein langsames Lächeln breitete sich auf ihrem Gesicht aus, dann biss sie sich auf die Unterlippe. »Vielleicht empfinde ich in Bezug auf dich genauso.«

»Du musst dich schon ein bisschen klarer ausdrücken.«

»Ich ... ich liebe dich auch.«

Ich hatte nicht mit der Wärme gerechnet, die sich bei ihren Worten in meiner Brust ausbreitete. Um ehrlich zu sein, fühlte ich mich deswegen ein wenig wie eine Pussy, aber ich hatte vor, gleich den männlichsten Akt der Männlichkeit überhaupt zu vollziehen – eine Pussy zu lecken –, also ließ ich mich davon nicht weiter beunruhigen. Der Gedanke, dass ich verhindern konnte, eine Pussy zu sein, indem ich eine leckte, war etwas seltsam, aber die Regeln der Männlichkeit waren von Männern festgelegt worden, die weiser waren als ich, und ich hatte nicht vor, sie infrage zu stellen. Eigentlich spielte meine Männlichkeit für mich auch gerade keine große Rolle. Ich war einfach nur glücklich.

Ich packte Hailey an der Taille und hob sie hoch, als stemmte ich Gewichte.

Sie lachte, hielt sich an meinen Armen fest und beugte sich so weit nach vorn, dass ich beinahe das Gleichgewicht verloren hätte und nach hinten umgekippt wäre. Stattdessen sackte ich irgendwie in mich zusammen, sodass wir beide auf dem Boden landeten und sie auf mir zu liegen kam. »Ist das der Moment, wo du einen schlechten Witz darüber reißt, dass du mir ver*fallen* bist?«

»Nein«, sagte ich. »Das ist der Moment, wo ich noch mal deinen Kirschkuchen koste, selbst wenn ich dich dafür mit den Zähnen ausziehen muss.«

»Du hast meine Kirsche bereits gepflückt, schon vergessen?«

»Ich erinnere mich kaum. Vielleicht sollten wir das noch mal nachspielen, um mein Gedächtnis aufzufrischen.«

Ich rollte Hailey auf den Rücken und lächelte auf sie herunter.

»Oder vielleicht sollte ich noch mal das tun, was du so mochtest?«

»Oh, oh!« Ich rollte mich hastig wieder neben ihr auf den Rücken und fing an, an meiner Hose zu zerren.

Sie lachte. »Du hast es ziemlich eilig, hm?« Hailey erhob sich auf Hände und Knie und kam auf mich zu. »Was hast du noch mal gesagt?« Sie senkte die Stimme zu einer grauenhaften William-Imitation. »Für einen guten Blowjob muss man die Zähne einsetzen.« Sie klapperte mit den Zähnen, als sie näher kam.

Ich lachte, wich aber gleichzeitig ein wenig zurück. »Nein. Ich bin mir ziemlich sicher, dass ich das nicht gesagt habe.«

Hailey leckte sich die Lippen und kroch näher. Ich ließ mich auf die Ellbogen zurücksinken, wobei ich darauf achtete, dass ich alles genau beobachten konnte. Gestern Nacht hatte sie mir zum ersten Mal einen geblasen. Zugegeben, es war noch nicht perfekt gewesen, aber ich würde ihren Lernprozess unglaublich genießen.

Hailey schloss die Lippen um meine Eichel, und sofort zuckte mein gesamter Körper. Ihr Mund war warm und feucht, und ich konnte ihre Zungenspitze an mir fühlen. »Bist du dir sicher, dass du keine Zähne willst?«, fragte sie, als sie meinen Schwanz mit den Fingern umfasste und ihn vor ihren Mund hielt wie ein Mikrofon.

Ich lachte. »So sicher war ich mir noch nie.«

Sie senkte den Kopf und ließ ihre Zunge einmal über meine gesamte Länge gleiten, von der Wurzel bis zur Spitze, um mir dann einen Kuss auf die Eichel zu drücken. »Ich finde, die Tricks, die du mir beigebracht hast, sollten eigene Namen haben. Den hier könnte wir den *Highrise* nennen.«

Ich legte mir eine Hand an die Stirn. »Okay. Wenn wir schon dabei sind, Namen zu vergeben, wie wäre es, wenn du mir ›Sie kann nicht mehr sprechen, weil sie den Mund voll hat‹ zeigst?«

Sie öffnete die Lippen und drückte ihre Vorderzähne sanft gegen meinen Schwanz. »Uu o'llpest be'a ne' uu mi' 'ein.«

Ich musterte sie amüsiert, bis sie ihren Mund von mir löste und sich räusperte. »Ich habe gesagt, du solltest besser nett zu mir sein. Unendliche Reue ist nur einen Biss entfernt.«

»Toller Gedanke, kurz vor einem Blowjob. Weißt du was, vielleicht sollten wir ihn einfach wieder wegpacken. Wir könnten nach Hause gehen und uns einen gemütlichen Abend machen, wie ein lange verheiratetes altes Ehepaar. Wenn wir uns beeilen, können wir vielleicht noch ein paar Wiederholungen alter Serien schauen.«

Entschlossenheit blitzte in ihren Augen auf, und ein kleines, sexy Lächeln umspielte ihre Lippen. Dann machte sie sich an die Arbeit. Ich spürte nicht den Hauch von Zähnen, als sie ihren Mund über meine Erektion gleiten ließ, sie fest mit den Fingern umfasste und mit ihrer heißen, feuchten Zunge umkreiste.

»Schau mir in die Augen«, sagte ich.

Sie sah zu mir auf, meinen Schwanz immer noch im Mund. Diese großen Augen und diese vollen Lippen waren einfach zu perfekt. »Verdammt«, stöhnte ich. »Hast du noch mal über diese ganze In-deinem-Mund-kommen-Sache nachgedacht?«

»Nein«, murmelte sie undeutlich.

Ich legte den Kopf in den Nacken und lächelte. Sie hatte erklärt, es wäre erniedrigend, wenn ich in ihrem Mund kam. Ha! Das konnte sie meinen armen kleinen Soldaten erzählen, die hier im Gras verenden würden. Millionen Tote. Das war quasi Massenmord. Aber ich wollte mein Glück nicht überstrapazieren. Überraschenderweise fiel es mir außerdem ziemlich schwer, Enttäuschung zu empfinden, während Hailey mich mit Mund und Lippen verwöhnte.

Nach einem kurzen Moment fand sie den perfekten Rhythmus. Ich ließ meinen Kopf ins Gras sinken und schloss die Augen. *Verdammt, ich will in ihrem Mund kommen.* Nichts auf der Welt sorgte so schnell dafür, dass ich etwas wollte, wie mir zu sagen, dass ich es nicht haben konnte.

»Bist du dir sicher?«, fragte ich. Meine Stimme klang ein wenig heiser, aber ich wusste, dass sie mich gehört hatte, auch wenn sie nicht sofort antwortete.

Sie zog sich zurück, umfasste meinen Schwanz fester und senkte erneut den Kopf, als spräche sie in ein Mikrofon. »Keine weiteren Fragen. Vielen Dank!«, sagte sie förmlich, dann machte sie sich wieder an die Arbeit.

Verdammt!

Mein Körper verbrannte förmlich von innen heraus, und ich wusste, dass ich nicht viel länger durchhalten würde. Anscheinend lernte Hailey sehr schnell.

Erneut schloss ich die Augen und ließ mich von ihr um den Verstand bringen. Meine Gedanken verschwammen, und ich fühlte mich, als würde ich jeden Moment einfach anfangen zu schweben.

»Okay«, sagte ich. »Ich komme.«

Doch Hailey löste sich nicht von mir. Stattdessen sah sie mir in die Augen und sorgte so dafür, dass ich mich gleich noch einmal in sie verliebte. *Seelenverwandte. Ich wusste es. Diese Frau ist meine verdammte Seelenverwandte.*

Hailey bewegte ihren Mund schneller, und mein gesamter Körper verspannte sich, als ich kam. Sie hielt inne, während mein Orgasmus mich durchfuhr, die Lippen fest um mich geschlossen und die Augen groß vor Schock, Entsetzen oder Ehrfurcht – ich war mir nicht ganz sicher, aber ich vermutete, es war Ehrfurcht.

Dann setzte sie sich auf. Ich beobachtete sie, um abzuwarten, ob sie spucken oder schlucken würde. *Und wartete …*

»Entweder du spuckst es aus, oder du …«, setzte ich an, doch sie lehnte sich zur Seite und spuckte, bevor ich den Satz beenden konnte. Dann wischte sie sich mit dem Handrücken den Mund ab.

Ich grinste. »Oder du schluckst.«

»Oh«, sagte sie, dann starrte sie ihren Handrücken an. Sie zog eine Augenbraue hoch, hob die Hand erneut an den Mund und leckte ihre Haut sauber.

»Ich liebe dich«, sagte ich.

»Solltest du auch besser. Seit ich das erste Mal von Blowjobs gehört habe, war ich mir sicher, dass ich niemals zulassen würde, dass ein Kerl das in meinem Mund macht.«

»Ich fühle mich geehrt, aber du musst die Worte jetzt auch sagen, sonst werde ich ganz unsicher.«

»Ich liebe dich auch, und du bist süß, wenn du verzweifelt bist.«

»Korrekt. Und jetzt ist es Zeit für deine Belohnung.« Sie schaffte es gerade noch, fragend die Augenbrauen hochzuziehen, bevor ich sie ins Gras drückte und mich über sie hermachte.

FÜNFZEHN

Hailey

Ich betrat die Bäckerei kurz vor fünf Uhr morgens und warf einen schlecht gelaunten Blick auf das Schild, das Ryan auf meine Anweisung hin vor ein paar Tagen ins Fenster gestellt hatte.

Wegen unerwarteter Umstände ist
The Bubbly Baker bis auf Weiteres geschlossen.
Aber besuchen Sie uns auf der Sheffield Fair!

Ich strich mit meiner Hand über den Tresen und dachte an all die Träume, die ich in diesem Laden hatte verwirklichen wollen. Ich hätte mich fühlen müssen wie bei einer Beerdigung, doch ich verspürte immer noch einen Funken Hoffnung. Vielleicht lag das an den ganzen Hormonen in meinem Blut, die ich William verdankte – schließlich fiel es mir nach all der Zeit, die ich mit ihm verbracht hatte, schwer, mich anders zu fühlen als fantastisch. Seine Art, der Welt einfach den Stinkefinger zu zeigen, war ansteckend. Und je länger ich mit ihm zusammen war, desto mehr fühlte ich mich in der Lage, die Dinge einfach so zu nehmen, wie sie eben kamen.

Wir waren drei Tage lang quasi keine Minute voneinander getrennt gewesen, also hatte sich die Nacht, die ich allein verbracht hatte, seltsam angefühlt. Und die halbe Stunde, die ich heute Morgen wach war, schien mir bereits zu lang. Ich konnte fast spüren, wie Williams Magie langsam nachließ und die Probleme in mein Hirn zurückkrochen.

Denn sosehr ich mir auch einzureden versuchte, dass alles keine Rolle spielte … in der Realität gab es Rechnungen mit meinem Namen darauf und nicht genug Geld, um sie zu bezahlen. William hatte angeboten, mir zu helfen. Er hatte versucht, mir die Sache leichter zu machen, indem er im Scherz vorgeschlagen hatte, mir jedes Mal zehntausend Dollar zu zahlen, wenn ich mit ihm schlief. Typisch William, Witze darüber zu reißen, mich wie eine Prostituierte zu bezahlen, um seine Hilfe weniger nach Almosen klingen zu lassen. Ich hatte gelacht, doch ich wusste, dass das hier ein Problem war, das ich selbst lösen musste.

Ich hatte bereits das Gefühl, mehr Glück zu haben als die meisten anderen, weil ich tief im Herzen wusste, dass William nicht zulassen würde, dass ich obdachlos wurde. Egal, was zwischen uns auch geschehen mochte, er war ein guter Mann und würde stur nach einem Weg suchen, um zu verhindern, dass ich mittellos dastand. Doch meine Schulden einfach von ihm tilgen zu lassen, wäre für mich gleichbedeutend gewesen mit Aufgeben. Selbst, wenn ich es mit seiner Hilfe schaffen würde, meine Bäckerei wieder aufzubauen, wäre es danach nicht mehr *meine* Bäckerei – nicht so, wie ich sie mir wünschte.

Als ich nun also in meiner Backstube stand, beschloss ich, nicht klein beizugeben, sondern etwas zu wagen. Statt mich an mein altbewährtes Cookie-Rezept zu halten, das zu vervollkommnen mich zwei Jahre gekostet hatte, wollte ich bei dem Wettbewerb zur Abwechslung mal Williams Beispiel folgen und etwas Verrücktes ausprobieren. Für mich war es beim Backen immer um Perfektion gegangen, aber vielleicht fehlte meinen Kreationen ein wenig Spontaneität. Ein wenig Spaß.

Ich musterte die Zutaten, die mir zur Verfügung standen. Ich hatte Ryan bereits gesagt, dass er nicht mehr zur Arbeit kommen brauchte, doch er hatte angeboten, mir auch ohne Bezahlung bei den Vorbereitungen für den Wettbewerb zu helfen. Ich wünschte mir, ich hätte großzügig sein und ihn trotzdem bezahlen können, doch ich wusste, dass jeder Dollar, den ich ausgab, nur meine Schulden vergrößerte. Also musste ich mich mit dem Vorsatz zufriedengeben, irgendwann in der Zukunft einen Weg zu finden, um mich bei ihm zu revanchieren.

Ryan tauchte zwei Stunden später auf, mit verquollenen Augen und gähnend.

»Morgen, Turteltäubchen«, sagte er.

»Ich habe da eine Idee …«

Er sah mich an und ließ seinen Blick über die Schokoladenspuren in meinem Gesicht und die geschmolzenen Marshmallows, die an meinem Shirt klebten, wandern. Verwirrt runzelte er die Stirn. »Was, willst du einen gehäuften Löffel Zucker verwenden statt einen gestrichenen?«

»Nein, es geht nicht um meine übliche Art zu experimentieren. Ich habe etwas vollkommen Neues ausprobiert.«

»Okay …« Er folgte mir nach hinten. »Verdammt! Seit wann richtest du beim Arbeiten ein solches Chaos an?« Ryan kickte einen Teigklumpen zur Seite, der mir auf den Boden gefallen war. Bis jetzt hatte ich einfach nicht die Zeit gefunden, ihn wegzuräumen.

»Es geht um den kreativen Prozess, Ryan«, sagte ich. Dann zuckte ich zusammen, als mir klar wurde, wie sehr ich mich wie William benahm. Der Mann war wie ein Virus – aber ein guter.

»Ich glaube, ich habe kapiert, was du vorhast«, meinte Ryan nickend. »Wir nehmen den Laden auseinander, um Smith eines auszuwischen, richtig? Soll ich ein paar Löcher in die Wände schlagen?«

»Nein. Ich meine es ernst. Nur noch ein paar Sekunden, dann …« Ich schnappte mir einen Topflappen, öffnete die Ofentür und zog zwei Backbleche heraus. »Das sind S'mores-Cookies. Nicht gerade originell, ich weiß, aber ich hatte die Idee, es so zu machen, siehst du?« Ich nahm einen Cookie und brach ihn in zwei Hälften. Der obere Teil bestand aus einer dicken, bauschigen Marshmallowschicht. Darunter kam eine weiche Cookie-Kruste, die einen inneren Kern aus geschmolzener Schokolade umhüllte, der wunderbare Fäden bildete, als ich die Teile auseinanderzog.

»Sieht gut aus«, meinte Ryan.

»Und dann habe ich noch die hier kreiert.«

»Die sehen … irgendwie ganz normal aus«, meinte er, als er einen Keks nahm und hineinbiss. »Ist das eine Kirschfüllung?«

»Ja, aber warte. Sie sind noch nicht fertig.« Ich schnappte mir einen Cookie, wälzte ihn in gehackten Mandeln und spießte ihn auf ein Holzstäbchen.

Ryan beobachtete mich wachsam, als vermutete er, ich hätte den Verstand verloren.

Ich ging zur Fritteuse und hielt den Cookie ins Öl. Dann drehte ich mich grinsend zu Ryan um.

»Frittierte Cookies. Paula Deen würde dich lieben. Vielleicht können wir noch geschmolzene Butter darübergießen, wenn er fertig ist.«

»Keine Butter«, sagte ich.

Ich zog den Cookie wieder aus der Fritteuse, legte ihn auf das Backblech, schnappte mir die Schlagsahne und verpasste dem Gebäck eine weiße Haube. Und als i-Tüpfelchen drapierte ich noch eine in Schokolade getauchte Kirsche darauf.

»Tadaaa!«, rief ich. »Und jetzt koste!«

Ryan schnappte sich den Cookie, dann biss er einmal ab. Ich beobachtete ihn, während er kaute. Langsam wanderten seine Augenbrauen nach oben. »Wow! Der schmeckt verdammt gut.«

Die Sheffield Fair fand auf einer großen Wiese im Umland von New York statt. Candace, Ryan und William waren alle gekommen. Das Volksfest selbst hatte alles, was dazugehörte: Spielstände, an denen einem das Geld aus der Tasche gezogen wurde, Fahrgeschäfte, die von Leuten mit fragwürdiger Vergangenheit geführt wurden – und bei denen keineswegs sicher war, dass sie sich für die Sicherheit ihrer Fahrgäste interessierten –, und den Geruch von Schmalzgebäck. Und nachdem die Sheffield Fair nur eine Stunde Fahrtzeit von New York entfernt lag, war sie immer von Menschen überlaufen.

William und ich wanderten hinter Ryan und Candace her, die sich gerade über irgendeinen Film stritten. Ryan hielt ihn für ein Meisterwerk, und Candace behauptete, sie wäre schon nach ein paar Minuten eingeschlafen. Der Backwettbewerb fand erst am Abend statt, also blieben uns, sobald wir alles Nötige hergerichtet hatten, ein paar Stunden für uns. Die Wettbewerbsveranstalter stellten die Öfen, also mussten wir nur den Teig mitbringen, den wir bereits zubereitet und eingefroren hatten.

William legte einen Arm um meine Schultern und zog mich im Gehen an sich. Ich lächelte zu ihm auf. »Du weißt, dass du nicht hättest kommen müssen, oder?«

»Sicher, aber ich wollte kommen. Und hast du schon mal versucht, mich von etwas abzuhalten, was ich will?«

»Ein- oder zweimal.«

»Und, wie ist es gelaufen?«

»Nicht allzu gut«, gab ich zu. Meine Gedanken schossen sofort zu dem Blowjob am Fluss vor wenigen Tagen, und meine Wangen wurden rot. Es war erstaunlich, wie schnell mein Hirn sich von einem Leben ohne Sex so umgestellt hatte, dass ich ihn mir jetzt mehrmals am Tag wünschte. Wahrscheinlich sollte ich mich schmutzig fühlen, weil ich Sex so sehr genoss, doch mir fiel einfach kein Grund ein, mich dafür zu schämen. Liebe war ein Wort, das die meisten Leute recht leichtfertig verwendeten. Ich war in der Mittelstufe fest davon überzeugt gewesen, dass ich Harry Styles von *One Direction* liebte. Und als ich als junge Erwachsene *Drive* gesehen hatte, hatte ich stark vermutet, dass ich Ryan Gosling liebte. Doch insgesamt hatte ich nie groß über Liebe nachgedacht.

Doch seit ich mit William zusammen war, war ich zu einer Erkenntnis gelangt: Liebe war nicht schwarz-weiß. Man führte nicht von Anfang an eine Liebesbeziehung, wie sie zwischen langjährigen Ehepaaren bestand; sie entwickelte sich langsam. Man konnte jemanden *mögen* – und dieses Gefühl war wie ein Samen, der in der Erde keimte. Bis man wirklich sah, wie die Pflanze zu wachsen anfing, konnte man sich nie ganz sicher sein, was daraus werden würde. Es war leicht, zu Beginn *mögen* mit *lieben* zu verwechseln, und irgendwann stellte man dann fest, dass sich aus dem Samen etwas entwickelte, womit man gar nicht gerechnet hatte.

Liebe dagegen war eine ganz andere Art von Samenkorn, und ich war überzeugt, dass ich den Unterschied mit William bereits jetzt spüren konnte. Das zwischen uns war nicht klein. Es war nicht gewöhnlich. Es enthielt eine Energie, die sich grenzenlos anfühlte. Ich wusste einfach, dass wir in unserer Beziehung so viel zurückbekommen würden, wie wir hineinsteckten; dass die Gefühle zwischen uns weiterwachsen und sich entwickeln würden, solange wir lebten. Ich vermutete, dass deswegen manche Ehen scheiterten – weil die Leute diesen Unterschied nie gespürt hatten. Sie sahen sich die kleine, dürre Pflanze *mögen* an, die aus dem Samenkorn herangewachsen war – oder vielleicht war es inzwischen sogar ein kleiner Baum –, und gingen davon aus, dass sie die Liebe gefunden hatten. Vielleicht würde ich in ein paar Jahren auf meine jetzigen Gedanken zurückblicken und mich wie eine Idiotin fühlen, weil ich mir eingebildet hatte, die Liebe verstanden zu haben, aber momentan hätte ich mein Leben darauf verwettet, dass ich das wirklich hatte. Ich liebte ihn. Ich liebte William Chamberson und all seine dämlichen Witze, seine Kleptomanie und seine Fehler.

»Planst du da drüben im Stillen, wie du die Weltherrschaft an dich reißen kannst?«

»Nicht direkt.«

»Ich kann mich nicht mal erinnern, wann ich das letzte Mal so intensiv nachgedacht habe, wie du es anscheinend gerade tust. Vielleicht, als ich als Kind versucht habe herauszufinden, wie man ›beinhalten‹ ausspricht. Oder vielleicht, als ich mir den Kopf darüber zerbrochen habe, wie man einen Mülleimer leert.«

Ich lachte. »Ich habe nur über Frauenkram nachgedacht. Mach dir keine Sorgen.«

»Ah, die Periode! Ich werde es in meinem Kalender vermerken. Aber ich sollte dich warnen, ein echter Mann lässt sich von ein bisschen Blut nicht stoppen. Und du hast dir einen echten Mann geangelt.«

Ich tat so, als müsste ich würgen. »Nein, nicht ›die Periode‹. Hey«, sagte ich und hielt an, um zu ihm aufzusehen. »Wenn ich eine Weile außerhalb der Stadt wohnen müsste, könnten wir uns dann trotzdem noch sehen?«

»Selbst, wenn du in der Mitte der Erde oder auf einer Raumstation wohnen müsstest, würde ich die Zeit finden, dich zu besuchen.«

»Ich meine das ernst.«

»Ich auch. Ich wollte immer schon herausfinden, was passiert, wenn man im All aus dem Fenster spuckt. Außerdem frage ich mich, ob man im Mittelpunkt der Erde wohl einfach anfängt zu schweben.«

Ich blinzelte zu ihm auf. »Wenn du im All das Fenster öffnest … stirbst du. Das passiert. Und in der Mitte der Erde würdest du … na ja, du würdest …«

»Siehst du? Du weißt es nicht.« Er verschränkte die Arme, als hätte er gerade einen Sieg errungen. »Wir werden das auf unsere Vor-dem-Tod-noch-erleben-Liste setzen.«

»Was davon? Im Weltall ein Fenster öffnen und ins Vakuum gesogen werden oder in der Mitte der Erde herumschweben, von der ich mir ziemlich sicher bin, dass sie aus geschmolzenem Gestein besteht, in dem wir sofort verbrennen würden?«

»Beides. Und wenn du unbedingt so pessimistisch sein willst, setzen wir es ganz unten auf die Liste.«

»Hailey«, sagte ein Mann hinter uns.

Ich zuckte zusammen, weil ich die Stimme erkannte. Ich drehte mich um und entdeckte Nathan, der außer Atem wirkte und ein wenig zerzaust aussah. »Ich habe das Schild in deiner Bäckerei gesehen. Das, wo du schreibst, dass du hier sein wirst. Tut mir leid, dass der Laden schließen muss.«

»Nathan …«

»Oh, warte, ich habe eine tolle Idee«, meinte William. Er legte eine Hand an mein Kreuz, beugte mich nach hinten und küsste mich lange und leidenschaftlich.

Sein Kuss raubte mir den Atem. Ich hatte nie allzu viel von öffentlichen Liebesbekundungen gehalten, aber unter den gegebenen Umständen hatte ich nicht vor, mich zu beschweren. Als er sich schließlich von mir löste und ich den Kopf hob, sah ich, dass Nathan die Hände zu Fäusten geballt hatte.

»Was, wollen wir uns jetzt prügeln?«, fragte William. »Weil ich dich warnen sollte – ich habe keine Zeit zu bluten.«

»*Predator*-Zitat«, flüsterte ich. »Nett.« Die Tatsache, wie ruhig ich mich fühlte, bewies, wie sehr ich mich bereits verändert hatte, seitdem ich William begegnet war. Ich kannte ihn mittlerweile gut genug, um zu wissen, dass er in Wahrheit alles getan hätte, um eine Prügelei mit Nathan zu verhindern. Das war einfach nicht sein Stil. Er hätte wahrscheinlich einen tollwütigen Bären überreden können, ihn nicht anzugreifen. Und ein Teil von mir war fast froh, dass Nathan hier aufgetaucht war, weil ich mich zur Abwechslung einmal in der Lage dazu fühlte, die richtigen Worte zu finden, um diese ganze Sache ein für alle Mal zu beenden.

»Nathan«, sagte ich. »Ich habe jetzt jahrelang zugelassen, dass ich dich als emotionales Gepäck mit mir herumschleppe. Ich hatte Komplexe wegen unserer Beziehung, habe ständig darüber nachgedacht, dass das mit uns Zeitverschwendung war oder dass sich deine Reaktion auf unsere Trennung wie Verrat angefühlt hat. Ich habe mich dadurch abhalten lassen, Risiken einzugehen und Neues auszuprobieren. Du hingst wie ein Betonklotz an meinem Knöchel, und ich habe nichts dagegen getan. Und, na ja, ich glaube, dir ging es nicht viel anders. Du hast das Gefühl, ich würde dir etwas schulden, weil wir so lange zusammen waren ... oder als gäbe es da ein letztes Kapitel in unserem gemeinsamen Buch, das noch nicht geschrieben ist.«

»Aber diese Seiten sind nicht leer, nur damit das klar ist«, fügte William hinzu. »Wenn du ganz hinten im Buch nachschaust, steht da: ›William war hier‹. Und wenn du noch genauer hinsiehst, findest du die Worte: ›William hat mit der Frau geschlafen, die du stalkst. Ziemlich häufig. Und es war toll. Und es hat ihr wirklich gefallen. Und sie werden auch heute Nacht eine Menge Spaß haben‹.«

»Das ist nicht hilfreich«, murmelte ich in Williams Richtung.

»Tut mir leid«, antwortete er aus dem Mundwinkel. »Ich versuche nur, dir den Rücken zu stärken.«

Ich drückte seine Finger. »Ich kriege das allein hin.« Ich sah wieder zu Nathan. »Gib es zu: Hier geht es nicht um Liebe oder irgendetwas in der Art. Deine Besessenheit mir gegenüber entspringt nur deinem Stolz. Sie ist es nicht wert, dass du noch mehr Zeit verschwendest.«

Nathan runzelte die Augenbrauen, während er mich ansah. Ich dachte tatsächlich, er wolle gleich tun, was er immer tat, nämlich mir seine unsterbliche Liebe erklären oder verkünden, dass er nicht verstand, was ich sagen wollte. Doch stattdessen senkte er den Blick und nickte. »Vielleicht hast du recht. Verdammt!« Er fuhr sich mit beiden Händen durchs Haar und stieß den Atem aus.

William trat vor und tätschelte ihm die Schulter. »Alles gut. Ich bin sicher, irgendwo gibt es die richtige Frau für dich.«

Nathan schüttelte Williams Hand ab. »Du bist ein Arschloch, aber verdammt! Schön. Ich hasse meinen neuen Job hier, und ich hasse diese Stadt. Ich wünsche dir noch ein schönes Leben, Hailey.«

»Ich dir auch.«

»Ich hoffe, wir sehen uns nicht wieder.« William wickelte ein Pfefferminzbonbon aus und warf es sich in den Mund. »Was?«, fragte er mich, während Nathan davonmarschierte.

Ich schüttelte grinsend den Kopf. »Du bist wirklich ein Arschloch.«

»Ja, ja, aber du liebst meinen Arsch.«

»Vielleicht ein bisschen.«

Er stieß mich grinsend mit der Schulter an. »Du magst ihn viel mehr als nur ein bisschen.«

»Hör auf damit«, sagte ich lachend und schubste ihn. Dann senkte ich die Stimme. »Es ist ein wirklich schöner … Arsch. Und mehr werde ich dazu nicht sagen.«

»Das reicht mir. Für den Moment. Irgendwann machen wir einen Arschwettbewerb.«

Ich schlug ihn auf den Arm. »Du bist schrecklich.«

»Dann hast du einen schrecklichen Geschmack, weil du mich liebst.«

»Ich fange an, das zu hinterfragen.«

Er lachte. »Hinterfrag es, solange du willst, du hast mich jetzt am Hals.«

»Ich kann mich nicht erinnern, irgendeinen Vertrag unterschrieben zu haben.«

»Du verletzt mich tief, Hailey. Ich bin mit deinem Höschen in der Hand auf ein Knie gesunken. Wir haben einen heiligen Bund geschlossen.«

»Das hatte ich fast vergessen. Bis der Waschtag uns trennt.«

»Genau. Und rate mal: Ich bin reich, also gibt es für mich keinen Waschtag.«

»Na ja, streng genommen ...«

»Schhh«, flüsterte er und legte mir einen Finger auf die Lippen. »Spiel einfach mit.«

Der Wettbewerb war nervenaufreibend. Ein Kamerateam von Food Network kam immer auf das Volksfest, um alles zu filmen – den Gerüchten zufolge war der Sohn eines Produzenten in die Organisation der Veranstaltung eingebunden. Seitdem sich vor ein paar Jahren die Nachricht verbreitet hatte, dass der Wettbewerb im Fernsehen übertragen wurde, war er immer erbarmungsloser geworden. Eigentlich hatte ich gar nicht so viel zu tun, mal abgesehen davon, dass ich den Teig kneten, formen und auf Blechen verteilen musste, doch mein Magen war trotzdem ein einziger Knoten.

Ich hatte einige Probleme damit, eine Fritteuse aufzutreiben, die ich benutzen konnte, doch irgendwann schaffte es William, sich mit dem Kerl am Strauben-Stand anzufreunden – oder ihm eine Heidenangst einzujagen. Was von beidem zutraf, wollte er mir nicht verraten. Es war nicht ganz das Öl, das ich mir gewünscht hätte, aber es würde gehen.

Die Kameras kamen nicht einmal in meine Nähe, abgesehen von der letzten halben Stunde des Wettbewerbs, in der wir alle unser Gebäck präsentierten und darauf warteten, dass die Preisrichter es verkosteten. William saß in der Zuschauermenge und zeigte mir die Daumen nach oben, wann immer ich in seine Richtung blickte. Er wirkte noch nervöser als ich. Und jedes Mal, wenn ich das sah, schmolz mein Herz ein wenig mehr dahin.

Ich ließ meinen Blick über die Konkurrenz gleiten, die aus den zwanzig Kandidaten bestand, die die erste, inoffizielle Entscheidungsrunde überstanden hatten, in der das Gebäck ganz informell verkostet worden war. Jetzt wanderten die zwei Preisrichter dramatisch an der Reihe von Tischen entlang, auf denen sich die Cookies stapelten, verfolgt von den Kameras und Scheinwerfern.

Mein Herz raste, und ich verfluchte im Stillen Ryan, der darauf beharrt hatte, dass ich allein hier stand. Er hatte nicht vor, in der Branche zu bleiben, und war der Meinung, es sähe besser aus, wenn nur ich am Stand war. Wahrscheinlich hatte er damit sogar recht … doch ich wünschte mir trotzdem Rückendeckung, abgesehen von Williams übereifrigen Daumen.

Endlich erreichten die Preisrichter meinen Tisch und probierten sowohl meine S'more-Cookies als auch die mit Kirschfüllung. Sie nickten anerkennend und schrieben ein paar Notizen auf ihre Klemmbretter, sprachen aber nicht mit mir. Sobald sie vorbei waren, schluckte ich schwer und atmete auf. Das war nicht so übel gewesen wie befürchtet, aber trotzdem wäre es mir besser gegangen, wenn ich wenigstens eine Ahnung gehabt hätte, ob ihnen die Cookies geschmeckt hatten oder nicht.

Sobald die Preisrichter mit der Verkostung fertig waren, nahmen sie an ihrem Tisch Platz, um ihre Notizen durchzusehen und sich vor laufender Kamera zu beratschlagen. Einer der Kameraleute ging währenddessen die Reihe der Bäcker entlang und fragte jeden, wie er seine Chancen einschätzte. Als ich dran war, hatte ich das Gefühl, im Licht zu heftig zu blinzeln, doch ich brachte eine ansatzweise kohärente Antwort zustande und lächelte, bevor sie zum nächsten Wettbewerber weiterzogen.

Dann rauschten die Preisrichter mit viel Tamtam wieder heran, begleitet von Kameras und Lichtern ... und anscheinend einem Großteil der Besucher des Volksfestes.

Eine der beiden, eine Frau mit glänzenden Augen und großer Nase, trat vor. Sie legte eine dramatische Pause ein, in der sie ihren Blick über die Reihe der Kandidaten schweifen ließ. »Der erste Platz geht an ...«

»So eine Farce«, knurrte William. »Sie haben den ersten Preis an etwas so Langweiliges wie einen Brownie-Cookie vergeben?«

»Ist schon okay.« Ich lachte.

Ryan schaute ebenfalls grimmig drein. »Er hat recht. Das war idiotisch.«

Candace nickte. »Wenn er tot ist, kann er nicht gewinnen, richtig? William, du bist doch quasi ein Krimineller ... Kannst du ihn ermorden?«

»Ich stehle. Mord ist nicht mein Metier.«

»Stiehl ihm das Herz ... direkt aus der Brust«, schlug Candace beunruhigend ernsthaft vor.

»Oookay. Das geht vielleicht ein kleines bisschen zu weit«, meinte Ryan. »Du hast trotzdem tausend Dollar bekommen. Das ist nicht schlecht für ein paar Cookies.«

»Es ist ein Anfang«, stimmte ich zu.

Wir waren gerade dabei, das Volksfest zu verlassen, und William und Ryan trugen Tüten voller jetzt leerer Tupper-Dosen. Allerdings kamen wir nur ein paar Meter weit, weil ein Mann mit Brille und hoher Stirn hinter uns herjoggte und uns abfing. Er trug Anzughemd und Stoffhosen.

»Hailey, richtig?«

»Ja?«

»Ich bin Chuck Patterson, Produzent bei Food Network. Ich habe Ihre Cookies probiert und finde, Sie hätten gewinnen müssen.«

»Ich mag ihn«, flüsterte William.

Ich brachte ihn mit einer Handbewegung zum Schweigen, ohne den Blick von Chuck abzuwenden. »Vielen Dank!«

»Ich helfe beim Casting für eine Show namens *Bake Off*. Es gibt zehn Kandidaten, die alle um den großen Gewinn von zehntausend Dollar kämpfen. Normalerweise werden die Teilnehmer Monate im Voraus bei einem Online-Wettbewerb ausgewählt, aber einer von ihnen hat vor ein paar Tagen die Masern bekommen, und wir wollen nächste Woche anfangen zu drehen.«

»Wer zum Teufel bekommt denn heutzutage noch die Masern?«, fragte William.

Ich versuchte, ihn gegen den Knöchel zu treten, damit er endlich die Klappe hielt. »Wollen Sie mir damit einen Platz in der Sendung anbieten?«, fragte ich.

»Ganz genau. Sie bekommen auch eine Ausgleichszahlung für Ihre Zeit. Eine Unterkunft wird gestellt. Die Sendung läuft über drei Monate, doch wir filmen die ganze Sache in zwei Wochen. Kriegen Sie das hin?«

»Darf sie Besuch bekommen?«, fragte William.

»Natürlich, sie kann …«

»Ich werde es machen. Danke!«

EPILOG

Einen Monat später

Ich hatte die Sache mit Hailey fast in den Sand gesetzt, weil ich gedacht hatte, sie wäre nur hinter meinem Geld her. Und jetzt raufte ich mir täglich die Haare, weil sie mir einfach nicht erlaubte, ihr auch nur ein bisschen Kohle zu geben. Ich hatte Bruce für stur gehalten, doch jetzt kannte ich die wahre Bedeutung des Wortes. Vor ein paar Wochen hatte Hailey ihre Bäckerei verloren und eine Woche danach auch ihre Wohnung, während sie unterwegs gewesen war, um *Bake Off* zu drehen. Sie hatte mir nicht mal erlaubt, ihr übergangsweise für ein paar Monate ein kleines Apartment zu mieten oder sie in einem Hotel unterzubringen. Als die Dreharbeiten vorbei waren, weigerte sie sich, bei mir zu schlafen, selbst wenn wir den Abend in meiner Wohnung verbrachten. Stattdessen nahm sie jedes Mal die Stunde Fahrt in Kauf, um bei Grammy McCrazy im Altenheim zu schlafen.

Stur reichte als Beschreibung für Hailey absolut nicht aus.

Hailey hatte den ersten Preis in der Sendung abgeräumt. Sie hatte die letzte Runde mit einer Abwandlung ihrer kirschgefüllten Cookies gewonnen, die diesmal von den Bubble Bites gekrönt worden waren, die sie früher immer für die Bäckerei gemacht hatte. Obwohl sie jetzt um zehntausend Dollar reicher war, bestand sie darauf, das Geld für die Gründung ihrer eigenen Bäckerei außerhalb der Stadt zu sparen, also verbrachte sie ihre Abende für den Moment weiterhin mit Bingo und Brettspielen im Altenheim. Hailey arbeitete Vollzeit bei einem Bäcker in der Innenstadt, um so viel Geld wie möglich zurücklegen zu können. Sie hatte Gremlin immer für eine Woche, dann nahm ich sie wieder mit zu mir. Der Welpe begeisterte das gesamte Altenheim, also gestattete ich widerwillig diesen ganzen Wahnsinn mit dem geteilten Sorgerecht.

Ich traf Bruce und Natasha auf dem Parkplatz des Altenheims, in dem die berüchtigte Grammy wohnte.

»Bist du bereit?«, fragte ich Bruce.

»Wie bereit muss ich schon sein für einen Bingo-Abend im Altenheim?«

»Hängt davon ab, wie sehr du dich gewöhnlich darauf vorbereitest, so richtig in den Hintern getreten zu werden.«

Natasha unterdrückte ein Lachen.

»Glaubst du, wir könnten unsere Eltern hier unterbringen? Vielleicht schafft es diese Grammy ja, sie endlich mal einzunorden.«

Ich brummte nichtssagend. Ich hatte mich nie ganz wohl damit gefühlt, wenn Bruce über unsere Eltern herzog. Ich hatte immer gewusst, dass er eine andere Beziehung zu ihnen hatte als ich. Und jetzt, da ich zum ersten Mal eine Ahnung davon bekommen hatte, wie sie wirklich waren, indem sie versucht hatten, mich und Hailey auseinanderzubringen, fühlte ich mich noch unwohler. Ich hatte seitdem weder ihre Anrufe angenommen noch mich mit ihnen getroffen – weil ich tief im Herzen wusste, dass ich irgendwann die Wahrheit über die beiden akzeptieren musste. Sie hatten mich nur deswegen besser behandelt als Bruce, weil sie der Meinung waren, dass man mir leichter Geld aus den Rippen leiern konnte. In ihren Augen war ich ein Jammerlappen.

Wann immer ich in der Vergangenheit herausgefunden hatte, dass eine Frau es nur auf mein Geld abgesehen hatte, war das ein harter Schlag für mich gewesen. Doch der Gedanke, dass ich mich jahrelang freiwillig an meine manipulativen Eltern gebunden hatte, verletzte mich noch tiefer. Glücklicherweise konnte ich mich damit ein andermal auseinandersetzen. Das war nicht dringend, und ich konnte es auf die lange Bank schieben, solange ich verdammt noch mal wollte.

Im Heim trafen wir auf eine große Gruppe älterer Herrschaften, die alle nach dem Hauptpreis des Bingo-Abends lechzten. Der Gewinner durfte das ganze Wochenende darüber bestimmen, was auf dem großen Fernseher im Aufenthaltsraum lief, der vor dem bequemen Sofa stand. Nachdem ich hier bereits mehr Gastauftritte gehabt hatte, als ich zugeben wollte, wusste ich durchaus, wie erbittert diese Männer und Frauen darum kämpfen konnten, wer am Wochenende der Kapitän auf dem Fernsehschiff sein durfte. Falls ich oder Hailey gewannen, durften wir einen Sieger bestimmen, was letztendlich bedeutete, dass Grammy drei Pferde im Rennen hatte – auch wenn es den anderen Senioren an Mut fehlte, diesen Punkt ihr gegenüber anzusprechen.

Grammy saß mit Hailey am anderen Ende des Raums und winkte uns heran, als sie uns sah.

Bruce und Natasha folgten mir ein wenig zögernd. Wir wurden angestarrt, doch das passierte Bruce und mir in der Öffentlichkeit häufig. Wenn wir dann noch zusammen mit Hailey und Natasha unterwegs waren, musste man eigentlich eine Sonnenbrille aufsetzen, um uns direkt ansehen zu können – oder vielleicht einen dieser kleinen Kartons mit Löchern darin, die es zur Sonnenfinsternis gegeben hatte, damit man sich nicht die Netzhaut verbrannte.

Ich stahl mir einen schnellen Kuss von Hailey, als wir uns

setzten, dann fasste ich ihr an den Hintern. Die Frau hinter uns keuchte, also drehte ich mich um und zwinkerte ihr zu. Sie wirkte für einen Moment schockiert, dann schien sie den Geist ihres jüngeren Selbst zu beschwören und wackelte anzüglich mit den Augenbrauen.

Ich drehte mich eilig wieder um und starrte nach vorn wie ein Soldat nach einem schrecklichen Angriff. Sollte irgendjemand je versuchen, mir zu erzählen, dass der menschliche Sexualtrieb im Alter nachließ, würde ich ihn auffordern, mal ein paar Tage die Woche in einem Altenheim zu verbringen. »Weißt du«, flüsterte ich Hailey ins Ohr, »wenn es die Menopause nicht gäbe, wären solche Heime eine Brutstätte für ungewollte Schwangerschaften und Dreiecksverhältnisse. Hey, ich habe es ausgesprochen. Alte Leute haben Sex. Komm damit klar.«

Hailey warf mir einen angewiderten Blick zu. »Manchmal frage ich mich wirklich, was in deinem Kopf so vor sich geht.«

»Wieso musst du dich das fragen? Es ist genau das, was auch über meine Lippen kommt.«

Lächelnd schüttelte sie den Kopf. »Wieso überrascht mich das nicht?«

»Wer ist dieser gut aussehende junge Mann?« Grammy sah zu Bruce auf. Sie hatte ihr schneeweißes Haar heute in fluffige kleine Löckchen gelegt. Ihre Augen glitzerten so hell und blau wie immer, und sie wirkte nach wie vor, als würde sie einem, ohne zu zögern, einen ordentlichen rechten Haken verpassen, wenn man sie nur schief ansah. Diese Frau war beängstigend, aber auf Ältere-Damen-Art auch irgendwie süß.

»Ich bin Bruce Chamberson. Das ist meine Frau Natasha.«

Grammy musterte beide mit durchdringendem Blick, dann nickte sie lächelnd. »Ich mag dich lieber als deinen Bruder, Bruce. Er ist ein echter Volltrottel.«

»Was, zum Teufel?«, fragte ich.

»Du hast meine Hausschuhe gestohlen. Ich weiß, dass du es warst!«, sagte sie und deutete mit dem Finger in meine Richtung.

Ich hob die Hände. »Hey, hey, hey, immer langsam. Nur, weil ich in der Vergangenheit ein paar Dinge gestohlen habe, heißt das nicht, dass du mich für deine beginnende Demenz verantwortlich machen kannst.«

»Okay«, sagte sie und sprang auf. »Heute ist der Tag, an dem ich dir die Fresse poliere.«

Ich fing an zu lachen. »Hast du zu viele Polizeiserien geschaut, oder was?«

»Könntet ihr beide euch bitte ausnahmsweise mal vertragen?«, fragte Hailey gelangweilt.

»Wenn du dem alten Wasserhuhn sagst, dass sie aufhören soll, mich ständig ins Visier zu nehmen, vielleicht.«

»Wenn dein krimineller Freund mir noch ein einziges Mal etwas stiehlt, werde ich ihm sein gesamtes Geld in den Hals stopfen, bis er daran erstickt.«

»Dafür hast du doch gar nicht genug Kraft in den Armen!«

»Ernsthaft?« Bruce musterte uns beide, als wären wir vollkommen verrückt.

Hailey räusperte sich, während Grammy mir einen bösen Blick zuwarf. »Die beiden verstehen sich nicht allzu gut. Aber sobald man ihnen ein wenig Alkohol gibt, benehmen sie sich wie alte Trinkkumpane.«

»Das ist eine dreiste Lüge«, grummelte Grammy.

»Wie hast du es geschafft, dass du hier wohnen darfst?«, fragte Natasha, als sie und Bruce sich rechts neben mich setzten. Die Sitzgelegenheiten bestanden aus einer bunten Mischung aus Klappstühlen, Sonnenliegen und Sofas.

»Ich glaube, sie hatten zu viel Angst davor, Grammy einen Wunsch abzuschlagen. Ich bin mir sicher, wenn ich zu lange bleibe, werden sie mir irgendwann aufs Dach steigen, aber für den Moment funktioniert es. Ich schlafe auf der Couch in Grammys Zimmer.«

»Und sie schnarcht wie ein Walfisch«, fügte Grammy hinzu.

Haileys Wangen liefen rot an. »Ich hatte die letzten Tage eine verstopfte Nase.«

»Ha! Den Johannes dieses Kerls in den Mund zu nehmen, zählt nicht als verstopfte Nase, Krümel.«

Natasha hatte gerade einen Schluck von ihrem Wasser genommen, nur um jetzt fast daran zu ersticken. Sie hustete heftig und warf sich zurück, wodurch ihr Stuhl anfing, langsam nach hinten zu kippen. Vollkommen ruhig streckte Bruce einen Arm aus, packte den Stuhl und richtete ihn wieder auf, als gäbe es nichts Normaleres auf der Welt.

Ich brüllte vor Lachen und klatschte Grammy ab. Sie war vollkommen irre, aber eines musste man ihr lassen: Wenn sie einen Lauf hatte, konnte sie unglaublich witzig sein.

Eine junge Frau stieg auf die Bühne und ersparte Hailey so die Peinlichkeit des betretenen Schweigens, das gewöhnlich auf einen solchen Kommentar folgte. Sie eröffnete das abendliche Bingo-Spiel, während eine andere Angestellte an den Rest der Senioren Brettspiele verteilte.

»Entschuldige mich«, sagte ich zu Hailey, dann stand ich auf, um mir meinen Weg zur Bühne zu bahnen.

Die junge Frau musterte mich mit verwirrtem Blick.

»Ich muss nur mal kurz ... jepp, wenn Sie mich mal lassen würden ... geben Sie mir jetzt das verdammte Ding«, knurrte ich, bevor es mir schließlich gelang, ihr das Mikrofon zu entreißen. Der letzte Satz wurde bereits vom Mikro verstärkt und brachte die Menge zum Schweigen. »Ich gebe es zurück, beruhigen Sie sich. Ich habe nur eine Botschaft für meine Lady.«

Hailey hatte das Gesicht bereits in den Händen vergraben, doch sie hatte die Finger weit genug gespreizt, um zu mir spähen zu können.

»Bei unserer ersten Begegnung habe ich deine Kirsche gekauft und dich defloriert. Unsere Beziehung wäre fast zerbrochen, als du mir einen Kirschkuchen mit solcher Wucht an den Kopf geworfen hast, dass ich beinahe daran gestorben wäre. Und jetzt will ich das hier zu Ende bringen, wie es angefangen hat. Mit einer Kirsche.« Ich zog eine Kirsche aus meiner Tasche und warf sie in ihre Richtung. Als ich mir das alles vorher ausgemalt hatte, war ich davon ausgegangen, dass Hailey Hand-Auge-Koordination und ein Mindestmaß an Geschicklichkeit besaß. Die Hailey des wahren Lebens hatte offensichtlich weder das eine noch das andere.

Die Kirsche prallte einfach gegen ihre Stirn und fiel von dort zu Boden. Sie riss überrascht den Kopf zurück.

»Oh! Mist!«, murmelte ich ins Mikrofon, bevor ich es fallen ließ und zu Hailey joggte.

Die Menge murmelte, als ich sie erreichte und die Kirsche auf dem Boden fand. Ich schnappte mir die Sonnenliege eines älteren Mannes, der vor Hailey schlief, und schob sie, komplett mit dem Kerl darauf, zur Seite, sodass ich genug Platz hatte, um vor ihr auf ein Knie zu sinken. »Willst du meine Kirsche pflücken?«

»Was?«, fragte sie.

»Beiß rein!«

Hailey wirkte besorgt, als hätte ich den Verstand verloren. »Die lag auf dem Boden!«

»Nur mal dran knabbern. Aber vorsichtig, damit du keinen Zahn verlierst.«

Sie nahm mir die Kirsche aus der Hand und biss zaghaft hinein, um kurz darauf innezuhalten, als sie es fühlte. Sie ließ die Kirsche sinken, bohrte mit den Fingern ein wenig darin herum und zog den Verlobungsring heraus, den ich darin versteckt hatte – mit ein bisschen essbarem Kleber und einem Messer war das besser gegangen, als ich erwartet hatte.

Hailey biss sich auf die Unterlippe. »Ja, ich will.«

»Deine Kirsche pflücken«, sprach ich ihr vor. »Tut mir leid, ich habe mir das genau ausgemalt. Du musst es sagen.«

»Ja, ich will nur zu gerne deine Kirsche pflücken.«

»Zur Hölle, ja!« Ich nahm den Ring und schob ihn Hailey auf den Finger, bevor ich sie küsste.

»Das war das Dämlichste, was ich je gesehen habe«, meinte Bruce.

»Sei still!«, sagte Natasha. »Es war süß.«

»Zumindest hat er Geld.« Grammy hatte irgendwie die verunstaltete Kirsche in die Finger bekommen und aß sie nun.

»Grammy!« Hailey bemühte sich um einen wütenden Blick, doch das Lächeln auf ihren Lippen ließ ihn unglaubwürdig wirken.

Grammy zuckte mit den Achseln. »Ist doch wahr. Ich würde Quasimodo heiraten, wenn er genug Kohle hätte.«

»Ich sage nicht Ja, weil er reich ist.«

»Mist!«, meinte ich. »Also sagst du Nein?«

Sie lachte. »Ich sage Ja.«

»Oh, gut, weil ich Earl dafür bezahlt habe, dass er alles mit meinem Handy aufnimmt, und ich will auf keinen Fall eine Aufzeichnung davon, wie ich zurückgewiesen werde. Earl! Hast du alles drauf?«

»Huh?« Earl sah aus, als wäre er gerade aus einem angenehmen Schläfchen geweckt worden.

»Nutzlos«, murmelte ich.

»Jetzt aber genug mit dem Quatsch!«, stöhnte Grammy. »Diesen Freitag läuft *Miami Vice*, und wenn ich noch ein einziges Mal *Familienduell* sehen muss, werde ich jemanden ermorden.«

»Heute Abend bist du auf dich allein gestellt, Grammy«, sagte ich. »Ich hatte noch nie zuvor Sex mit einer Verlobten.«

Bruce stieß ein angewidertes Geräusch aus. »Was ist mit uns?«

»Hier.« Ich zog etwas aus meiner Tasche und gab es ihm. Es war eine schöne, große Banane. »Siehst du? Ich habe an dich gedacht.«

Ich hob Hailey aus ihrem Stuhl, bevor sie die Chance hatte aufzustehen.

»Ich kann laufen, das weißt du, oder?«, kicherte sie.

»Sicher, aber jetzt kann ich behaupten, ich hätte dich gestohlen. Damit ich den abgedroschenen Witz reißen kann, den ich geplant habe.«

Ich konnte sehen, wie sie sich innerlich wappnete.

»Du, Cherry, bist die beste Kirsche, die ich je gestohlen habe.«

Ich stand in der Mitte meines Trophäenzimmers und bewunderte das Herzstück meiner Sammlung: die konservierte Banane, die ich von Bruce gestohlen hatte. Ich hatte meine Sammlung Hailey gegenüber zwar durchaus mal erwähnt, aber sie hatte vermutlich keine Ahnung, dass es sich dabei wirklich um einen Raum voller Diebesgut handelte. Schließlich brauchte jeder Mann ein paar Geheimnisse. Meine Hailey-Sammlung bestand inzwischen aus ein paar verwelkten Blumen, der Kuchenform mit einer Delle ungefähr in der Größe meines Kopfes darin, ein paar Unterhöschen und einigen Haarklammern. Direkt daneben hatte ich eine Grammy-Sammlung begonnen, mit zwei Paar Hausschuhen, Lockenwicklern, einer Nagelschere und einem Ass, das ich ihr bei einem Pokerspiel direkt aus den Fingern gestohlen hatte.

Heute war mein Geburtstag. Hailey hatte unser Treffen aus irgendwelchen Gründen verschieben müssen, also hatte ich beschlossen, im Büro vorbeizuschauen und die Nagelfeile abzulegen, die ich Grammy letzte Nacht entwendet hatte – sie hatte mich als Betrüger bezeichnet, also hatte sie es verdient.

Als ich die Geheimtür öffnete, um zurück in mein Büro zu gehen, erstarrte ich.

Hailey, Candace, Bruce, Natasha und Ryan standen mit Geschenken in den Händen in meinem Büro. Überall schwebten Ballons mit Girlanden daran.

»Überraschung!«, rief Natasha. Ihre Gesichtszüge entgleisten, als sie um den großen Ballon herumsah, der ihr die Sicht versperrt hatte. »Was zum …?«

»Das ist nicht, wonach es aussieht«, sagte ich.

Alle starrten mit leicht glasigem Blick an mir vorbei, bevor sie nacheinander meinen Unterschlupf betraten.

Bruce blieb mit gerunzelter Stirn vor der Banane stehen. »Ich wusste es …«

»Ernsthaft?«, fragte Natasha. »Du hast ein verdammtes Trophäenzimmer für all das Zeug?«

»Wie?«, fragte Bruce. »Das interessiert mich wirklich. Wie hast du es geschafft, das direkt unter meiner Nase zu verstecken? Wir waren während der Bauzeit jede Woche hier.«

»Ich habe immer dafür gesorgt, dass du den falschen Plan hattest, wenn wir die Baustelle besichtigt haben. Das hier war als geteiltes Büro für Sekretärinnen eingezeichnet. Hat mich allerdings wirklich überrascht, dass du nie etwas bemerkt hast.«

Er schüttelte den Kopf.

»Ist das die Perücke von irgendwem?«, fragte Ryan und pikte vorsichtig mit dem Finger in ein Haarteil, das an der Wand hing.

»Aber absolut.«

»Wow! Cool.«

»Hey, wieso habe ich hier drin keine Sammlung?«, fragte Natasha. Sie klang fast ein wenig beleidigt.

»Bruce ist in Bezug auf dich ziemlich besitzergreifend, also habe ich dich immer als tabu betrachtet. Sorry.«

Sie dachte einen Moment darüber nach. »Ist okay. Damit komme ich klar.«

»Aber dein Bruder ist nicht tabu?«, fragte Bruce. »Sind das meine verdammten Socken?«

»Also«, sagte ich eilig und trat neben Hailey. »Was denkst du?«

Sie starrte mit großen Augen auf ihren kleinen Teil der Sammlung. »Ich denke, ich heirate einen Psychopathen. Aber irgendwie gefällt es mir.«

Ich legte meine Hand auf ihren Hintern und drückte zu. »Ich wusste doch, dass ich dich mag.« Ich hob sie hoch und setzte sie auf einen kleinen Mauervorsprung neben ihrem Teil der Ausstellung. »Ladys und Gentlemen«, sagte ich und zog damit die allgemeine Aufmerksamkeit auf uns. »Das Kronjuwel meiner Sammlung.«

Hailey verdrehte die Augen, doch gleichzeitig biss sie sich auf die Unterlippe. »Du bist furchtbar.«

»Und du heiratest mich.« Ich trat zwischen ihre Beine und neigte meinen Kopf für einen Kuss zu ihr hinunter.

»Fürs Erste«, meinte sie und küsste mich.

»Dann sag, dass du mich nicht leiden kannst.«

Sie grinste.

»Siehst du? Du schaffst es nicht, weil du mich so sehr liebst.«

»Stopp«, lachte sie. »Alle beobachten uns.«

»Gut. Hey, ihr alle, hört zu, wie meine Verlobte mir ihre unsterbliche Liebe gesteht.«

Die anderen beobachteten uns amüsiert.

»Ich liebe William, obwohl er offensichtlich einige Probleme hat.«

»Komm schon. Sag es netter.«

»Ich liebe dich«, sagte sie sanft, dann drückte sie ihre Stirn an meine.

»Ich liebe dich auch. Jetzt muss ich mir nur noch überlegen, wie ich dich am besten an deinem Platz befestige. Ich denke mal, Nägel wären zu schmerzhaft. Vielleicht mit Handschellen?«

DANKSAGUNG

Bitte vergesst nicht, eine Rezension zu schreiben!

Ich danke euch vielmals dafür, dass ihr das Buch gelesen habt! Ob ihr es nun geliebt habt oder nicht, es würde mir eine Menge bedeuten, wenn ihr eine ehrliche Rezension auf Amazon, LovelyBooks und Co. hinterlassen würdet. Ich lese jede einzelne Besprechung und nehme sie mir alle zu Herzen, selbst bei meinen älteren Büchern, also ist das ein toller Weg, mir euer Feedback zukommen zu lassen und mir zu helfen, mich zu verbessern. Außerdem ist es der beste Weg, mich dabei zu unterstützen, neue Leser zu finden.

Wenn *Her Cherry – Süße Verführung* und/oder *His Banana – Verbotene Früchte* die ersten Bücher sind, die ihr von mir gelesen habt, seid gewarnt: Meine anderen Bücher sind gewöhnlich sehr viel weniger humorvoll. Ich baue trotzdem hier und dort lustige Szenen ein, aber diese beiden Bücher waren eine dringend benötigte geistige Atempause für mich. Während ich sie geschrieben habe, musste ich nicht über schwerwiegende Themen nachdenken und konnte ein paar der frustrierenden Dinge verarbeiten, mit denen ich es in der wahren Welt zu tun hatte.

Ich hoffe, ihr mochtet das Buch!

PS: Haltet die Augen offen – bald erscheint die Fortsetzung der Serie. Im nächsten Buch wird Ryans Geschichte erzählt. Bleibt dran!

XX

Penelope

Heartbeats -

Abbi Glines
UNTIL FRIDAY NIGHT – Maggie & West

ISBN 978-3-492-30919-6

Erin Watt
PAPER PRINCESS – Die Versuchung

ISBN 978-3-492-06071-4

Jamie McGuire
FROM HERE TO YOU

ISBN 978-3-492-23209-8

K. A. McKeagney
UNDERGROUND LOVE

ISBN 978-3-492-23567-9